双葉文庫

ケモノの城

誉田哲也

ケモノの城

1

人が人を殺す気持ちなんて、それまでは真剣に考えたこともなかった。

むろん男だから、取っ組み合いの喧嘩《けんか》の一つや二つはしたことがある。でも、顔が変形するほどの殴り合いはしたことがなかったし、ましてや刃物や鉄パイプといった凶器は手にしたこともなかった。喧嘩に負ければ、あんちくしょう、くらいは思った。ぶっ殺してやる。その程度の悪態はついたかもしれない。でも決して本気ではなかった。学校で、職場で、血だらけの相手を目の前にして呆然《ぼうぜん》とする自分。そのイメージは、容易《たやす》く刑務所に収監される自分のそれへと繋《つな》がった。そして溜め息をつき、一人苦笑いするのだ。

馬鹿馬鹿しい。ほんのいっときの怒りのために、人生を丸ごと棒に振るなんて、あり得ない——。

そうやってたいていの人間は、殺意なんて現実味のないものはクシャクシャに丸めて、窓から放り投げてしまうのだと思う。ニュースや新聞で知る殺人事件とは、ある特殊な状況が作り出した不幸な偶然であり、日本の全人口からすればその割合はごくごく小さく、非常に限られた、極めて稀《まれ》なケースなのだと思ってきた。実際、それも間違いではないのだろうし、自分はそういったものに関わることなく一生を終えるのだろうと、漠然と考えてきた。

たぶん。あの男と、出会うまでは。

毎朝、他人のクシャミで起こされる春というのは、初めてだったかもしれない。

窓際のシングルベッドの上。ぼんやりとした辰吾《しんご》の視界にまず映るのは、白い小さな背中だ。Tシャツ一枚。寝ている間、聖子《せいこ》はブラジャーを着けないので、そこに一切の直線はない。なだらかなカーブに浮き上がる、肩甲骨の突起。背骨の連なり。それが一瞬、

「……ヘェーッ」

真っ直ぐに伸び、直後、勢いよく丸まる。同時にグジュッと、粘っこいものが繁吹《しぶ》く音がする。それがなんであろうと、聖子の体から出たものであれば、辰吾は愛しく思える。

「……大丈夫か」

三発、立て続けに放った背中に手を這《は》わせる。聖子は痩《や》せ型ではあるけれど、骨ばって見えるほどではない。薄く載った脂肪が、かえって体を女らしく、優しく包んでいる。

「ごめん。起こしちゃった」

ティッシュペーパーで鼻を押さえながら、聖子が振り返る。

初めて会ったとき、タヌキみたいな顔をした娘だなと、辰吾は思った。隣り合って話しているうちに、真ん丸い目がリスみたいだなと、その印象は変わった。今は、よく分からない。芸能人の誰に似てるとか、動物だったらなんだとか、そういう比較は思い浮かばなくなった。聖子は聖子。誰も代わりになんてなれない、世界にたった一人しかいない、可愛い可愛い恋人、聖子。

「いや、大丈夫。もう起きてた」

辰吾の起床時間はおおむね七時。ベッドの脇に置いた目覚まし時計は、六時五十三分を指している。あと七分。まあ、布団の温もりを惜しむほどの時間ではない。

それよりも。

「……あ、ちょっと。やめて」

両脇から手を回し、聖子の二つの膨らみを掌に収める。小柄なわりに、聖子のここはけっこうなボリュームがある。それでいて、ふわふわと柔らかく、温かい。直に触れれば、小麦粉の山を撫《な》でるような肌触りを楽しむこともできる。でも、今はしない。代わりに、敏感な先っぽをTシャツ越しに弄《もてあそ》ぶ。

「駄目だって。洟《はな》、垂れちゃう」

「うん、気持ちいい」

「クシャミ……出る……」

「出せば」

辰吾も起き上がり、自分の胸と腹を聖子の背中にぴったりとくっつけ、覆いかぶさるように抱き締める。肩よりも少し長い髪に顔を埋め、シャンプーと肌の匂いを胸いっぱいに吸い込む。聖子だ。両手に感じる膨らみも、イヤイヤをして揺れる髪も、股間と当たっている細い腰も、全部。すべてが聖子だ。

だが、そこで事故は起こった。

「ふぇ……へェーッ」

四発目に備えて聖子が背筋を伸ばし、クシャンッ、と勢いよく屈《かが》んだまではよかったが、まさか、そのまま上半身が跳ね返ってくるとは思っていなかった。

鈍く、重たい衝撃が、辰吾の顔面の中心を襲った。

「……あ、ごめん」

聖子がいくら小柄でも、後頭部対鼻っ柱では辰吾に勝ち目はない。喰らった瞬間、目の中に緑色の火花が爆《は》ぜた。メキッと、小さく鼻骨が鳴るのも聞こえた。

辰吾は身をよじって寝転んだ。両手で顔面を覆い、その中にひび割れた悲鳴を吐き出した。さっきまでの幸福感はすでに消え去っていた。硬く漲《みなぎ》っていた股間も、瞬く間に力を失っていく。

「ごーちゃん、ごめんって」

涙が出てきた。自分の掌を濡らしているのは鼻水か、鼻血か。

「ちょっと、そんなに痛かった？　嘘でしょう。ほんとは大丈夫なんでしょう？」

冗談ではない。本当に痛い。

「ねーえぇ、ごめんってばぁ。赦《ゆる》してよぉ。ごーちゃんの好きな、フレンチトースト作ってあげるから。機嫌直しなよぉ」

聖子の、下着だけの下半身がにじり寄ってくるのを感じる。

「……あ、そうやって痛い芝居して、いきなりエッチなことするんでしょ。分かってるんだぞぉ、ごーちゃんの魂胆は」

違う。本当に、物凄く痛いんだ。

その朝、聖子は約束通りフレンチトーストを焼いてくれた。同棲を始めた当初は、よくふざけて「裸エプロン」をさせたが、さすがに最近はしなくなった。というか、頼んでも

「いつまでも馬鹿いってんじゃないの」と、聖子が軽くあしらうようになっていた。

「はい、お待たせ」

「……くそ。匂いが、分からん」

鏡で見た限り鼻筋は曲がっていなかったが、鼻血は出ていた。右にティッシュを詰めているので、好物の香りも半分しか楽しめない。

「ちょっと。いい加減、機嫌直しなってば」

「別に怒ってないよ、もう……ただ、笑っても口開けても痛いんだよ」

辰吾は今年二十九歳、聖子は五つ下だから、二十四歳になる。辰吾は自動車修理工場、聖子はファミリーレストランで働いている。家賃も生活費も折半。ただし、ちょっと高めの家電製品は辰吾が買うようにしている。テレビとか、電子レンジとか。それが男の甲斐性というものだろう。

「聖子、今日休みなんだろ」

「うん。だから美容院いってくる」

辰吾たちが住んでいるのは町田市木曽東という、東京都内とはいってもかなりの田舎町だ。町田駅周辺の繁華街に出るにも、バスに乗って二十分ほどかかる辺鄙《へんぴ》な住宅街だ。

「じゃあさ、ついでにヨドバシいって、蛍光灯買ってきてよ。脱衣場のあれ、チカチカしてるだろ」

「うん、おっけー。あれって何ワット？」

「二十、じゃねえかな」

そんなこんなしているうちに、出かける時間になった。

「ごちそうさん」

「ん、そのままでいいよ」

テレビの天気予報では、今日は一日曇り。デニムのブルゾンを羽織っていけば充分だろう。

歯を磨いて、顔を洗って、ちょっと水をつけて寝癖を撫でつければ準備完了だ。鼻血はもう止まっていた。

「じゃ、いくわ」

「はーい、いってらっさーい」

聖子はグレーのパーカにピンクのスカート。Tシャツの胸には薄くブラのシルエットが透けて見えている。その中身の柔らかさを思い出しつつ、薄汚れたスニーカーに爪先を入れる。

糸屑でもついていたのか、聖子が辰吾の肩に軽く触れる。

「……別に、遅くなったりしないでしょ？」

「うん。たぶん」

「夕飯、何がいい？」

「分かんね……でも肉」

「おっけー」

いってらっしゃいのチュー、はしない。代わりに辰吾が聖子の尻を撫でる。張りがあって、真ん丸で、柔らかい、聖子の尻。

これがあるから、今日も一日がんばれる。

辰吾は毎朝、そう思って出勤する。


町田街道沿いにある「有限会社サカエ自動車」までは、信号のタイミングもあるが、自転車でおおむね十分の距離だ。従業員は社長を入れて七人。修理工場の規模としては小さい方だろう。その中で辰吾は、年齢でもキャリアでもちょうど真ん中になる。

「おはようございます」

シャッターが開いていたのでそのまま中に入る。従業員用の更衣室を兼ねた休憩室は工場の右奥。すでに三つ上の先輩、高谷《たかたに》と、六つ下の的場《まとば》がきており、缶コーヒーを飲みながら一服していた。

「おう」

「辰吾さん、おざっす」

自動車修理工場というのは、たいていどこも板金部門と塗装部門とに分かれている。ここサカエ自動車では、高谷と辰吾、的場が板金部門。社長を加えた他の四人が塗装部門を担当する。この休憩室を使うのに板金も塗装も関係ないが、どういうわけか塗装の四人よりも辰吾たち三人の方が出勤が早い。仕事内容が同じなので話す機会も多く、自然と仲が良くなった。

辰吾がロッカーを開けたところで、的場がひょいとこっちを振り返った。

「辰吾さぁん、俺、マジでびっくりしましたよぉ」

ニヤつきながら、冷やかすような目で辰吾を見上げる。まあ、今日はそういう話が出るだろうと思ってはいた。

「……ん、ああ」

「辰吾さんのカノジョ、可愛い可愛いとは聞いてましたけど、あんなに可愛いなんて犯罪っすよ。ルール違反っすよ」

なんのルールだよ、と高谷が呟《つぶや》いたが、的場はかまわず続けた。

「あれでしょ、新田《にった》さんの高校の同級生とやった合コンで知り合ったって人でしょ？　ズルいなぁ、それ。なんでそういうのに限って、俺を誘ってくれないんすか」

新田というのは、塗装部門の後輩だ。塗装の社員三人の中では、わりと仲良くしている奴だ。

「だってそれ、お前が入ってくる前の話だし」

「違いますよ。俺覚えてますもん。俺が入ってすぐの頃っすよ」

「だったらなおさらだ。入ったばっかの新人、合コンになんか誘わねえよ」

甘えるように、的場が辰吾の腰をつつく。

「そこを誘ってくれるのが、先輩の優しさってもんでしょう」

「そもそも、お前カノジョいるっていってたじゃん」

脱いだブルゾンとシャツをロッカーにしまう。

「だから、去年別れたんですって」

「ばーか。あの合コンはもう二年前だよ」

ジーパンを脱ぎ、作業ツナギと入れ替える。

ようやく的場が高谷の方を向いた。

「いやね、この前の土曜日、たまたま町田で辰吾さんとカノジョさんが歩いてるの見かけたんすけど」

正確にいうと、町田駅周辺の繁華街だ。

「めっちゃ可愛いんで、逆に引いたっつーか。一応声かけて、挨拶はしたんすけど、もうなんかそれだけで、俺なんて逃げてきちゃった感じで。カズさんも辰吾さんのカノジョ、会ったことあるんすよね」

高谷が、テーブルの灰皿でタバコを捻《ね》じり潰す。

「……ああ。何度か、一緒にメシ食ったし」

「びっくりしませんでした?」

「いや、びっくりっていうか……まあ、可愛いな、とは、思ったよ。そりゃ」

これについて、あまり高谷が話したがらないのには理由がある。

高谷はすでに結婚をし、子供もいるのだが、実をいうと彼もその合コンに参加していたのだ。メンバーは塗装の新田と今居《いまい》、それと高谷と辰吾の四人だった。しかしその後、辰吾と聖子が付き合うようになり、仲間内の飲み会——たとえばバーベキューなどに連れていくようになると、高谷は急に、合コンに参加したことが奥さんにバレるのではないかと心配になったらしい。あのとき俺はいなかったことにしてくれ。そういって高谷は、辰吾や新田、今居、さらには聖子にまで口止めをした。今のところ、それに関する秘密は守られているのだろう。高谷夫妻の不和、みたいな話は聞いたことがない。

「おいーっす」

「おはようございます」

ちょうどそこに新田と今居が入ってきた。この話題が続くのが嫌だったのだろう。高谷が二人に顔をしかめてみせる。そんなことには気づかず、的場は二人にも尋ねた。

「ねえねえ、新田さんと今居さんも、辰吾さんのカノジョ見たことあるんすよね。めっちゃ可愛くないっすか？　ヤバくないっすか？　あれってちょっとルール違反じゃないっすか？」

なんのルール違反だよ、と二人が同時にツッコむ。

まあ、なんにせよ聖子が褒《ほ》められれば、辰吾も悪い気はしない。

その日は二台の車にパテ付けをし、その乾き具合を見ながらもう一台のハンマリングをした。ハンマリングというのは、車体の凹んだ部分を裏からハンマーで叩いて粗出しする作業だ。世の中には、このハンマリングだけでほとんど元の形まで戻してしまう名人もいるらしいが、辰吾はまだその域にはない。ハンマリングで直らないところはスタッド溶接機を用い、表から凹みを引っ張り出し、最終的にはパテで元通りの形に成形する。簡単にいうと、ここまでが板金部門の仕事だ。

仕事の上がり時間も日によって違う。急ぎの修理が入ったり、入庫やパテの乾くタイミングによっては夜九時、十時までやることもあるが、普通は七時には上がるようにしている。

道具を片付けていると、ちょうど高谷が通りかかった。

「お疲れ。今日はもう上がる?」

「ええ。これ、ステップまでいっちゃってるんで。スライドは明日にします」

スタッド溶接機で引っ張れない硬い個所は、まず塗装を剥がし、そこに別の鉄板を溶接し、スライディングハンマーという特殊な道具でその鉄板ごと引っ張る必要がある。今からそれを始めたら帰りが何時になるか分からないので、明日にする。そういう意味だ。

「じゃ、ちょっといく?」

高谷はクイッと猪口《ちょこ》を傾ける仕草をしたが、辰吾はとっさに片手で詫《わ》びた。

「すんません。今日、休みで聖子がいるんで」

すると、今朝の的場ではないが、高谷が冷やかすような目でニヤリとしてみせる。

「なんだよ。聖子ちゃんと住むようになってから、やけに付き合い悪いじゃねえか」

「そんなことないっすよ。失礼すんのは、五回に一回、あるかないかじゃないですか」

「いや、三回に一回はお断りだね」

「それはないですって」

「ま、新婚みたいなもんだからな。分からなくはないけどよっ」

ぽんと辰吾の尻を叩き、高谷はそのまま休憩室の方にいってしまった。途中で塗装の新田に、ちょっと付き合えよと声をかける。確か新田も、今はカノジョがいないのではなかったか。彼がどう答えたかは、辰吾のところまでは聞こえなかった。


残っている社員全員に声をかけ、工場を出る。出勤時とは逆に町田街道を走り、アパートまで戻る。

頭の中にあるのは、夕飯のメニューと、聖子の笑顔と、エプロン姿だ。今夜のメニューはなんだろう。奮発してステーキ、というのは給料日前だからないとして、ハンバーグとか、鶏の唐揚げ、生姜焼き、その辺だろうか。じゃなかったら、とんかつ、ビーフシチュー。肉多めのカレーなんてのもいい。ファミレス店員というのもあり、聖子の考えるメニューはそれっぽいものがベースになっている。ドリアやシーフードカレー、スパゲティもよく作る。ピザも得意だし、焼き魚、煮魚も上手に作る。

前に、料理が好きなのかと訊いたときは「別に」と素っ気ない答えが返ってきたが、好きでもないのにあれだけできるのだから、大したものだと思う。そういえば聖子は絵も上手いし、カラオケにいけば黒人並みのパワフルなボーカルで周囲を圧倒する。それでいて、別に絵も歌も好きなわけではないという。要するに、全般的に器用なのだ。

そんな、夕飯のことばかり考えているうちに着いてしまった。いつもはもう少し、エッチなことも考えるのだが。

表の自転車置き場に愛車を駐《と》め、郵便受が空なのを確認し、外階段を上る。二階の廊下、一番奥の二〇五号が辰吾たちの部屋だ。

鍵を開け、玄関ドアを引き開け、ふわりと料理の匂いを嗅ぐのが、一日のうちで最も幸せを感じる瞬間だ。いや、最もというのは違うか。一番はやはり、アレか。

「ただいま」

今日もそうだった。ドアを開けると、そこには明るい玄関がある。入って右手にはシューズボックス、正面にはクローゼット。

「あ、お帰りぃ」

その左側に、リビングダイニングに繋がる開口部がある。料理で手が離せないのだろう。聖子の声だけが聞こえる。それと、バターの焦げる香ばしい匂い。焼き物っぽくはあるが、まだメニューまでは分からない。

靴を脱ぎ、もう一度「ただいま」といいながら短い廊下を進む。一段と匂いが具体的になってくる。肉料理というよりは、チャーハンとかオムライスとか、そういった類だろうか。

しかし、そんなことは一瞬にして、どうでもよくなった。

視界に入ったダイニングテーブル。いつも辰吾と聖子が向かい合って使うそれに、なんと、熊がいる。辰吾の席に座って、何か食っている。

「……ああ」

熊が腰を浮かせながら、ぺこりと頭を下げる。

ずんぐりとした体型。茶色いニット帽をかぶり、茶色いジャンパーを着ている。口の周りを覆った無精ヒゲ。熊が食っているのは、どうやらチャーハンのようだ。握りがオレンジ色のスプーンも、聖子と二人で選んで買ってきた、辰吾がいつも使っているものだ。

「ごめん、あのさぁ……」

聖子はこともなげにいい、フライパンを揺すっている。ごーちゃんの分もすぐできるからね。今にもそんなことをいいそうな顔で。美容院帰りの、いつもよりちょっとお洒落《しゃれ》なヘアスタイルで。

いいや、そういうことじゃないだろう。

誰だこの男は。っていうか、よりによってなんだ、この小汚いオッサンは。なんでこんな、ホームレスみたいなのを部屋に上げるんだ。なんでメシなんか食わしてんだ。これっていわゆる、間男か？　聖子、こんな薄汚え男と姦《や》ったのか？　姦られて、案外よかったから、メシまで食わせてんのか？　無理やりだったのか？　刃物とか突きつけられて、抵抗できなくて、仕方なく姦られてるうちに、よくなってきて、いつも俺とするときみたいな声出して、そのうち、好き、とかいっちゃって、ご飯でも食べてって、とかなって、で、そこに帰ってきちゃった俺って、一体――。

涙が出そうだった。怒り、悲しみ、嫉妬、欲望、劣情、殺意、失意、絶望。あらゆるネガティブな感情が腹の底から湧き上がり、口から噴出しそうだった。

聖子がフライパンをコンロに置き、火を止める。

「なんか、急にごめんね」

あたし、この人と暮らすから、とか、そういうことか。

「うちのお父ちゃん。東京に出てきたっていうから、だったらうちにくればって、連れてきたの」

「……は？」

それが、男と辰吾の、出会いだった。

2

極めて奇怪な事件だと、いわざるを得ないだろう。

木和田栄一《きわだえいいち》は、警視庁町田警察署刑組課（刑事組織犯罪対策課）の強行犯捜査係員がまとめた調書と捜査報告書を読み終え、内心首を捻《ひね》っていた。

ことの始まりは二日前の七月八日火曜日、十五時十二分。若い女性からの、身柄保護を求める一一〇番通報だった。

通報者は都道四十七号線、町田街道沿いにあるファミリーレストラン近くから携帯電話で架電してきた。同地区を受け持つ町田署忠生地区交番から地域課係員二名が臨場すると、店舗出入り口ではない、歩道に面した看板の前に若い女性はいた。花壇の縁に腰掛け、じっと俯《うつむ》き加減にしている。上衣は薄汚れた緑色のTシャツ、下衣はところどころ染みとほつれのあるグレーのジャージ。サンダル履きで、所持品は通報に用いた携帯電話のみだったという。

係員が身分を告げ、通報したのはあなたですかと訊くと、黙って頷《うなず》く。

顔や腕に痣《あざ》が複数あり、よく見ると、サンダルから出ている足の指には爪が一枚もなかった。そればかりか、右足の中指と薬指、左足の親指と中指は火傷を負っており、治療が不完全だったのか半ば癒着してもいた。

係員は氏名年齢、住所などの人定事項を確かめようとしたが、彼女はただ「助けて」と呟くだけで、それ以上のことは現場では何も話さなかった。

近くの外科に連れていき、診察と治療を受けさせた。担当した医師は、まもなく廊下に出てきて係員に結果を告げた。

全身に様々な傷があり、足だけでなく他にも火傷を複数ヶ所負っている。しかも、まだ新しい傷とすでに完治している古い傷とが混在していることから、かなりの長期間、虐待あるいは拷問に近い行為を受けていたものと推察される。栄養状態もかなり悪く、とりあえず点滴を打つということだった。またTシャツとジャージ以外に着衣はなく、ブラジャーやショーツといった下着類は身に着けていなかったとの報告も併せて受けた。

その点滴の間に強行犯係の捜査員が到着した。マル害（被害者）が若い女性ということで、女性捜査員が診察室で聴取に当たり、それでようやく事件の一端が見えてきた。

彼女の氏名は香田麻耶《こうだまや》、十七歳。去年の春頃までは町田市原町田二丁目十九‐△の一軒家に居住していたが、最近は発見場所近くのマンションに移り住んでいた。保護当日、麻耶は転居したマンションの住所を正確にいえなかったが、周辺にある建物などを語らせたところ、町田市木曽西五丁目◎-◎にあるマンション、サンコート町田の四〇三号室であることが判明した。

問題はここからだ。

麻耶はなぜ、自分では住所もいえないマンションに一年以上も居住し、誰からこれほどの暴行を受けたのか。子供の傷害事案においてまず加害者と疑うべきは家族か学校の友達だが、麻耶はこれについて容易には語ろうとしなかった。どこで、という質問にもなかなか答えない。だが問いを重ねると、ようやくサンコート町田四〇三号が暴行の現場であることだけは認めた。つまり、親による虐待の可能性が高まったわけだ。

サンコート町田四〇三号で、実際には誰が麻耶を虐待したのか。

報告書には、聴取の途中で本人が希望したため、三十分ほど入浴の時間をとり、食事もさせたとある。それまで麻耶は呆然とした様子だったが、入浴で少し気分が落ち着いたのか、食事を始める頃には少し生気を取り戻し、食べ終えるとわずかにだが表情を和《やわ》らげたという。

そこで再び医師の判断を仰ぐと、食事もできるようだし、外傷はどれも命に関わるようなものではないので、聴取を続けても問題ないということになった。

聴取を再開すると、麻耶はようやく具体的なことを語り始めた。

自分に暴行したのは、ヨシオという男と、アッコという女。正確には「ヨシオというオジサン」と「アッコさん」と捜査員には語っている。名字については曖昧《あいまい》で、男の方はたぶん「ウメキ」、女の方は分からないという。二人が夫婦かどうかも、今どこにいるかも分からない。ただ、麻耶がサンコート町田四〇三号を出るとき、ヨシオは留守だったが、アッコはまだそこにいた。アッコが別室に移動した隙に麻耶は玄関の鍵を開け、自力で逃げてきた。携帯電話は、部屋に転がっていたものを適当に持ってきたということだった。

名前から分かる通り、ウメキヨシオとアッコは麻耶の親ではない。親戚でもないという。これによって当案件は児童虐待から、一般的な傷害事案として捜査されることになった。

しかし、だとしたら麻耶の親はどうしているのか。両親はもう何年も前に離婚し、以来母親とは会っていないという。一方、父親のことになると麻耶は口をつぐんでしまう。

保護当日の聴取はここまでで、麻耶はそのまま入院。町田署強行犯係の捜査員はサンコート町田四〇三号の調べに回っている。すでに二十二時を過ぎていたが、同マンションは管理人を置いていないため、大家に直接確認をとった。すると、四〇三号の賃借名義人は「香田靖之《やすゆき》」となっていた。単純に考えると、これが麻耶の父親であろうと推察できた。大家は近所に住んではいるものの、住人の事情までは把握しておらず、香田靖之についても四十代の男性というだけで、詳しくは管理会社が持っている入居者名簿を見なければ分からないという。

捜査員は遠張りで四〇三号の様子を窺った。当初は部屋に明かりがなく、中に人がいるかどうかは分からなかったが、夜中の一時頃に一度、建物北側にある小窓に明かりが灯ったのを現認。これはのちの家宅捜索で洗面所の小窓であると判明する。いずれにせよこの時点で、ヨシオかアツコかそれ以外の誰かかは分からないが、部屋に誰かしらいることは確かになった。

翌九日の朝まで待ち、午前九時半。応援の捜査員も入れて計七名で四〇三号を訪ねた。チャイムを何回か鳴らすと女の声で応答があり、やがて玄関に女が顔を出した。このときすでに、麻耶の聴取を担当した女性捜査員は気づいていたという。彼女もまた、暴行を受けていたのだろうと。麻耶と同様の痣が顔面にあり、動作が緩慢で受け答えも鈍い。上衣は男物と思しきワイシャツ、下衣はジーパンだったが、いずれも薄汚れており、髪もばらくブラシを通していないのだろう、ぼさぼさでみすぼらしかった。最も印象的だったのは、扉に掛けていた手。赤くボロボロに爛《ただ》れ、まるで腐敗しかけた死体のようだったという。

しかし、それよりも異様だったのは臭いだ。生ゴミが腐ったような臭いと、それを無理やり誤魔化そうとするような刺激臭。その両方をいっぺんに嗅ぎ、捜査員たちは瞬時に鼻呼吸をやめたという。

最初に女に声をかけたのは、強行犯係の統括係長だった。

朝早くからすみません。警察です。大勢で押しかけて申し訳ないけども、お訪ねした理由は、お分かりですか。

女はそれに、小さく頷いたという。さらに、どういうことか、いわなくても分かりますよね、と訊くと、麻耶ちゃんのことですか、と返してきた。続けて、あなたがアツコさんですかと訊くと、また頷く。任意で話を聞かせてほしいというと、女はそれにも同意し、支度をしたいと自ら申し出た。統括が許可し、先の女性捜査員を先頭に中に入った。そこでまたしても、捜査員たちは異様なものを目にすることになった。

玄関を入って右手と、廊下を少し進んで左手にドアがあるのだが、その両方に、外から南京錠が仕掛けられている。続いてトイレのような幅のせまいドアにも、廊下正面にある引き戸は開いているものの、そこにも同様の南京錠があった。

女が入っていったのは正面の引き戸で、その向こうは十数畳ある広いＬＤＫになっていた。そこもまた、別の意味で異様だった。

部屋の右側には、向きからするとベランダに出られるのであろう掃き出し窓があるが、そこがぴっちりと、暗幕のようなもので覆われていた。正面にある腰高の窓も同様の素材で塞がれている。昨夜、この部屋に明かりがなかったわけではなく、点《つ》けていても見えなかっただけかもしれなかった。

女は、すみません、すみません、と詫びながら、その掃き出し窓の手前にあった段ボール箱を開け、何やら物色し始めた。中には衣類が雑多に詰め込まれており、女はそこからブラジャーやショーツといった下着類を選び出した。そしてまた詫びながら、男性は出ていてくださいと頭を下げたという。

残った女性捜査員は、彼女がシャツとジーパンを脱ぎ、いったん全裸になってから下着類を着け、また同じシャツを着、ジーパンを穿くまで見ていたという。

彼女の体も、まさしく傷だらけだった。麻耶はヨシオとアッコに暴行されたといったが、この女性が間違いなくアッコであるならば、彼女もまた被害者の一人ということになる。

町田署に連行し、聴取を担当したのは統括係長、立会いについたのはその女性捜査員だった。統括はまず被疑内容を説明した。香田麻耶という十七歳の少女を警察が保護し、彼女の体に多くの外傷があることが分かった。彼女はそれを、ウメキヨシオという男、アッコという女性にやられたと訴えているが、そのことに間違いはないか。

最初、アッコは無反応だった。

サンコート町田四〇三号は、香田靖之という男性の名義で契約されているが、なぜそこにあなたがいたのか。ウメキヨシオという男はどこにいったのか。あなたの名字は「ウメキ」なのか、違うのか。ウメキヨシオとあなたはどういう関係なのか。夫婦か、内縁関係なのか、血縁なのか。なぜ香田麻耶を暴行したのか。

いずれの質問にもアッコは答えなかった。かろうじて「ウメキ」の漢字は「梅木」でいいのかと訊くと、そこだけは小さく頷いた。「ヨシオ」の表記についての説明はなかった。

九日の十三時過ぎ。香田麻耶を医師の許可をとって病院から町田署に呼び、調室にいるアッコを透視鏡越しに確認させたところ、自分に暴行を加えた女に間違いないとの証言が得られた。町田署はこれを受けて逮捕状を請求。同日十六時二十四分、氏名不詳、自称「アッコ」を傷害の容疑で逮捕した。未成年者略取・誘拐の疑いもあったが、まずは傷害罪での立件を目指すというのが当初の方針だった。

この段階で町田署強行犯係は、捜査の鍵となるのは二名の所在不明者、香田靖之と梅木ヨシオであろうと考えた。この二人にアッコを加えた三人のうちの一人、あるいは二人、もしくは三人全員が共謀し、なんらかの理由で麻耶をサンコート町田四〇三号に一定期間監禁し、暴行を加えたという筋読みだ。マル被（被疑者）であるアッコ、マル害の麻耶、両名が多くを語らない状況下では、そう考えるのが最も自然だった。

取調官の統括係長は、アッコの人定事項、香田麻耶に対する傷害行為の詳細に加え、香田靖之と梅木ヨシオの行方についても、アッコに繰り返し尋ねた。検察官への送致は逮捕から四十八時間以内。業務の都合上、十一日の朝にはアッコを巡回護送で地検に送り出さなければならず、調べに使える時間は実質、十日の夜までということになる。送検すれば、まず間違いなく十日間の勾留は認められる。よって十日中に起訴に必要な供述のすべてを引き出す必要はないのだが、さりとて調べの手をゆるめる理由もまたない。統括係長は引き続き、十日もアッコの調べを続行した。

一方、サンコート町田の住人及び、周辺住民に対する聞き込みをしていた捜査員が妙な情報を上げてきた。

四〇三号からはたまに、怒声や叫び声が聞こえてきた。どすんと、思いきり床を踏み鳴らすような、人が倒れるような音がすることもあった。それらは決して長く続くことはなく、なんだろうと耳を澄ましても、その後はぱったりと静かになることが多かった。出入りしていた人物に関しては、若い女や中年男性、年配の男女、十代の少女と、証言にはバラつきがあった。若い女性がアッコかどうかは、逮捕時の写真で確認してもらったが、そうだという人も、違うという人もいた。アッコの外見は三十代から四十代。若いという表現が当てはまるかどうかは微妙なところだった。

十日、つまり今日の昼には、複数の捜査員が重大な報告をしてきた。

まずは香田麻耶担当の捜査員。この者は強行犯係員ではなく、生活安全課少年係の女性巡査長だが、病院から木曽東にある児童養護施設に麻耶を送り届ける車の中で、急に彼女が父親、香田靖之について語り始めたという。

お父さんは、あの二人に殺されました——。

むろん、あの二人というのは梅木ヨシオとアツコのことを意味している。捜査員は麻耶の了解を得て行き先を町田署に変更。署の調室でさらに事情を聞いた。お父さん、香田靖之はいつ、どこで、誰に、どうやって殺されたのか。あなたはその場面に居合わせたのか。

しかし以後、麻耶は再び口を閉ざしてしまった。調室という環境が悪いのではと、同課の応接スペースや食堂に移動して聴取を続けたが、それ以上の供述を引き出すことはできなかった。

これを裏付ける情報を上げてきたのは、サンコート町田四〇三号の家宅捜索を担当した強行犯係員と鑑識係員だった。

同室は十五畳のLDK、六畳半の洋室が二つ、浴室とトイレは別で、各居室には半畳から一畳の収納が設けられていたが、まずこれらの出入り口、収納扉、窓といった開口部すべてに南京錠が仕掛けられており、簡単には各部屋を行き来できなくしてあった。

さらに驚くべきは浴室だ。各部屋において指紋採取、遺留品、証拠品の押収を行ったが、傷害行為がどこで行われたのかを明らかにするため、各部屋でルミノール検査も実施した。すると、浴室は床から壁から浴槽から、一面ルミノール反応で真っ青になった。これだけの血液が付着したのだから、相当量の出血があったことは間違いない。麻耶がいかなる暴行を受けようと、これだけの出血をしたならばすでに命はあるまい。ということは、浴室の壁や床を汚した血は、麻耶以外の誰かのものと考えることができる。しかもその誰かは、すでにこの世のものではない可能性が高い。

これらの報告を受け、アツコの取調官である統括係長は質問の仕方に若干の修正を加えた。

香田麻耶の話だけでは暴行の状況がよく分からない。そうなるに至った理由も経緯も分からない。そこで我々警察は麻耶の父親、香田靖之からも話を聞く必要があるのだが、あなたは本当に、彼の居場所に心当たりはないのか。靖之は町田市原町田の一軒家から、サンコート町田四〇三号に転居している。つまり、普通に考えれば靖之はあの部屋に住んでいるはずであって、今もあの部屋にいなければおかしい。昨日も一昨日も帰宅しなかったが、長期の出張にでもいっているのか。だとしたら、彼はどんな仕事をしているのか。そもそも、香田靖之が借りたあの部屋に、なぜあなたはいたのか。

この話になってから、アツコは頰を歪《ゆが》めたり、瞬《まばた》きを忙《せわ》しなくし始めたりしたという。

報告書にそのような記載はないが、注意深く見れば体のどこかに、それまではなかった汗をかいていたかもしれない。

統括係長は、よほど慎重に機を選んで、この台詞をぶつけたものと察する。

まさか、香田靖之はもう死んでしまって、いない、なんてことは、ないよね――。

現状はあくまでも、香田麻耶に対する暴行容疑の取調べ。香田靖之殺害について直接訊くことは、法律上できない。だからこういう遠回しな、思わせぶりな訊き方にならざるを得ない。

だがアツコは、これに引っ掛かった。統括係長の誘導が巧みだったということだろう。

香田さんは、私たちが、殺しました――。

この供述で一気に、捜査は傷害から殺人への方向転換を余儀なくされた。

町田署に特別捜査本部を設置すると決まったのが、おそらく今日の十七時頃。木和田が所属する警視庁刑事部捜査第一課殺人犯捜査第二係の退庁に待ったがかかり、町田の特捜入りを下命されたのが十八時半頃。ただ、今から町田までいってマル被を取調べるわけにもいかないので、現地にいくのは明日でいいだろうという話になった。ちょうどマル被も、十一日いっぱいは地検で新検調べを受けることになる。おそらく取調官は、捜査一課殺人班二係の統括主任である木和田が引き継ぐことになる。今日のところは、町田から送られてきた調書と捜査報告書の写しに目を通しておく程度でいいだろう。この時点で他の班員、担当主任警部補やデカ長（巡査部長刑事）らは帰宅させた。

たっぷり二時間かけてその調書と捜査報告書を読み、しかし、木和田は首を傾げてしまった。

なんなんだ、この事件は——。

ほぼ同時に読み終えたのだろう。係長席にいる中島《なかじま》警部も、眉をひそめて木和田に顔を向けてきた。

「この、香田靖之ってのが借りた部屋に、娘の麻耶と、梅木ヨシオって男と、マル被のアツコがいたってことだよな」

「そのようですね。そしてヨシオとアツコによって靖之は殺され、麻耶も暴行を受け、おそらくアツコも似たような目に遭っていた、と……むろん、お父さんは二人に殺されたといったくらいですから、麻耶はそれに関する何かを目撃しているんでしょうね」

中島は頷きながら資料に目を戻した。

「殺される場面そのものか、死体を見たのか……なんにしても、ひどい話だな。その暴行の手口も気になるが、要はこの梅木ヨシオってのが、とんでもないサディスト、ってことなんだろうか」

それよりも木和田が気になったのは、浴室の広範囲にわたるルミノール反応だ。

「浴室のこれからすると、靖之の遺体は、ここで解体された可能性が高いですね」

中島が、口元を歪めてかぶりを振る。

「自分の親父が殺されて、その遺体が解体されるのまで、見てたかもしれないわけか……ますます、鬼畜の所業だな」

木和田は鑑識報告まで資料のページを戻した。

「四〇三号からは、指紋も少なからず出ているようですね。でも、レキ（犯歴）については報告なし、か……照合しても、ヒットしなかったんですかね」

「まだ整理段階で、照合までいってないだけじゃないか？　どっちにしろ、こっちから鑑識連れてって全部やり直しだよ。児童虐待と、死体なき殺人事件とじゃわけが違う」

ぱたりと、中島が資料を閉じる。

「明日から忙しくなるぞ。栄ちゃん、今夜はしっかり寝とけよ」

「ええ。そうですね……」

特捜本部に入れば、初動捜査の間はまず家には帰れなくなる。そうなったら毎晩、警察署の武道場に布団を敷いて雑魚寝《ざこね》だ。若い頃はそれでもよかったが、最近はさすがに、体の痛みで夜明け前に目が覚めるようになった。木和田ももう五十六歳。今回の捜査一課が、おそらく最後の警視庁本部勤めになる。できることならば汚点や悔いは残したくない。

だが、そんな気負いだけでは払拭できない何かを、この事件には感じていた。

薄暗い雲のような、何か。頭の上から垂れてきて、いつのまにか全身を生臭く濡らすような。脇や内股にまでねっとりと張りついて、身動きができなくなるような。

そんな、何かだ。

3

町田署刑組課強行犯係の島本幸樹《しまもとこうき》は十一日朝、署の講堂にいた。この「木曽西五丁目マンション内　親子殺傷事件特別捜査本部」としては、これが初回の捜査会議になる。島本のいる席は、二ブロック十一列ある中のちょうど真ん中辺りだ。

まずは警視庁本部、捜査一課管理官から事案の説明があった。

事案認知の端緒は香田麻耶という少女の保護であったが、彼女の証言によって逮捕した、自称「アッコ」なる氏名不詳の女性被疑者の供述から、麻耶の父親である香田靖之が殺害されている可能性が浮上した。事件現場と思われるサンコート町田四〇三号浴室には大量の血液を処理したと思われる痕跡があったため、本件を傷害並びに死体遺棄、殺人事件として捜査する方針を決定した――。

サンコート町田周辺の聞き込みから参加していた島本にとっては既知の事柄ばかりだったが、町田署強行犯係以外の参加者――町田署の組対（組織犯罪対策係）や盗犯、生安（生活安全課）、隣接する多摩中央署や南大沢署、高尾署から集められた二十数名の応援要員にとって、ほとんどは初耳の情報だったに違いない。

ときには管理官に指名されて、町田署強行犯係の船村《ふなむら》統括係長が捜査状況の補足説明を行った。席は右ブロックの一番前。これまでマル被の取調べを担当したのは船村だ。捜査の流れは誰よりも把握している。

再び管理官がマイクを握る。

「昨日までの報告には、サンコート町田で採取した指紋のセンター（刑事局鑑識課指紋センター）照会結果が出てませんが、鑑識さん。そこはどうなってますか」

右ブロックの二列目にいる、町田署刑組課鑑識係の統括係長が起立する。

「はい。現場から採取された指紋のうち、今朝までの照会で、マエのあったものは一つもありませんでした」

「これから照会する指紋はいくつ残っていますか」

「数だけでいったら五十以上はありますが、それが何人分かという分析は、今日、明日……ひょっとしたら、もう少しかかるかもしれません」

事案認知から三日。そろそろ梅木ヨシオとアッコの身元くらい割れてもいい頃と思っていたが、そう簡単にはいかないということか。

続けて今後の捜査方針が発表された。

「本件は香田麻耶と、マル被、自称アッコの供述から、アッコ自身と、梅木ヨシオなる男が共謀して及んだ犯行と、現状では考えられる。よって今後は、アッコの身元確認、サンコート町田四〇三号における殺傷行為の解明、それと、梅木ヨシオの身元確認と捜索の、三方向から捜査を進める。梅木ヨシオの似顔絵は、もうできてますか」

再び鑑識係の統括係長が立ち上がる。

「まだできていません。今日このあと、香田麻耶に協力を依頼して作成する予定です。午後には仕上がるでしょうから、夕方、アッコに見せて確認することもできるかと思いますが」

管理官が船村統括を見やる。

「アッコは、夕方には新検調べから戻りますね。梅木の似顔絵確認には応じますか」

船村は着座したままかぶりを振った。

「現状では……なんともいえません」

管理官が窓側、左ブロックに目を向ける。

「では、キワダ統括。調べを引き継いで、なんとしても梅木ヨシオの似顔絵を今日中に確認させてください」

キワダ、と聞き、島本は「やはり」と思った。

左ブロックの最前列、本部捜査員の先頭にいるのは木和田栄一だったのだ。捜査一課統括主任の階級は五級職警部補。係長警部に次ぐナンバー2のポジションだ。十二年前、滝野川署刑事課で一緒だったときより一階級昇任したようだ。当時よりだいぶ髪が薄くなっているので別人かと思ったが、木和田という名前は警視庁四万六千人の中にもそう多くはいないはず。

ここでまた一緒になったのも、何かの縁だろう。

捜査一課長の訓示で初回会議は締められ、続いて各捜査員の組分け、担当する捜査範囲が発表された。島本は捜査一課の部長刑事と組み、香田靖之の身元、最近の行動についての捜査をすることになった。

「町田署強行犯係の島本です」

「殺人班二係の、九条《くじょう》です」

九条利彦《としひこ》。年は島本と変わらない、三十代半ばから後半に見えた。だが、着ているものにはだいぶ差があった。いかにも高そうな仕立てのダークスーツ。銀縁の眼鏡も妙にインテリ臭い。捜査一課殺人班より、選挙違反や企業犯罪を扱う捜査二課の方が似合う気がした。とはいっても島本自身、捜査二課に知り合いがいるわけではない。単なるイメージだ。

島本は名刺をしまいながら訊いた。

「統括主任のキワダさんって、木和田栄一さんですよね」

九条も名刺入れを懐に収めながら訊き返す。

「ええ。知り合いですか」

「十二年くらい前に、ほんの数ヶ月ですがお世話になりました。このところはご連絡も差し上げてなかったので、殺人班の統括をされているとは存じませんでした」

「そうですか。じゃあ、ちょっと挨拶でも……」

九条はそういってくれたのだが、振り返ったときにはもう、木和田は講堂内にいなかった。

今日の捜査に必要な「捜査関係事項照会書」を講堂下座に設置されたデスクで交付してもらい、島本は九条と特捜本部を出た。まず向かうのは町田市役所だ。

九条が腕時計を見る。これもまた高そうな品だ。覗くと九時五十分を指している。

「市役所は、歩いていける距離ですか」

「いえ、ちょっとですがバスに乗った方がいいでしょう」

最寄りの停留所に案内し、二人で乗り込む。

なんとなく出口付近に立ち位置を定めると、九条から訊いてきた。

「島本さんは、おいくつですか」

「自分は、三十八になりました。九条さんは」

「四十一です。島本さん、お若く見えますね。島本さん、三十代前半かと思いました」

確かに、島本は四つ、五つ若く見られることが多い。別に若作りをしているわけではなく、自分では童顔というわけでもないと思っている。ということは、つまり貫禄がないということなのか。

乗車時間は五分ほど。その間にしたのは年の話くらいで、事件についてのやり取りは何もなかった。

「町田市役所市民ホール前」の停留所で降り、正面玄関から役所に入る。まずは一階の市民課で一枚目の捜査関係事項照会書を使い、香田靖之の戸籍全部事項証明書と戸籍の附票、住民票を出してもらった。

その中で島本が目を留めたのは、住民票の住所の欄だ。

九条も同じ点を疑問に思ったらしい。

「靖之、原町田から住民票、移してないのか」

「そのようですね」

戸籍の附票によると、八年前に妻の緑《みどり》が籍から抜け、靖之と麻耶はその後、東京都足立区竹の塚から町田市原町田に転入している。住所の筆頭は、この足立区竹の塚。日付は靖之も緑も同じ十九年前の十月六日であるから、ここが二人の結婚生活のスタートだったと考えられる。戸籍全部事項証明書の記載もそのようになっている。

九条が小さく溜め息をついた。

「麻耶が九歳のときに離婚、か……何があったんですかね」

麻耶が積極的に話をしない以上、それは知りようもない。靖之は所在不明。麻耶とアツコの証言では殺されたことになっている。いずれは元妻である緑にも話を聞く必要が出てくるかもしれないが、それが島本たちの役目になるかどうかは分からない。

戸籍の附票を持っている九条の左手、その薬指には輝きの鈍った銀色のリングがはまっている。九条は既婚者のようだ。子供はいるのだろうか。なんとなく、いそうに見える。

麻耶の年と離婚の理由を同時に考えたのも、ひょっとしたら同じ年頃の子供がいるからかもしれない。島本は独身なので、その辺の気持ちはぼんやりとしか分からないが。

九条は書類を折り畳み、自分の鞄にしまった。

「じゃ、靖之の財務状況に移りますか」

「はい」

その日はさらに納税課、そこで判明した勤務先へと回り、靖之の最近の生活について調べを進めた。


特捜本部に戻ったのは十八時半を少し過ぎた頃。今から会議に備えて、急いで捜査メモを報告書形式にまとめなければならない。

九条が実に軽そうな、薄型のノートパソコンを会議机に据える。本部捜査員にはこんな最新型が支給されているのか。

「じゃあ、島本さんは納税関係までをまとめてください。以後は私が書きますから」

「はい、了解です」

要は考える必要のない、単純作業だけを任されたわけだ。

こういった特捜に入って本部捜査員とペアを組むと、所轄署員は単なる道案内とか、下手をすれば捜査の足手まといのようにいわれることがある。それに比べれば、九条は身なりもそうだが、態度も極めて紳士的といっていい。こうやって部分的ではあるものの書類作成を任せてくれるし、捜査中も決して横柄な口は利かない。それが多少取っ付きにくさに繋がっている気もするが、一日中馬鹿だの使えないだのいわれたり、無視されるよりは格段にいい。

パタパタと、九条が小気味よくキーボードを叩く。この男は姿勢まで妙に正しい。警察官より、弁護士とか会計士といわれた方がしっくりくるくらいだ。

「できましたか、島本さん」

「あ、はい……もうちょっとです」

島本が使っているノートパソコンは、刑組課から持ってきた分厚くて重たいやつだ。キーストロークもやたらと深い、ひどい旧式だ。

この段階で打ったものは、いわば会議で報告するときの台本のようなものだ。正式なものは、会議終了後に清書して九条が提出することになる。

「九条さん、これでどうでしょう」

さっと九条が目を通し、「いいでしょう」となったところで会議が始まった。

「では、捜査会議を始める」

「気をつけ、敬礼……休め」

上座には、今朝の第一回に続いて捜査一課管理官と殺人班二係長がいるが、別の特捜に回ったのか捜査一課長はいない。町田署からは署長と刑組課長が出席している。

マイクを握っているのは殺人班二係長、中島警部だ。

「まず、梅木ヨシオの似顔絵ができたので、各自見てもらいたい」

たった今できたばかりなのだろう。下座にいたデスク要員が前列まで出てきて、コピー用紙を配り始める。

「現状、アッコによる確認はとれていない。よってこれは、香田麻耶の証言にのみ基づいて作成されたものであることに留意してもらいたい。……木和田統括。アッコは今どうしてる」

やはり窓際、左最前列にいる木和田が起立する。

「十八時過ぎに新検調べから直接、多摩分室に戻しました。調べは明朝からとします。チャンスがあれば、梅木ヨシオの似顔絵も確認させたいと思います」

現在、町田署には女性留置場がないため、アッコは警視庁多摩分室に留置されている。車で小一時間かかる場所だが、男と一緒に留置するわけにはいかないのだから致し方ない。

ようやく島本たちのところにも似顔絵が届いた。

隣で、九条が低く漏らす。

「……こういう感じか。意外だな……どこにでもいるような、いないような」

言い得て妙ではあるが、島本も同じような印象を抱いた。

絵は鉛筆のみの白黒で描かれており、多少の濃淡はついているものの、色は一切ない。出来栄えとしては中の上といったところか。いかにも「似顔絵」といった感じの、各パーツの特徴に重きを置いた画風だ。決して写真から写し取ってきたような、写実的なタッチではない。

丸顔で、禿げかかっているのかやけに額が広い。目は細く垂れ気味。眉は薄めだが、細くはない。ぼんやりと太い感じ。鼻は細からず、太からず、長からず短からず。唇はわりとくっきり描かれているが、何しろ男なので、実際ここまでくっきりしているかは分からない。耳は、まあごく普通に「ある」感じ。ひと言でいったらなんだろう。垢《あか》抜けない中年男。動物でいったら羊系か。いや、ちょっとでもヒゲを生やしたら、それだけで熊っぽくなるかもしれない。髪を伸ばしたら、帽子をかぶったら、眉を濃くしたら——そういったバリエーションも、今後作成されるものと期待したい。

島本は似顔絵をいったん机に置いた。

「なんとも、捉えどころのない顔ですね」

「うん……印象に残りづらいというか。見間違いも含めて、これで捜すのは難しいんじゃないかな」

前方では「一ついいですか」と、木和田が話を続けようとしていた。変な話、木和田とこの似顔絵はちょっと似ている。木和田がこれを持って聞き込みに回ったら、「あんたじゃないの」と言い出す人も何人かはいそうだ。

係長が木和田を見やる。

「なんだ」

「夕方、四〇三号を再度捜索したところ、キッチンの流し台の引き出しの下から、このようなものが出てきました」

木和田が掲げたのは証拠品保管用のポリ袋だ。それを、係長に提出しにいく。

「……なんだ、健康保険証じゃないか。こういうのが出たんなら、早くいってくれよ」

「すみません。指紋の採取や照会に手間取っていたもので」

木和田は悪びれたふうもなく、さらりといってのけた。それがなんとも、島本には懐かしかった。

やや高めの、鼻の上から抜けてくるような声。優しくも、冷たくも、それでいてどこかとぼけたようにも聞こえる、奇妙なトーン。同じ調子で島本は、木和田に褒められたことも、怒られたことも、飲みに誘われたこともあった。

隣で九条が「統括、さすがだな」と呟く。そう。とぼけたふうでいながら、ぽんと大きな仕事をする。木和田には確かに、そんな印象がある。今もそのスタイルは健在ということか。

係長は保険証の記載を確かめながら、背後の黒板に「湯浅恵美」と書いた。

「……で、指紋は出たのか」

「いえ、信じ難いことに出ませんでした」

「照会した結果は」

「はい。その湯浅恵美《ゆあさめぐみ》という、現在三十八歳になる女性は、二年前の六月二十一日に、品川区大崎の私立病院で骨折の治療を受けています。治療個所は肋骨《ろっこつ》です。治療に訪れたのはその一回だけで、以後その保険証は使われていません。そんなものがなぜ流し台の、しかも引き出しをはずして、なお手前の立ち上がりに立て掛けるようにして、置いてあったのか……何しろ流し台ですから、知らぬ間に落ちてしまったとか、何かの弾みで入ってしまったとは考えづらい。何者かが、故意にそこに隠したと考えた方が自然でしょう」

係長は保険証の表と裏を繰り返し見てから、管理官に手渡した。管理官も、困り顔でそれを検《あらた》める。

木和田が続けた。

「三十八歳ですから、年齢的にも、その湯浅恵美がアッコの本名である可能性は高いと思います。明日は梅木ヨシオの似顔絵と併せて、アッコの身元について触れてみようと思います」

管理官と係長が、共に納得顔で頷く。

「じゃあ、アッコの調べはそういうことにして……今日の報告、まず本部鑑識」

「はい」

今日から警視庁本部の鑑識課が捜査に加わり、作業にはかなりの進展があったようだが、それでも指紋から個人が割れたり、遺留品から決定的な証拠が得られたりということはなかった。

梅木ヨシオ関連も、人着（人相着衣）が分からなかった日中は進捗なし。報告は香田靖之関連に移った。

二番目に報告したのが九条だった。

「こちらでは、香田靖之の身元、職歴等が確認できました」

靖之は群馬県高崎市の出身で、東京の私大を卒業後、中古車販売会社の「Uパートナー」に就職している。結婚は二十四歳のとき。相手は一つ年下の緑。旧姓、有村《ありむら》。緑とは八年前に離婚し、靖之は麻耶を引き取って町田市原町田に転居。原町田を選んだのは勤務先が町田支店になったためと思われる。

「しかし靖之は、去年の秋に同社を退職しています。理由は一身上の都合ということでしたが、当時の仕事仲間の話では、退社前の靖之は、それまでとまるで、人が違ってしまっていたということです」

九条がひと呼吸置く。ここからが今日の報告の要だ。座ったまま聞いているだけだが、島本もにわかに緊張を覚えた。実際、心拍数も上がってきている。講堂内のすべての視線が、自分たちに注がれているのが分かる。背中がチクチクと痺《しび》れ始める。

「……席が隣で、付き合いも長かった丸山《まるやま》という社員の話では、まず服装がだらしなくなった。汚れたものを着てくることが多くなり、具体的にいつ頃からと断言はできないようでしたが、一年半か、下手をしたら二年近く前から、その兆候は現われていたようです」

麻耶によれば、サンコート町田に転居したのが去年の春頃。一年と三、四ヶ月前。つまり、靖之の変貌は原町田にいた頃から始まっていたことになる。

「体臭もきつくなり、朝はたいてい酒臭い。丸山もそれについては直接いったそうです。しかし靖之は、ごめんごめんと謝るだけで、妙にヘラヘラしてみせるだけだった。そんな調子ですから仕事に身が入るはずもなく、業務内容は営業でしたので、成績はガタ落ち。ほとんどゼロの状態が続いたようです」

さらに問題なのは、この続きだ。

「社を辞める三ヶ月ほど前になりますと、同僚や上司に借金を申し込むようになったそうです。あまりにしつこいので、丸山も返済はないものと覚悟の上で、三万ほど用立てた。しかしそれを返しもせず、さらに借金を申し入れてくる。終《しま》いには、誰も靖之とは口を利かなくなったようです。またその頃になると、靖之の変化は身なりの乱れ、体臭だけでなく、顔面を殴られたように腫らしてきたり、具合が悪そうに机に突っ伏していたり、長時間ぼんやりしていたり、ひどいときは職場で鼾《いびき》をかいて寝始めたりというのも、珍しくなかったようです」

そんな状態でよく解雇されなかったものだと思う。

「誰彼かまわず借金を申し込むくらいですから、所持金も碌《ろく》になかったようで、昼休みに外に食べにいくことはまずなくなり、いっときはコンビニ弁当、それも一番安いのり弁当から、サンドイッチ、やがてはスナック菓子、最後の頃は何も食べていなかったらしいです。そんな状態ですから、当然痩せます。辞める直前はもうガリガリで、歩くのもやっとという有様だったそうです。むろんある頃までは、お前大丈夫かと、上司も同僚も心配したそうですが、靖之は終始、大丈夫大丈夫と、ヘラヘラしていたと。逆に、心配するくらいなら金を貸してくれと。そんなことしかいわなくなったので、誰も相手にしなくなった、ということのようです」

麻耶、アツコこと湯浅恵美のみならず、靖之もまた長期にわたる暴行を受けていた可能性が出てきたのだ。

その暴力行為の中心となっていたのは、おそらく梅木ヨシオ。

これといった特徴のない、似顔絵の男。

4

恋人の父親とあっては、無下《むげ》にあしらうわけにもいかない。また挨拶もせずに奥に引っ込むほど、辰吾も子供ではない。

「あ、ああ……どうも。あの……初めまして」

リビングダイニングの出入り口で頭を下げる。熊も一応は席から立ち、のっそりと頭を下げ返した。だがそのまま、また元通りに座ってしまう。丁寧と面倒の、ちょうど中間くらいの曖昧なお辞儀。娘が見知らぬ男と同棲しているという状況に、どういった考えを持っているのかは量りようもない。

皿を二枚持った聖子が、対面式のキッチンから出てくる。

「ごめんね。うちのお父ちゃん、こう見えてけっこうシャイだからさ。勘弁してあげて

……はい、ごーちゃんのもできたよ」

カウンターに用意してあったサラダも並べ、聖子も席に着く。いつもは誰も座らない、テーブル幅のせまい席。どうやら辰吾は熊の真向かいに座るしかないようだ。普段は聖子が座る席だ。

「なに、ごーちゃん。冷めちゃうよ」

「ん、ああ……じゃあ、ちょっと手ぇ洗ってくる……洗って、きます。すみません」

今一度頭を下げると、熊もそれなりには返してくる。辰吾が右奥、浴室の方に向かうと、背後でまたスプーンと皿が当たる音がし始めた。

もそもそと、無表情のままチャーハンを口に運ぶ姿が脳裏に浮かぶ。娘の同棲云々より、空腹を満たす方が先ということか。ますますホームレスじみてはいないか。

脱衣場と洗濯機置き場を兼ねた洗面所。いくつか水滴が跳ねた鏡。傘立てのミニチュアみたいなスタンドに差してある、緑と黄色の歯ブラシ、歯磨き粉のチューブ。その隣には薬用液体石鹼のプッシュボトル。聖子は「一回でいいでしょ」というが、辰吾は決まって二回押す。聖子とは手の大きさも汚れの質も違う。何より、汚れの残った手で聖子に触りたくはない。

いや、どうなんだ。さっき聖子は、あの熊が東京に出てきたから云々といってはいなかったか。東京に出てきたから、どうせならうちにくればといった、とかなんとか。確かにここも東京には違いないが、しかし二十三区からは遠く離れた、しかも町田市の中でもはずれの方だ。二、三百メートル歩いたらもう、神奈川県の相模原市だ。東京にきたからといって、こんなところに呼んだらかえって便が悪いんじゃないのか。そもそもここに呼ぶってことは、今夜はここに泊めるということにならないか。

とりあえず、今夜は聖子を抱けなくなる。それはいいとしてもだ。結婚もしていないこの状況で、父親とはいえよく知りもしない男を泊めるというのには、かなりの抵抗を覚える。それも、地味でも野暮ったくてもジャケットを着ているなりネクタイを締めているなりしていれば印象は違ったかもしれない。ところが、熊だ。人間扱いをしたところでホームレスだ。別に反吐《へど》が出るほど臭いわけでも、肌が土色に汚れているわけでもなかったが、イメージはどうしようもなくそれっぽい。貧乏臭くて、不潔っぽくて、落伍者っぽい感じ。あんなのが、本当に聖子の父親なのか。

いや、待て。聖子の父親って、あんなだっただろうか。

もうずいぶん前になるが、あたしの両親、といって聖子が携帯の写真を見せてくれたことがあった。細面の、白髪頭の紳士と、小太りで人の好《よ》さそうな婦人。その間にはさまれているのは、晴れ着を着た二十歳の聖子。あの右側に写っていた紳士が、何をどうやったらあんな熊五郎になるのだ。顔、全然違わないか。

辰吾は顔まで洗って、タオルでゴシゴシと水気を拭った。

あれが聖子の父親ではないとしたら、どういうことになる。やはり間男なのか。それとももっと、何か他に事情があるのか。しかし、いかに見た目が熊であろうと、あんた偽者だよね、といきなりかますわけにはいかない。とりあえずこの場は調子を合わせておいて、あとで聖子と二人になれるときまで、詳しく訊くのは待つしかないだろう。

洗面所から隣、ベッドルームにしている洋室に移り、部屋着のジャージに着替える。自分でも今まで気づかなかったが、かなり動揺しているらしい。いつもは帰宅したらまず着替え、それから手洗い、洗顔という順番だ。明らかに乱されている。自分と聖子の生活も、自分自身の気持ちも。

一度静かに深呼吸をし、ベッドルームから出る。キッチンカウンター越しに熊の頭が真ん丸く覗いていた。隣には聖子。別にどうという顔はしていない。なんとなく熊に視線を向けながら、自分でもスプーンを口に運んでいる。

「……すみません。お待たせ……しました」

待ってなんていないのかもしれないけど、と心の内で呟きつつ席に着く。皿に盛られたチャーハンからは、まだ微かに湯気が立ち昇っていた。サイコロステーキ用だろうか、真ん中辺りには四角い肉がコロコロと載っかっている。二人分の肉で三人分の夕飯をと考えた結果、このメニューに行き着いたのだろう。まあ、そうだとしても美味そうではある。

「……いただきます」

「はい、どうぞ」

熊はなんのリアクションも見せない。こいつ、自分からは何も喋らないつもりか。逆に、自分たちから事情を説明しろと、そういうプレッシャーをかけているのか。

いいだろう。こっちは何一つ疚《やま》しいことはしていない。確かにエッチはだいぶしたが、二人とも成人しているし、そこに問題はない。たとえ子供ができて籍を入れることになっても、生活していけるくらいの稼ぎはある。そこも大丈夫だ。

辰吾は、一度手にとったスプーンをその場に置いた。

「あの……お父さん」

お父さんなんて馴《な》れ馴れしく呼ぶな、というドラマのような台詞が脳裏をよぎったが、そんな反応すら熊は示さない。

「えっと……聖子さんから、お聞きかも、しれませんが、自分、横内《よこうち》、辰吾といいます。二十九歳です。自動車の、整備工場で働いてます。聖子さんとは……」

二年くらい前からお付き合いさせていただいてまして、と続けようとしたが、邪魔が入った。

聖子だ。慌てて口の中の物を飲み込み、扇《あお》ぐように手を振る。

「……いいのいいの、そういうのは。この人、父親だけど、そういうんじゃないから」

そういうんじゃない父親、ってどんな父親だ。

うやむやのうちに夕飯も終わり、聖子は「お父ちゃん、先に入んな」と熊を浴室に押し込んでしまった。あんなのが入った風呂になんざ入れるか、と思わなくもなかったが、今は聖子に訊く方が先だ。

「ちょっとさ、ちゃんと説明してよ。確かさ、前に見せてもらった写真のお父さん、あんな感じじゃなくなかったっけ？」

カウンターの向こう。洗い物をしている聖子は、こともなげに頷いた。

「うん。前に見せたのは育ての両親。あれは実の父親」

聞いてない。そんなこと。

「あれ見せたとき、実の親じゃないなんていってなかったじゃん」

「だって、そこまでいう必要ないと思ったもん」

「必要ないわけないだろう。そういうこと、ちゃんといえよ」

「あっそう……うん、分かった。次からちゃんという」

次って、そんなに何回もあるものか。

聖子は、まるで話が終わったような顔でまな板を洗い始めた。

「いや……だからさ、次はいいから、今のこの状況について説明してくれっていってんの。なんで写真の両親に育てられて、なんで実の父親が急に出てくんの」

「そこら辺はねぇ……うちの場合、けっこう複雑なんだよね。とにかくあの人はあたしの生みの親で、怪しい人じゃないからさ。ちょっとの間、泊めてやってよ」

ちょっとの間、って——。

「え、泊めるのって、今晩ひと晩だけじゃないの?」

「分かんないけど。でもお父ちゃんも、なんか疲れてるみたいだし。明日あたし、お店午後からだからさ。午前中にでもちゃんと話聞いて、夜、ごーちゃんに話すよ。だから今日のところは、なんもいわないで泊めてあげて。そこのソファでいいから」

当たり前だ。飯を一人前食われた挙句、ベッドまで占領されて堪《たま》るか。ただでさえ、あんなのがいたら聖子と——。

包丁まで洗い終えた聖子が、エプロンをはずしながらこっちに出てくる。

「生んでくれたってだけで……小倉《おぐら》の家の養女になるまで育ててくれたってだけで、あたしはあの人に恩義があるから……そこはさ、ごーちゃんもわかってよ。なりはあんなだけど、悪い人じゃないのよ」

そうか。聖子の「小倉」という名字は、生家のそれではなかったのか。

「お父さん、名前はなんていうの」

「サブロウ。一、二の『三』に、ロウは普通のやつ」

「名字は」

「ナカモト。チュウにホンの、中本」

中本三郎か。見た目だけでなく、名前までのっそりしていやがる。ということは、聖子も元は「中本聖子」だったわけか。それだったらやはり「小倉聖子」の方が可愛い。いずれは「横内聖子」になるのかもしれないが。

浴室の折れ戸が開く音がしたので、話はそこまでにした。

やがて洗面所のドアが開き、熊、改め三郎が出てくる。さすがにニット帽はかぶっていないが、その他はほぼ同じだった。ランニングシャツの上に直接茶色いジャンパーを着、下はくたびれたグレーのスラックスを穿いている。意外にも、ニット帽の下の頭は禿げていなかった。生え際はだいぶ後退しているものの、それも年を考えたら立派な部類に入ると思う。年といっても、五十歳くらいとしか分からないが。

「……すみません……お先に」

三郎はぺこりと頭を下げ、リビングの中央に進んでいった。そして、いつも辰吾と聖子がテレビを観ながらイチャイチャするソファに、静かに腰を下ろす。

やはり、熊だ。大人しいけれど、人間とは違う。むしろ、人間との関わりを嫌う野生動物の孤独が背中にへばりついている。辰吾はともかく、娘の聖子とも碌に口を利こうとしない。一体何が楽しくて、娘の住まいを訪ねてきたのだろう。

その後は辰吾、聖子の順番で風呂に入った。ああ見えて三郎は几帳面な性格らしく、辰吾が入った段階でも「お風呂用具」はいつもの定位置にあった。椅子、洗面器、石鹸トレイ。辰吾と聖子それぞれのシャンプー、リンス。聖子のメイク落とし。泡立て用のネット。一瞬、無断で髭剃りを使われていたら気持ち悪いなと思ったが、それはなさそうだった。三郎は入浴後もヒゲ面だった。

湯船の湯も綺麗なもので、垢も縮れ毛もまったく浮かんでいなかった。ひょっとしたら、三郎は遠慮して湯船には浸《つ》からなかったのかもしれない。シャワーを浴びて、頭から体まで全部石鹸で洗って、流しておしまい。だとしたら、ちょっと不憫《ふびん》にも思えてくる。どこからきたのかは知らないが、東京で久しぶりに会ったら、娘は見知らぬ男と同棲していた。

食事も何も、親子水入らずというわけにはいかない。風呂では湯船にも浸かれない――それではさすがに、ちょっと可哀相だ。風呂から出たら、ビールでも誘ってやろうか。

だが実際に出てみると、もう三郎はソファで低く鼾をかいていた。聖子が消したのだろう、リビングに明かりはなく、点いているのは台所だけ。冷蔵庫のモーター音が長い溜め息のように響いていた。

洋室に戻ると、聖子はベッドで携帯を弄《いじ》っていた。

「……お先」

「うん。あたしも入ろっと」

勢いをつけて立ち上がった聖子を、タイミングよく捕まえる。

ちょっと、と聖子が身をよじる。

「今日は……さすがに駄目だって」

「キスくらいいいだろ」

「ごーちゃん、そういってて、それじゃ済まなくなるじゃん」

「今日は我慢するよ」

そうはいいながらも、届く範囲で聖子の背中や尻をまさぐる。

「ほんと、今日はしないからね」

った。

「分かってるって……」

このときは、親の寝ている隣でするセックスも刺激的かも、くらいにしか思っていなかった。

翌朝、「ごめん、本当はごーちゃんがここだから」と聖子がいい、辰吾はいつもの席に復帰。しかし三郎が辰吾の向かいに座り、聖子が右隣という、昨日とは三郎と辰吾が入れ替わった位置関係に落ち着いた。

「……いただきます」

三郎は相変わらず言葉少なだった。聖子がテレビに背を向けているため、ニュースの話題も共有しづらい。自然、辰吾と聖子も無口になっていく。

「じゃあ、自分は……仕事、いってきます」

「はい……いってらっしゃい」

「おはようございます」以外で交わした会話はこれだけ。まったく、何を考えているのやらさっぱり分からない。

昨日と同じブルゾンを着ながらリビングを出る。

玄関のタタキ。その隅っこには二匹の巨大なゴキブリのような、黒い革靴が一足寄せてあった。昨夜、仕事から帰ってきたときはなぜ気づかなかったのだろう。自分以外の男物の履物なんてあり得ない。そう思い込んでいて目に入らなかったのだろうか。

「ごーちゃん、気をつけてね」

「うん……いってきます」

見られたら嫌なので、いつものタッチもなし。

どうしようもなく気持ちの暗い朝だった。

思い返せば、辰吾は聖子の親のことなど、ほとんど考えたこともなかった。

聖子は高校を出てすぐに自活し始め、ガソリンスタンドやコンビニの店員、タバコの販促スタッフ、ビルの清掃などいろいろやったが、ファミレスが一番、性に合っているといっていた。実家に戻るつもりはない。両親のことは好きだけど、もう年だから迷惑はかけたくない。仮に体が不自由になっても面倒は兄夫婦が見るから大丈夫。そんなこともいっていたが、そうか。ということは、その兄とも血の繋がりはないというわけか。

そんなふうに仕事中も、いつも以上に聖子のことばかり考えていたからだろうか、

「……いっ、イイィィーテッ」

車両から取りはずしたボンネットを廃材置き場に運ぼうとして、うっかり、鉄板がギザギザに捲《めく》れ上がった部分に手を掛けてしまった。

「げっ、辰吾さん、大丈夫っすかッ」

すぐに的場が飛んできてくれたが、大丈夫なはずがない。ザックリと掌が切れている。

まもなく様子を見にきた社長も、困り顔で腕を組んだ。

「どう見ても、絆創膏で済む傷じゃねえな。それはいいから、医者いけ。で、どんくらいかかるか分かんねえけど……」

工場の壁にある、塗料の塵でガラスのくすんだ丸時計を見上げる。

「今日はもう、そのまま上がれ。医者、近いとこ分かるか。三谷《みたに》整形外科」

「はい、分かります……すんません」

三谷整形外科なら工場とアパートのちょうど中間辺りだ。このまま上がっていいのなら好都合だ。

「じゃ、ほんとすんません。お先に、失礼します」

「自転車、乗るなよ。片手で漕いでて、なんかの拍子にとっさに握って、傷口が広がってもいけねえから」

「はい、そうします……押していきます」

でも、乗ってしまった。傷口は右手の小指側。手首に近い辺りの、ちょっと肉が厚く膨らんでる部分。一番大きな絆創膏を貼って、包帯でグルグル巻きにしてある。自転車のハンドルを握るくらいは大丈夫だろうと思った。

何事もなく三谷整形外科に着くと、早速、泥つき野菜のようにジャブジャブと水道水で傷口を洗われ、

「けっこうザックリいってるね」

「……はい」

傷口の内側に何本も麻酔を打たれ、

「イテッ……い、いいっ、痛いっす」

「あと二回だから我慢してね」

五針縫われた。怪我より縫合より、麻酔が一番痛かった。


アパートに戻ったのは夕方六時ちょっと前。当たり前だが聖子はおらず、いるのは三郎だけだった。

三郎は、ソファで寝ていた。

明かりもテレビも点けず、腕を枕にして静かにしている。鼾はかいておらず、低い寝息だけが間遠に聞こえていた。

毛布くらい掛けてやってもいいのだけど、そこまで甘やかす必要もないかと打ち消した。

奥の洋室で着替え、左手だけで顔を洗い、また部屋に戻った。夕飯の支度をするにはまだ早い。何しろ三郎が寝ている。わざわざ起こして、また変に気を遣うのも嫌だった。

別に眠くもなかったが、なんとなくベッドに横たわった。辰吾が一人暮らしをしていた頃から使っているシングルベッド。二人で住み始めた当初は、せまいね、せまいねと毎晩いっていたが、冷え込むようになると、互いの体温が何より心地好かった。せまいのもいいね、となり、これまでなんとなく買い替えずに済ませてきた。でもさすがに、夏場に抱き合って寝るのは暑苦しいだろう。今月か来月辺りには、新しくした方がいいかもしれない。

聖子の匂いがする枕を、包帯のない左手で引き寄せる。長い睫毛の寝顔を思い出す。聖子は横向きに寝ると、口の前に手を持っていく癖がある。それが、おしゃぶりをする赤ん坊のようで可愛い。そっと頭を撫でても、起きることはあまりない。艶々とした黒い髪。そのまま肩、背中と下ろしていくと、辰吾も段々とそういう気分になってくる。胸、尻と進む頃には、さすがに聖子も目を覚ます。

もう、駄目だってば。明日、朝早いんだから——。

その声で逆に、辰吾は本気になる。

可愛い。可愛過ぎる。

「……聖子」

だが、そう呟いてみて一つ、思い出した。

聖子の体には、あちこちに変な傷痕がある。小さな火傷や、切り傷の痕のようなものだ。手で触っても、暗いところで見ても分からない。日中に、注意深く見てようやく分かる程度。完治し、もうだいぶ薄くなってはいるが、しかし決してなくなりはしない、一生消えることのなさそうな傷痕。聖子は「小さい頃はお転婆だったから」といった。辰吾もそうなのかと思って済ませていたが、今、急に気になってきた。

あれと、小倉家の養女になったのとには、何か関係があるのだろうか——。

そこまで考えたとき、ふいに物音がした。

が、しゃん。

できるだけゆっくり、静かに、玄関ドアを閉めたときの音だ。

辰吾は跳び起き、洋室のドアを開けた。正面に見えるリビングは暗いまま。バルコニーに出られる掃き出し窓のカーテンも開いたまま、ぼんやりと暮れた低い街並を四角く映している。でもその手前にあるソファを見ると、さっきまではみ出ていた三郎の足がない。

あの親父——。

近くまでいって覗き込んだが、やはり三郎はいなかった。ソファのすぐ下にニット帽が落ちていたはずだが、それもない。ここに三郎がいたという、痕跡自体がない。

玄関にいってみた。さっき締めたはずの鍵は開いており、タタキには辰吾のくたびれたスニーカーと、辰吾用、聖子用のサンダルが一足ずつあるだけで、三郎の黒い革靴は見当たらなかった。

三郎がタバコを吸うかどうかは知らないが、ひょっとしたら一服でもしに出たのかもしれない。ちょっと見れば、この家に灰皿がないことや喫煙の形跡がないことは分かるだろう。あるいは腹でも減って何か食べに出たのか。聖子がいないのに、辰吾に作ってもらって食べるのは申し訳ないとか、そんなふうに考えたのか。

一応鍵を掛け、辰吾はリビングに戻った。

明かりを点けると、いつもと変わらない眺めがそこにあった。奮発して買った四十六インチの薄型テレビ。その横には、ソファからゴミを放り込むのにちょうどいい大きさの屑籠。窓のカーテンは薄い緑のチェック。ソファは合皮で明るめのオレンジ。蛍光灯が白熱灯色なので、部屋全体が暖色に染まって見える。

窓際までいき、辰吾はカーテンを閉めてから振り返った。

誰もいないソファが、いつもよりやけに大きく見えた。

ここでずっと、三郎は寝ていたのだろうか。

何もせずに、ゴロゴロと一日中。

彼は何を考え、今日という一日を過ごしていたのだろうか。

5

木和田は刑組課の片隅にある小さな取調室で、もうかれこれ半日近く、なんの反応も示さない女と向かい合っていた。

自称「アツコ」、年齢不詳。しかし本名が「湯浅恵美」であるならば、今年この女は三十八歳になるはずである。今現在、湯浅恵美の身元確認は特捜の若手捜査員が中心となって進めているが、結果はまだ出ていない。

なので木和田も、湯浅恵美について彼女にぶつけることはしない。今のところはゆっくりと、事件を思わせる「ニオイ」のようなものを、この調室に呼び込む作業に徹している。現状はまだ、そういう下地作りの段階だ。

「……あの部屋、サンコート町田の、四〇三号室。けっこう、広いよね。ＬＤＫが十五畳、六畳半の洋間が二つ、か……いいよね。夫婦二人だったら、かえってちょっと寂しいくらいだよ。子供が一人、二人くらいいてもいいかな……ねえ？　それくらいでも、いい間取りだよね」

ときには、背後にいる女性捜査員にも話を振る。最初に香田麻耶の聴取を担当し、アッコの逮捕時も現場にいた松嶋和子《まつしまかずこ》巡査部長だ。年は四十五歳。高校三年生の息子と、中学二年生の娘がおり、夫も警察官で本部の警務部にいるという。マル被が女性だから女性捜査員を立会いにつける、というのももちろんそうだが、木和田は彼女の物腰の柔らかさ、家庭人としての経験、観察眼がこの取調べに何かしら良い影響を与えてくれるものと期待している。この事案に最初から関わっているというのも大きな利点だ。

「……ええ。それくらいあったら、いいですね」

木和田は顔こそ松嶋に向けたが、目の端ではアッコの顔色を注視していた。アッコは相変わらず伏し目がちで、無表情を保っている。

美人、とまではいえないが、アッコの顔立ちは悪い方ではない。充分に整っている部類だと思う。ただ、ひどく目付きが暗い。日が暮れても明かりの灯らない、空き家のような薄暗さだ。これが生来のものなのか、それとも過去の何かしらが影響してのものなのかは、まだ分からない。

今は、いわゆる「黙秘」の状態である。

こういう態度をとるマル被は、決して珍しくない。取調官の言葉は風音と聞き流し、頭の中では事件と関係ない出来事を繰り返し考え、感情を表に出さないよう努めている。

初回の取調べ前に、マル被には供述拒否権の告知をする決まりになっている。質問に答えるか答えないかはあなたの自由、ということだが、むろんそれを許していては調べが進まない。取調官はあらゆる手を尽くしてマル被に事件について喋らせようとする。それもできるだけ自発的に、というのが望ましい。

アッコは一昨日の調べで「香田さんは私たちが殺しました」と供述している。「香田さん」は香田靖之、「私たち」はアッコと梅木ヨシオと解釈できるが、そこからどうにも話が先に進まない。この供述を引き出したのは町田署強行犯係の船村統括係長だが、彼もこれに至るまでに二日を要している。木和田にとっては今日が初日。取調官の交代というハンディもある。

アッコが喋らない理由はいくつか考えられる。

いったんは靖之を殺したと供述したものの、殺人罪に問われて服役することを具体的に考え始めたら、じわじわと怖くなってきた。死体遺棄などを含め、自分のした行為の詳細を思い返し、それがどんな罪になるかを案じ始めた。ひょっとすると、梅木ヨシオに愛情を抱いており、彼を庇《かば》いたいから喋れない、というのもあるかもしれない。あるいは、もっと別の秘密を守ろうとしている可能性も考えられる。

それでもアツコは、確かに一度は靖之殺しを認めている。この事実は重い。そして、そこにこそこの調べの突破口はあると、木和田は見ている。

ではなぜ、アツコは靖之殺しを自供したのか。そのときの気持ちから、アツコには思い出してもらいたい。

「……ちょっとこれ、見てくれるかな」

殺人班二係の九条が入手してきた、中古車販売会社時代の靖之の写真だ。

「ねえ……いい顔、してるでしょう。仕事、この頃はきっと、上手くいってたんだろうね。なんか、凄く嬉しそうだ」

年間の売上成績が優秀だったのだろう。靖之はオフィスの壁に貼り出されたグラフ表の前で、花束を持って満面の笑みを浮かべている。細面の、優しそうな目をした男だ。上唇がちょっと尖っており、それが少し甘ったれっぽく木和田には見えるが、本当のところは分からない。靖之の性格に関する調べもそこまでは進んでいない。もう何枚か写真があれば、イメージも定まってくると思うのだが。

写真を机上に置き、木和田は手を引っ込めた。

「あの部屋で、靖之さんと麻耶ちゃんは、どんなふうに暮らしてたのかな。どんな親子だったのかな。仲、良かったのかな……そりゃ、良かっただろうね。奥さんと別れて、八年。

その頃、麻耶ちゃんは九歳だ。九歳っていったら、何年生だ……小学、三年生くらいか」

また松嶋に話を振ってみる。

「変なこと訊くようだけど、その……女の子の初潮ってのは、九歳ではどうなんだろうね。もう、始まってるものかね」

木和田にも三人子供がいるが、男ばかりなのでそういった話にはとんと疎《うと》い。そもそも、仕事が忙しくて子育てをしたという記憶そのものがない。いや、記憶というか、そういう事実がない。それればかりか、木和田はまもなくお祖父ちゃんになろうとしている。

松嶋は小さく首を傾げた。

「九歳は、まだじゃないですかね。十歳でも、まだ早い方だと思います」

うん、と頷き、木和田はアツコに向き直った。一つ話を振って長々答えないところも、この松嶋巡査部長の美点だと思う。

「そういう頃から、男手一つで、だもんね。苦労しただろうね。難しいことも、いろいろあったろうな……今、麻耶ちゃんは十七歳でしょう。普通だったら、父親なんか鬱陶しい年頃だよね……あなたから見て、どうだったのかな、二人の仲は。仲の良い親子だったのかな。それとも、年相応に麻耶ちゃんは父親と距離をとって、靖之さんも、それを見守ってた感じかな」

やはり、そのようだ。

この話を始めてからのアッコには、反応がある。ごく微かにだが、でも確かにある。明らかに木和田の声が、耳に届くようになっている。言葉の意味が頭に入るようになった。その証拠に、奥歯を噛み締めたり、生唾を飲み込んだりし始めた。靖之と麻耶。この二人との関係において、アッコは何かしら感情を揺さぶられる部分があるのだ。

「……無念、だったろうね。悲しかっただろうね。麻耶ちゃん一人を残して、自分だけ死んでいくっていうのは。……私にもね、子供がいるから分かるけど、親ってもんはね、自分の苦しみには耐えられても、子供が苦しむ姿を見るのには耐えられないものだよ。できるなら、代わってやりたいと思う。代わりに私が罰を受けるから、この子は赦してやってくれ。そういって身を投げ出すのが、親の情ってものじゃないかな……うん、強くなれるんだよね。人間ってのは、守るべき者があると」

また、アッコが生唾を飲み込む。木和田の言葉がそのまま響いているのか、それとも何かを連想するきっかけになって、アッコの中に別の思考が芽生えているのか、それは分からない。分からないが、手探りで進むしかない。引き出していくしかない。それがたとえ蜘蛛《くも》の糸ほどに細い、微弱な反応であっても。

「こんなにさ……ねえ、優しそうな目をした人だよ。麻耶ちゃんのことが、可愛くて仕方なかったと思うんだ。一人娘だもん。その麻耶ちゃんがさ、どんな理由があったのかは知らないけど、体中に火傷や傷を負ってね、警察に保護を求めてきたんだよ。中には、もう治ってだいぶ経つ傷もある。ということは、だ。麻耶ちゃんに対する暴行は、かなりの長い期間に及んでいたってことだよね。靖之さんは、それを知っていたのかな。彼が亡くなる前から、麻耶ちゃんは暴行を受けていたのかな……だったら、つらいよね。つらかっただろうよ……あんなに可愛い娘がさ、目の前で傷つけられるんだもん……服を着たまま、できることじゃないしね、あれは。きっと、裸にされてさ、やられたんだよね。堪らないよ、そんなの……他人の前で、自分の娘が裸にされてさ、折檻《せっかん》を受けるんだよ。私だったら、土下座してでも、身代わりを申し出るよ。お願いします、なんでもいうことを聞きますから、この子だけは助けてください、ってさ……」

この話も、実のところ初めてではない。今朝から数えたら、もう三回目か四回目だ。言い方は違う。声の調子も、盛り込む情報もその都度変えている。でも、大きく意味するところは同じだ。娘を穢《けが》された父親、靖之の心情。それがたとえ的外れであっても、木和田はいいと思っている。「あの男はそんな人間じゃなかった」と反論されてもいい。今はただ、アツコが口を開いてくれることを期待している。

「あなたに子供がいるかどうかは、私は知らない。でもいるなら分かるだろうし、いないなら想像してみてほしい。それが無理なら、自分の親を思い浮かべてもいい。あなたが苦しんでるとき、ご両親はあなたに、手を差し伸べてくれたろう。小さかった頃、転んだあなたを抱き起こしてくれたろう。助けようとしてくれたのは、誰だった？　すり剝《む》いた膝小僧、あなたは痛くて泣いちゃったよ。でも、痛くない痛くない、大丈夫だ、すぐ治るよって、消毒して絆創膏を貼ってくれたのは、誰だったの……お母さん、だったんじゃないかい？　お父さんだったんじゃないかい？」

これと似たような話も、午前中に一度した。だが今の方が、聞いてくれているように思う。木和田の言葉が、アッコの中で響いているように見える。

「たとえすり傷でもね、親は悲しいの。同じくらい痛いの。それが自分の過失だったら、なおさらだよ。自分が、ちょっと目を離した隙に転んだり、自分が放っておいたものに躓《つまず》いて転んだりね。なんの気なしに閉めた扉に、後追いしてきた子供がひょいと手を出して、指をはさんじゃったりね。そういうことだって、あるわけさ」

これは木和田の体験ではない。女房から聞いた、他所《よそ》の家庭に起こった事故だ。

「部屋のドアならまだいいけど、アルミサッシだったら、怖いよ。子供の指なんてさ、ぽぽぽんって飛んじゃうんだから。その後の人生考えたら、つら過ぎるよ。子供の指落としちゃったのが、親だなんてさ……私だったら耐えられない。耐えられないけど、親を辞めるわけにはいかないからね。耐えるしか、ないんだろうな……」

見えた――。

アッコの喉元まで、何かが込み上げてきているのが分かった。あとひと息、もうひと押しか。いや、ひと呼吸置いて、自分から言葉にするのを待つか。

でも、駄目だった。木和田がひと呼吸置いた途端、アッコはその何かを呑み込んでしまった。間を置かず、もうひと押ししておくべきだったか。

「……あなたがね、そういう、情の通じない人間だったら、私もいわないですよ。でもね、そうじゃないと思うから。あなたはちゃんと、情のある人だと思うから、だからね、私は話してるの。分かるでしょう。親が子を思う気持ちとか、子が親を思う気持ちとか。あなただって、一人で生まれてきたんじゃないんだから。親に生んでもらって、世話してもらって、愛されて、大きくなったんだから。そういう心で考えたら、麻耶ちゃんのこととか、靖之さんのこととか……ね？　思うところあるでしょう。なんであんなことになってしまったのか、そういうね、今あなたの胸に、痞《つか》えてるものがあるでしょう。それはね、ただあなたが胸にしまっておくだけじゃ、苦しいばっかりなんだよ」

いってしまえば、取調べで情に訴えるのは常套手段だ。使い古された手法だが、だからこそ効果はあるのだと思う。実際、怒鳴りつけて脅かすより、自供が得られる確率は高い。

誰にでも通用する論理、心理、情理。結局はそういうものが人の心を動かすのだと、木和田は確信している。むしろ大事なのは、そういうことを、自信を持って被疑者にいってやることだ。

誰だってそうなんだよ。私だってあなただって同じなんだよ。だから話してごらん。話せば分かるから。あなたの苦しみも悲しみも、あなただけのものじゃないから——そういうことを本気で、心からいってやることだ。そして、それだけの言葉を吐いたら、今度は責任を持って相手の言葉を、思いを、自分自身が受け止めることだ。

むろん、木和田はその覚悟を持っている。百発百中でマル被を落とせる、とまでは思わないが、ある程度の確率で相手の懐に入り込める自信はある。アッコに対しても、この方法でいける感触は摑《つか》んでいた。

だが、いざアッコが口を開くと、微妙にその自信は揺らいだ。

「……だったら、悪いのは、私じゃ、ありません……」

初めて木和田は、アッコの言葉を聞いた。消え入りそうな、隙間風のような声だった。温度も湿度もなく、それでいて、寒気がするほどに軽い。表情にもほとんど変化はなかった。よく見ていなかったら、アッコが喋ったのかどうかも分からなかったくらいだ。

木和田は小さく、頷いてみせた。

「そう、か……じゃああなたは、悪いのは、誰だと思うの？」

むにゃっと、一度口を開きかけ、でもすぐに閉じてしまう。さっきは間を置いて失敗した。でももう一度、木和田は待ってみることにした。アッコが、自分で言葉を発するのを。あなたが悪いのでなければ、一体誰が悪いのか——。

果たしてアッコは、目で繰り返した木和田の問いに、声に出して答えてくれた。

「……ヨシオさん……です」

それは木和田が待っていた、もう一つの機会の到来でもあった。

「そう、だよね……じゃあ、これ、ちょっと見てもらえるかな。あなたがいう、梅木ヨシオという男は、こういう顔で、間違いないかな」

例の似顔絵だ。額が広く、目は腫れぼったい一重瞼、くっきりとした形の唇。全体でいったら、わりと丸顔。よく描けた似顔絵だが、靖之の写真と並べると、さすがに現実感は乏しい。

それでも、アッコにとってはインパクトがあったようだ。大きく見開いた目が釘付けになっている。彼女自身もヨシオから暴行を受けていたのだとしたら、似顔絵を見て恐怖がぶり返すかもしれない。そういう懸念もあったが、実状は少し違った。

息を荒くした、一種の興奮状態。

欲情。

そんなふうにも、木和田には見えた。

「……はい……これが、ヨシオさん……です」

その瞬間から、木和田も深い、暗い迷宮に、足を踏み入れることになった。

＊

私が、あの人と出会ったのは、七年くらい前だったと思います。友達に誘われて、入ったお店で、声をかけられたんだったと、思います。友達というのは……仕事の、同僚です。お店、ですか……スナックみたいな、小さなお店です。初めてのお店では、ありませんでした。何度目だったかは分かりませんけど、ママとも顔馴染みでした。お店の場所は……覚えていません。思い出したく、ありません。

たまたまカウンターで、隣り合っただけかもしれないです。それが本当に初めてだったのかも、分かりません。……いつのまにか、覚えてますか、この前もここでご一緒しましたね、みたいに、声をかけられるようになって。ママも、そうだったわねっていうから、私も、そうだったかな、と思って。……あの人は、ヨシオさんは、よくそういうことを、いう人ですから。

友達がトイレに立ったときか、私が一人でお店にいった日だったかは、忘れましたけど……でもたぶん、その日は一人だったんだと思います。

仕事、私の仕事、ですか……すみません。いいたくありません。

その……私が、一人でいたときです。ママが、この人は霊感があるのよ、と、私にいいました。この人というのは、ヨシオさんです。隣にいました。すぐ、横の席です。ビールを飲んでました。私は、水割りだったと思います。

そういう席ですから、興味があるような振りはしました。そうなんですか、みたいに……どういう、って……過去とか、悩みとか、守護霊が見える、みたいなことだったと、思います。私には、よく理解できませんでしたけど。

何か悩みがあるでしょ、と訊かれました。本当はそんなに、深刻な悩みはなかったですけど、でも強いていえば、結婚もしてませんでしたし、付き合ってる人もいなかったですし、親にも、どうにかならないのかな、みたいな目で見られてるのは、感じてましたから。それが悩みといえば、悩みかな、と思って。……それを、話しました。話したんだと、思います。

あなたは性格がいいから、相手に自分の気持ちを押し付けられないんだね、といわれました。……そうです、ヨシオさんにです。そういわれると、そうかもしれないな、と思いました。自分から、男の人に気持ちを伝えたことなんてありませんでしたし、相手に、別に好きな人がいそうだと分かったら、その時点で諦めていましたし。確かに、そういうところはあるよなと、自分でも思いました。

それから……親のこととか、家のこととかを、話したり……あなたは性格がいいから、というのは、ずいぶんいわれました。心が綺麗だから、というのも、いわれました。僕みたいに、人の心が分かる人間には、あなたの素晴らしさが分かるんだけどな、他の男には分からないんだろうな、残念だな、悔しいな、みたいなことも、繰り返し、いわれました。……会うたびに、です。凄く心を褒められました。こんなに素敵なのに、僕にはあなたの素晴らしさが、性格の良さが、全部、丸ごと分かるのに、って。

ヨシオさんはその頃、コンピュータの会社をやっているといっていました。企業秘密だからいえないけど、いくつもの大手メーカーに、プログラムを納めているといっていました。株も持っているから、本当はもう働かなくてもいいんだけど、でも仕事が好きだから、働いてるんだ、忙しい方が好きなんだ、とか……そんなふうにも、いっていました。

お店でも、何回も奢《おご》ってもらいました。お金持ちなんだなって、思いました。私は、コンピュータのことはよく分かりませんけど、今度売り出すなんとかってプログラムは、本当はうちの会社が作ったんだ、だからあれが発売になったら、もう一ヶ月に何億円も入ってくるんだって、こっそり教えてくれました。その発売は、テレビのニュースでもやってました。凄いですね、と私がいったら、二人でお祝いしようって、誘われました。こんなに凄い人が、どうして私なんかを誘ってくれるんだろうと、不思議に思いましたけど、あなたは性格がいいから、心が綺麗だから、僕にはそれが分かるからって、いわれて……初めてホテルに誘われて、そのまま、関係を持ちました。日付までは、正確には覚えていません。場所も……すみません。思い出したくありません。

実家を出て……それまでは、実家住まいでしたが、ヨシオさんと付き合うようになって、一人暮らしをするようになって……そうするよう、求められたというのは、あります。家を出た方がいいんじゃないか、と。私も……その方がヨシオさんと、会いやすくなると思ったので……家を、出ました。

暴力、ですか……それは……はい。あったと、思います。あり、ました。はい……私が、一人暮らしをするようになって、ヨシオさんが部屋に、頻繁にくるようになって……最初は、週に一、二度でしたけど、少しずつ増えて、そのうち、ずっといるようになりました。その頃からだったと、思いますけど……でも、はっきりとは覚えていません。一ヶ月とか、二ヶ月とか……やっぱり、分かりません。

殴られ、ました。あと、踏まれたり、蹴られたり。顔とか、脚とか。胸とか、お腹とかも。あと……乳首を、つねられたり。脚とか、腕の内側の皮膚も、つねられました。……最初は、指でです。ギューッとされると、乳首が千切れそうになりました。血も、出ました。痛かったです。そのうち、黒い、大きな、金属のクリップとか。あと、ペンチとか。乳首から。……悲鳴も……はい。出そうになりましたけど……でも声を出したら、もっと強くつねられるので、我慢、しました……痛かったですけど、でも、そうされる理由が、私には、ありましたから。

職場で、同僚の男性と、喋ったり、生徒とか……あ、仕事は……あの、学習塾の、講師でした。はい、だから、生徒が……男子もいるので、話は、するんですけど……そういうことを話すと、好きなのかと、問い詰められて、僕はこんなにあなただけを愛しているのに、あなたは他の男とも親しくするのかと……その頃は、お前、って呼ばれてたかもしれないです。お前は浮気者だ、と。汚い女だと。

違うっていいました。仕事で喋っただけで、好きとかそういうのはないって、ちゃんといいました。仕事なんだから、と。けど、じゃあ嫌いなのかと。嫌いな男とも喋るのかと。嫌いではないけど、というと、じゃあ好きなんだなと。好きじゃないというと、また、じゃあ嫌いなのかと。嫌いな男とも、普通に喋れるのかと、そんなにお前は表裏がある女なのかと……そんなこと、何度も何度も繰り返されているうちに、段々、わけが分からなくなってきて、私は、ただ謝るだけになって、で結局、お仕置きだと……殴られたり、踏まれたり、つねられたり。そういうことが、日常的に……。

でも、嫉妬なんだと、思っていました。ヨシオさんは、私のことが好きだから、こんなふうに嫉妬するのだと、思っていました。

その頃は……。

＊

ここまでも、アツコは決してすんなり喋ったわけではない。言葉に詰まったり、自分でどこまで喋ったか分からなくなったり、急に涙を流し始めたりする場面もあった。内容に関しても、部分的には明言を避けている。思い出したくないと断っているが、むろん本音は違うだろう。何かいいたくない事情が別にあるはずだった。だが木和田も、この段階での深追いは必要ないと判断した。だから流した。思い出したくないことは思い出さなくていい。そういうスタンスで応じた。そうやって流しておけば、たとえば仕事の話のように、あとからぽろりと漏らすこともある。

それよりも、とにかく今はアッコが思いつくまま喋らせることが優先だった。多少辻褄が合わなくてもいい。重要な部分が抜けていてもいい。まずはアッコに喋らせること。そして木和田が、それを全部聞くということ。そういう流れや、関係を構築することこそが重要だった。

ただ、時間がきてしまった。

町田署ではなく、多摩分室に留置されているアッコは、留置場の夕飯に間に合うように送り届けなければならない。その分、普通の男性被疑者よりは取調べ時間も短くならざるを得ない。だが致し方ない。現在の警視庁の留置施設運用規程がそのようになっているのだから、従わざるを得ない。

あとは、明日だ。また明日、ヨシオによる暴行の話の続きから、聞くことにする。

6

島本と九条は昨日に引き続き、Uパートナー町田支店を訪ねてきていた。

広い敷地の手前が客用駐車場、その奥にあるのが平屋の店舗建物だ。中古車は向かって右側のエリアに展示されている。土曜日だからだろう。午前中だというのに、すでに何組かの客がきている。夫婦か恋人同士かは分からないが、カップルの姿も見える。天気がいいので、デートがてら車でも見にいこうとなったのかもしれない。

島本も以前、付き合っていた女性を連れてディーラーを訪ねたことがあったが、あれは失敗だった。彼女は車にまったく興味を示さなかった。ディーラーにいる間、彼女が発した言葉は、最後にたったのひと言。

「……もういい？」

お陰でその後は、三軒もデパートのハシゴに付き合わされた。それでも買ったのは口紅一本。彼女とは四ヶ月ほどで別れてしまった。いや、今そんなことはどうでもいいか。

九条も隣で、同じように展示エリアを見回している。

「丸山さん、は……と」

それぞれの客に一人ずつ、濃紺のスーツを着た店員が接客についている。気温はすでに三十度近くあるが、みなきちんとネクタイを締めている。しかし、その中に香田靖之の元同僚、丸山広貴《ひろたか》がいるかどうかは分からない。この距離では、スーツの男たちはどれも同じに見えてしまう。

九条がこっちを向いた。

「中で訊いてみた方が、早いですかね」

「そうしますか」

二人で店舗前までいく。ドアマットを踏み、開き始めた自動ドアから雪崩れ出てくる冷気を全身に浴びた。夏場の外回りでは、これはちょっとしたご褒美だ。

すぐに女性店員の一人が島本たちに気づき、「いらっしゃいませ」と高く声を発しながら近づいてきた。

九条が警察手帳を提示する。

「恐れ入ります。昨日もお訪ねしたのですが、丸山さんは今日、出勤されてますでしょうか」

薄々は事情を聞いていたのだろう。その女性はハッと納得顔になり、「お待ちください」と言い置き、足早に奥のスペースへと入っていった。

まもなく丸山が接客フロアに姿を現わした。ペコペコといっていいだろう。これ以上はないというくらいの低姿勢で、小刻みに頭を下げながら歩いてくる。

「お待たせいたしました。あの……こちらではなんですので、せまくなりますが事務所の方で、お話しさせていただいてよろしいでしょうか」

捜査に協力はするが、その姿を客には晒《さら》したくないということか。まあ、当然の配慮だろう。

「お忙しいところ恐縮です。私どもはどちらでも」

「では、申し訳ございませんがこちらに……本当にせまくて、心苦しいのですが」

決して謙遜ではなかった。丸山が案内したのは事務所スペースの奥。おそらくあとから増築したのだろう。建物から出っ張る恰好で設けられた、プレハブ造りの小さな応接室だった。安普請の内装と、革張りのソファの如何ともし難いミスマッチ。それでも、調室よりはいくらか居心地が好い。

島本たちが左奥、丸山が向かいに座ると、すぐさま女性店員がお茶を運んできた。

「いらっしゃいませ。失礼いたします」

「すみません。どうぞ、お気遣いなく」

その女性店員が下がると、丸山の方から切り出してきた。

「あの……香田さんはむろん、すでに当社の社員ではないわけですが、それでも、何年かは席を並べた間柄ではあります。昨日のお話では、行方不明、というように伺いましたが、それはつまり、どういうことなのでしょう」

現状、香田靖之に関しては麻耶が「殺された」と証言し、アツコも「殺した」と認めたことから、特捜本部内では殺害されたものと想定しているが、まだ公式にそうと表明できる段階にはない。なので昨日は、香田靖之が「所在不明」であると説明するに留めていた。

九条が答える。

「申し訳ございません。現状、我々も香田さんについては、分からないことの方が多いんです。ですので、どんな些細《ささい》なことでもけっこうですから、とお願いして、関係者にお話を伺って回っています。何卒、ご了承ください」

丸山は「はあ」と溜め息混じりに漏らし、浅く頷いた。

「……といっても、香田さんのいきそうな場所なんて、私にはほとんど、心当たりがないんですよ。昨日から、いろいろ考えてはみているんですが」

「そうですか……」

頷きながら、九条が足元に置いた自分の鞄に手を伸ばす。

「では、昨日も見ていただきましたが、すみません。もう一度これを、見ていただけますか」

九条が取り出したのはアツコの顔写真だ。逮捕直後のものなので顔色も表情も冴えない。髪も乱れていてなんともみすぼらしいなりだが、今はこれしかないのだから仕方ない。

「うーん……私には、見覚えがないんですよね」

「もっとこう、化粧っ気があるとしたら、髪形が整っていたとしたら、どうですか。年は今、三十代後半です。香田さんの周辺に、それくらいの年代の女性はいませんでしたか」

右に左に、丸山は首を傾げる。

「香田さんの周辺に、ですか。同世代の女性、ってことですよね……いなかったんじゃないかな。香田さん、自分のことより、娘さんが優先、みたいなところ、ありましたから」

ちょっといいですか、と断って島本は割って入った。

「香田さんの様子が変わった頃、じゃあ娘さんは、麻耶ちゃんはどうしていたんでしょうね」

ああ、と丸山が首を戻す。

「それはね、私もいったんですよ。そんなふうじゃ、麻耶ちゃんだって嫌がるでしょう、って。何しろ汚いし、臭いしね……でも彼、大丈夫、麻耶は大丈夫だからって、そんなふうにしかいいませんでした。大丈夫なわけ、ないと思いましたけどね。一、二年前だと、何年生になってたのかな。高校、入ったくらいだったのかな。そんな年頃の子が、あんな臭くて汚い父親なんて、絶対に許しませんよ。特に女の子は」

さらに「うん」と、自ら納得したように頷く。

「そりゃね、いい人がいればよかったと思いますよ。男手一つで、年頃の娘を育ててたわけですから。だからそんな、ちょうど釣り合う年頃の女性が、身近にいたら……」

そういいながら視線を下ろし、だがそこで、丸山の表情が急に固まった。九条が「どうかしましたか」と訊いても、すぐには答えない。「いや」と漏らし、テーブルの上に視線を据えている。そこにあるのはむろん、アッコの写真だけだ。

「あれ……私、この女性、どこかで見たこと、あるかもしれませんね……」

どこかってどこですか、と摑み掛かりたいのは山々だったが、そこは自重した。九条も、大袈裟なくらいゆっくりと頷いてみせる。

「……それは、どこで、でしたか」

「ええと、あれは……」

視線がテーブルの上をさ迷い始める。記憶をたどって、右に左に。時間、場所、顔、声、言葉、風景——丸山は未整理の記憶の山から、何を見つけ出したのだろう。

「……あ、イナゴの佃煮」

「ハ?」

思わず島本も、九条と一緒に訊き返してしまった。にも拘《かか》わらず、丸山はソファから立ち上がり、応接室を出ていこうとする。

「ちょっと、ちょっと待っててください。すぐに戻りますから」

何かマズいことを思い出し、それを処理しにいくように見えなくもなかったが、しかしそうではなさそうだった。座ったままそれとなく見ていると、丸山は事務所のデスクで、そこにある何かに目を凝らしながら電話の受話器を上げた。二つ三つボタンを押し、ちらりとこっちを見て、すまなそうに一つ頭を下げる。

相手の応答はすぐにあったようだ。むろん、何をいっているのかは聞こえない。だが表情は比較的明るい。相手は同期か後輩と思われた。つまらないことでも遠慮なく尋ねられる間柄。そんな相手との通話であるように、島本には見えた。

丸山は、本当にすぐ戻ってきた。

「……たぶん、分かりました。町田駅近くの、『まいこ』っていうスナックです」

彼が立ったままなので、島本たちもソファから腰を上げた。

「その店に、この女性がいたんですか」

「じゃないかと、思うんですけど。最初は分からなかったんですが、刑事さんの仰るように、髪形が違ったら、化粧をしていたらと、想像していたら、なんとなく」

だとしても、だ。

「その、イナゴの佃煮というのは」

島本が訊くと、丸山は「ああ」と笑みを浮かべた。

「確か、ママが長野出身なんですよ。で、イナゴの佃煮食べる？　って必ず、いつも訊くんです。ほとんど誰も頼まないんですけど、私の実家でも……山形なんですけど、イナゴの佃煮は食べるんで。それで私が頼んだときがあって。食べてるとき、店の女の子に、やだ、本当に食べるお客さん、初めて見たって、笑われて……その女性が、確かこんな感じだったと思うんですよ」

九条が「まいこ」と手帳に控えながら、場所についても尋ねる。

「場所は……ええと、なんていったらいいかな……ああ、町田駅から版画美術館の方に歩いて、五分くらいいった辺りだったと思います。ビルっていうか、マンションみたいな建物の一階です」

「そこには、香田さんとも一緒にいったことが?」

「それがですね……ちょっと記憶が曖昧なんですけど。そもそもその店は、私の同期で、以前この支店にいたマエハラという男が通ってたんですよ。そいつと私、あと二人くらい、四人か五人で飲みにいったことがあるのは覚えてるんですが、そこに香田さんがいたかどうかは、定かでなくて」

そこが一番重要なのだが。

でも、と丸山が続ける。

「香田さんの住まいって、確かあの近くでしたよね。近いからまたこようかな、みたいにいってた記憶は、ぼんやりとあるんですよね……いや、どうだったかな。違ったかな」

町田駅周辺の住所は原町田。サンコート町田に転居する前の靖之の住所も原町田。情報としては矛盾しない。

九条が手帳を閉じる。

「ありがとうございました。その『まいこ』という店にいってみようと思います。お忙しいところ、ご協力ありがとうございました」

アッコの写真はそのまま残し、他にも思い出したことがあったら連絡をもらえるよう頼んだ。それと、念のためにヨシオの似顔絵も見てもらったが、それにはまったく心当たりがないといわれてしまった。

ただ、アッコのようにあとから思い出すこともある。

念のためですからと、その似顔絵も丸山に渡した。

町田駅にある原町田交番に寄り、「まいこ」というスナックが近くにあるかどうかを尋ねた。すると確かに、駅から町田市立国際版画美術館にいく道の途中、オフィスがいくつか入った雑居ビルの一階に「舞子」という店があるという。

住所を控え、

「分かった。ありがとう」

早速現地に向かった。

歩きながら、九条がちらりと腕時計を覗く。

「十二時、か……普通のスナックのママなら、まだ寝てる時間かな」

「土曜ですしね。店が流行《はや》ってれば、昨日は遅かったかもしれませんね」

スナック「舞子」自体は簡単に見つかった。雑居ビルといっても、建物は小綺麗でまだ新しく、小さめのオフィスビルといった体《てい》だった。ただ、当たり前だが店は閉まっている。開くまで待つには時間があり過ぎる。

九条が辺りを見回す。

「知り合いを訊いて回るしか、ないですかね」

「ですね……じゃあ、ここと か」

ちょうど隣にも似たようなビルがあり、一階が日本蕎麦屋になっていた。入ってみると意外と空いている。中年の男の二人連れと、子連れの若い夫婦のふた組。

「いらっしゃいませ」

「すみません、警視庁の者ですが」

丼を運んできた女性店員に身分証を提示し、店主を呼んでもらった。まもなく奥から出てきた六十絡みの男は、事情を話すと嫌な顔もせずに教えてくれた。

「よしこママね。彼女だったらここの三階に住んでるよ」

「あ、そうなんですか」

それは、なんとも好都合だ。

続けて九条が訊く。

「今日、ママはいらっしゃいますかね」

「分かんないけど、呼び鈴鳴らしてみればいいじゃない。上がってって、三階の一番奥の部屋だよ」

「そうですか。分かりました。ありがとうございました」

店主のいう通り三階まで階段で上がり、外廊下の、一番奥の部屋のインターホンを鳴らした。プレートには「生田」とだけ書いてある。

応答は数秒後にあった。

《……はぁい、どちらさまぁ?》

寝ぼけた感じの、ちょっとハスキーな女の声だ。

「恐れ入ります。警視庁の者です。ちょっと、お尋ねしたいことがあるのですが、よろしいでしょうか」

《あら、警察……はい、ちょっとお待ちください》

それから着替えでもしたのだろう。二、三分経って顔を出した女は、まさに寝起きといった様子で、化粧もしていなければ髪もわさわさと乱れていた。着ているのは、上下とも紫のジャージだ。

それでも、第一声の印象よりはしゃんとしている。

「お休みのところ申し訳ございません。スナック『舞子』のママさんと伺ってお訪ねしたのですが、間違いございませんでしょうか」

「ええ、そうですけど」

特に嫌そうな反応ではない。顔つきからすると五十代半ば。身長は百六十センチを少し下回るくらい。痩せていれば若い頃はそれなりに美人だったろう、くらいの想像は働く。

九条が早速、写真を提示する。

「ちょっと、これを見ていただいていいですかね……以前、お店に勤めていた女性に似ているという話を聞いたのですが、いかがでしょう。お心当たりは」

女は眉をひそめ、「ちょっと待ってね」といったん中に引っ込んだ。改めて出てきたときには、老眼鏡だろうか真っ赤なフレームの眼鏡を掛けていた。

「どれどれ……ん、あら、メグミさんじゃない」

カチンッ、と島本の、頭の中心で音がした。

さらに九条が訊く。

「それはひょっとして、湯浅恵美さん、ですか」

「そうそう、湯浅さん。湯浅恵美さん」

「間違いなく、こちらで働いていたと」

「ええ……っていっても、ほんのいっときでしたけどね」

「いつ頃でしょう」

「どう、だったかしら……二年半か、三年くらい前じゃないかなぁ……でも、半年もいなかったのよ。わりとね、おっとりしてて、いい感じの子だったんだけど」

島本は香田靖之の写真を用意し、横から九条に差し出した。

ママは懐かしそうにアッコ——湯浅恵美の写真を見ている。あと数秒したら、彼女は恵美の現在を心配し始めるに違いない。

その前に、九条が靖之の写真を向ける。

「では、この男性はどうでしょう。お客さんに、こういう人はいませんでしたでしょうか」

恵美の写真から視線を移した瞬間に、反応があった。完全に知っている目だった。

「ああ、この方は、こ、こ……」

「香田、ですか」

「そうそう、香田さん。近くにお住まいだっていうんで、たまに見えてましたよ。このところは、だいぶご無沙汰ですけど」

恵美とはどうですか、と訊くまでもなくママは続けた。

「ちょうど、そうよ。恵美さんがいた頃よ。彼女とは馬が合うみたいで、よく話をしてましたよ。……っていっても、あれですけどね。お店にいるときは、アッコっていってましたけどね」

外廊下を、熱で膨れた夏の風が吹き抜けていく。

それなのに、どうしようもなく寒気がした。

散らばっていたいくつものピースが、目の前でカッカッと音をたて、次々とはまっていく。いや、寄木細工が勝手に動き始め、秘密箱のフタが今、まさに開こうとしている。

そして、その中から覗いているのは、こんな顔ではないのか——。

鞄から出したA4判のコピー紙。島本が手渡したそれを、九条は丁寧にママに向け直し、彼女が持っている恵美と靖之の写真、その横に並べた。

「……この男は、どうですか」

眼鏡の奥で、ママの目が細められる。誰？　と微かに眉が力む。二枚の写真よりサイズが大きいからだろう。少し体を起こし、距離をとって眺める。恵美、靖之と順番に見て、またコピー紙に戻ってくる。その往復を二、三回繰り返す。

色のない唇から、あ、と漏れる。

また、知っている目だった。本当か。本当に、この男も知っているのか。

「この人……これだけだと、ちょっと分からなかったかもしれないけど、香田さんと関係あるんだったら、たぶん、あの人じゃないかしら」

九条が、コピー紙を両手で持ち直す。

「ご存じ、なんですね」

「どんな方ですか」

「んん……似た雰囲気の人なら、一人心当たりがあります」

「確か、香田さんがうちの店に、連れてきた人じゃないかしら」

そうなのか。そもそもヨシオは、香田靖之の知り合いだったのか。

「名前は、お分かりですか」

「あれ、どうだったかな……なんか、凄く親しげに、下の名前で呼び合ってた印象はあるんですけど……そう、恵美さんもいたわよね、そのとき。アッちゃんとか、アッコちゃんとか、呼んでたもんな……あれ、なんて人だっけな……」

数秒の沈黙。島本も九条も、急《せ》かすことはしなかった。だが無言が与えるプレッシャーというのもある。何か場の空気が和らぐよう喋った方がいいか。そんなことを、島本が考えたときだった。

ママの眉から、力みが抜けた。

また、カチンと音がした。しかしそれは、ママの頭の中でだ。

「あ、ヨシオさんって呼ばれてたわ。香田さんにも、恵美さんにも。そう、三人でよく話してたわ。私なんかが入るより、ねえ？　三人は年も近かったし、馬が合うみたいだったから」

暗い、秘密箱の中。

そこから覗いていたのは、やはり、ヨシオの顔だった。

7

縫ったのは五針だから、一週間も経てば抜糸はできた。

「ちょっと、チクッとしますけど、我慢してくださいね」

「……はあ」

掌の皮膚に釣り糸みたいなものが通っていて、それを引き抜こうというのだ。何かしらの刺激はあって当然だろう。辰吾だって、チク、くらいはいわれなくても我慢する。子供じゃないんだから。いい年した大人なんだから。

先が細く尖ったハサミでその黒い糸を切り、ピンセットで摘んで一本一本抜いていく。チク、が何を意味していたのかは分からないが、糸を引き抜くときの、ツッツ、という振動はけっこう嫌だった。何かこう、自分が非力な食材になったような感覚に囚われる。人間の体も、大部分は肉の塊であるという事実を認識させられる。

「うん、大丈夫だね。綺麗にくっついてるよ」

「……そっすか。どうも」

三日後にもう一回消毒にくるようにいわれたが、消毒くらいだったらもうこなくていいなと勝手に判断し、辰吾は三谷整形外科をあとにした。

アパートに戻ると、バイトが夕方までだった聖子が先に帰っていた。リビングの出入り口にひょいと顔を覗かせる。部屋着姿で、髪を後ろで一つにまとめようとしている。

「ごーちゃん、お帰り。早かったじゃん」

「ただいま。病院いくのにさ、遅くなるとなんだから、早めに上がらせてもらった」

すると、急に聖子が目を輝かせる。

「……抜糸、どうだった？」

「いや、別に。チョキンチョキン、ツツツ、って感じ」

リビングに入ったが、三郎の姿はない。

聖子がすり寄ってくる。

「見して見して、傷口」

「絆創膏貼ってあるから見えないよ」

「やーん、見たいィ。抜糸した傷口見たいィ」

聖子のこういう、ちょっとお馬鹿なところも辰吾は好きだった。

仕方ないので包帯を解き、見せてやることにした。せっかく抜糸したのに傷口が開いたら馬鹿らしいので、慎重に慎重に、一ミリずつゆっくりと、絆創膏を剝がした。

「お、おお……糸の穴が残ってる。漫画みたい」

「だな。なんか、逆に作り物っぽいよな……まさか、この穴とか横線とか、このままじゃねえよな。消えるよな、ある程度は」

消える傷、消えない傷——。

いってから辰吾は、自分でハッとなった。聖子の体には、薄くはなっているけれど完全には消えそうにない傷痕がいくつもある。普段、聖子がそれを気にしているふうはないが、内心どう思っているかは分からない。

ただあくまでも、表面的には気にしてなさそうだった。辰吾の傷痕を興味深げに見る横顔には、一点の曇りもない。

「いいじゃん。『ブラック・ジャック』みたいで」

悪戯《いたずら》っぽく笑みを浮かべ、聖子はキッチンに向かった。

辰吾はリビングを見回した。

「……なあ、三郎さんは?」

お父さん、ではなく、三郎さん。結局それが彼の呼び名として定着していた。

聖子がカウンターの向こうで肩をすくめる。

「知らない。帰ってきたらいなかった」

たいていそうだった。三郎がここに居候するようになって一週間と一日。彼は辰吾たちと食事をし、トイレと風呂に入り、ソファに寝転びはするが、それ以外のことは、少なくともここでは何もしなかった。辰吾たちが留守のときも、テレビすら観ていないようだった。居候三日目には、開けっ放しで出かけられても困るからと聖子が合鍵を渡した。これ幸いと思ったかどうかは知らないが、以後三郎は昼夜を問わず、勝手気ままに出歩くようになった。

ただ、三郎不在の時間があるということは、辰吾にとっては聖子と二人になれる時間が持てる、という意味でもある。

「聖子……ちょっとだけ、しよ」

聖子はコップ一杯水を飲んでから、黒目勝ちの目でキッと辰吾を睨《にら》んだ。

「……何いってんの。お父ちゃん帰ってきたらどうすんの」

そのコップを、ジャッと勢いよく水洗いする。

「帰ってこないよ。まだ六時前じゃん」

「分かんないじゃん。仕事してるわけじゃないんだから。いつ帰ってくるかなんて分かんないよ」

これしきの抵抗で、このチャンスを棒に振ることはできない。

辰吾は絆創膏を貼り直し、カウンターを回ってキッチンに入った。それだけでもう、聖子に逃げ場はなくなる。

「お願い、ちょっとだけ。ツンツンってするだけ」

「何で何をツンツンすんのよ。わけ分かんない」

「分かってるくせにぃ、聖子ぉ」

夕方の薄暗いキッチン。ソファのさらに向こう、掃き出し窓には斜めに西日が射し込んでいるが、でもその辺りだけ。ここまで夕陽は届いてこない。

やだ、といって背を向けた聖子を、そのまま抱き締める。フワフワした手触りのスカート。めくれば、下着に包まれた尻と素肌がすぐ露わになる。真っ白で、真ん丸い、二つの弾力。

「ちょっとごーちゃん、手ぇ洗った？」

「仕事終わってから、病院いく前に、念入りに洗った」

「いつもは帰ってきてから洗うじゃん」

「大丈夫だって、綺麗だって」

手を洗っている間に三郎が帰ってきたらと考えると、その一分、二分という時間がとてつもなく惜しい。

「……んもぉ。ちゃんと着けてよ」

「分かってる、分かってるって……」

ベッドのある洋室以外にも、コンドームを置いてある場所はある。洗面所の、鏡の裏の収納とか。ここ、食器棚の一番右の引き出しの奥とか。

「よし、準備オッケー……聖子ちゃんの準備は、どうかな？　触って確かめてみよう」

辰吾は、聖子の骨盤が好きだった。後ろから腰を掴んだときの、指先に感じる細い、薄い、頼りない骨の感触が、堪らなく愛おしい。

「……ごーちゃん、ちゃんと、支えててよ」

「せ、聖子、そこダメ、縫ったとこ、掴まないで」

「あ、ごめん……あっ」

「ばか」

辰吾は辰吾なりに、三郎のいる生活に適応しようとしていた。十日か、二週間か、もっと長くなるのかは分からなかったが、自分たちの負担にならない範囲で、三郎にはできるだけのことをしてやろう——そんな気持ちも、多少は芽生え始めていたのだ。

辰吾の両親は栃木県宇都宮市内で定食屋を営んでいる。味自慢の名店でもなければ、通が好む拘《こだわ》りの店でもない。だが昼時は近所の会社員や現場系労働者で賑《にぎ》わい、夜は常連の単身者たちが晩酌に訪れ、今もそれなりに繁盛しているという。

決して裕福ではなかった。店は土日も営業していたので、小さい頃は遊びになど連れていってもらえなかった。また、かなり大きくなるまで遊園地と公園の違いを知らなかった。父親の「同じだ」という短い説明を真に受けていたのだ。

寂しくなかったといったら嘘になる。高校時代には悪い仲間ともつるんだ。無免許でバイクを乗り回し、警察の厄介にもなった。他所の畑をグチャグチャにした挙句、その家の玄関にまで突っ込むという事故も起こした。だが、事故直後は辰吾に何もいわなかった父親が、実は店を休んで被害者宅に通い、修理工事中の玄関先で毎日土下座をして謝罪していたとあとから聞き、それでようやく目が覚めた。ヤンチャは卒業し、真人間になろうと決めた。

だからというわけではないが、人とは基本的に毎日働くものだと、辰吾は思ってきた。辰吾自身は悪さも事故もやったが、バイクや車に罪はなかった。自動車修理工という職業を選んだのは、辰吾にとってはごく自然なことだった。

聖子にしたってそうだ。聖子はよく働く。出会った頃はタバコの販促スタッフとファミレスを掛け持ちしていた。販促スタッフの方は見たことがないが、ファミレスはわりと付き合い初めの頃に覗きにいった。「いらっしゃいませ」の声も表情も明るく、動作もきびきびしており、見ていて気持ちがよかった。

すでに好意は持っていたけれど、ますます聖子のことが好きになった。男女が交際するときに、価値観が云々とよくいうが、まさにそれだと思った。自分と聖子は価値観が合う。あえて言葉にはしなかったが、辰吾の中にはそんな確信めいたものがあった。

だから漠然と、聖子も同じなのだと考えていた。

聖子の親も、働き者なのだろうと思い込んでいた。

いや、そういう価値観は育ての親との関係性の中で育まれるのだろうから、実の親である三郎は関係ないのかもしれないが、それにしてもひど過ぎはしないか。違い過ぎないか。

三郎は一向に働こうとせず、かといって部屋でゴロゴロしているわけでもなかった。どこをほっつき歩いているのかは知らないが、好きなときに帰ってきて、適当に風呂に入り、リビングで眠り、また好きなときに出ていって、忘れた頃に帰ってくる。

辰吾はあるとき、勇気を出して尋ねてみた。

「さ、三郎さん……昼間は、何を、やってるんですか」

「……別に。何も」

所持金がある程度あり、一日中パチンコをやっている、というのなら納得もいく。だがそうではないらしい。お昼適当に食べてね、と聖子から千円札を渡されると、三郎は丁寧に頭を下げてズボンのポケットにしまう。財布の類は持っていない。聖子に「洗濯するから全部脱いで」といわれたとき、三郎はポケットの中身をいったん全部テーブルに並べていたが、出てきたのはこの部屋の鍵と、小銭が四百何十円かと、使い捨てのライターが二個、それだけだった。携帯電話もなかった。

聖子にも、それとなく訊いてみた。

「なあ、三郎さんて、いつまでここにいんの」

辰吾としては、けっこう穏やかにいったつもりだった。

「分かんない……けどさ、一応あたしの親なんだから。そんなに邪険にしないでよ」

その、聖子の「邪険」という表現が、このときはやけに気に障った。

「おいおい、俺は別に、邪険になんてしてねえだろ。最大限にサービスしてんじゃねえか。でもさ、それにだって限界はあるぜ。そりゃさ、聖子の親なら面倒見なきゃいけない状況にだってなるかもしんないけど、今のこれはちょっと違うぜ。だって三郎さん、普通に元気じゃん。働こうと思えば働ける体じゃん。なのにさ、娘の部屋に居候って。しかも男と暮らしてるところにだぜ。普通ないだろう。普通は遠慮するか、なんかもうちょっと、一緒に住む条件的な話くらいするだろう」

すると、聖子はひどく悲しそうな顔をした。基本的に聖子は分かりやすい性格をしており、あまり辻褄の合わないことをいって辰吾を困らせたりはしないのだが、なぜだろう。このときはちょっと違った。

「分かるけどさ……そんなふうにいわないでよ。あたしのお父ちゃんなんだから」

「だから、それは分かってるって。だから譲歩してんじゃん。何も宿泊代払えなんていってねえじゃん。ただ、いつまでとか、なんの目的とか、そういうことははっきりしてくれっていってんの。じゃなかったらさ、まだ結婚もしてねえのに、なし崩し的に聖子の親の面倒見てるってさ、それってどうなのよって話だよ」

うんうん、と聖子が小刻みに頷く。さも困ったような顔で。

「それはさ、そうだと思うんだけど、でもあれさ、お父ちゃんはお父ちゃんなりに、何か考えがあるみたいだからさ。ごーちゃんには迷惑かけないようにするから。お昼代だって、あたしが出してるじゃない」

「それだってもう、一万かそれ以上にはなってるだろ。馬鹿になんねえぞ。……っていうかさ、その考えとやらを聞かせてくれっていってんの。働くのか、出ていくのか、別の用事があるのか、ただの骨休めなのか、骨休めだったらどれくらいの期間を考えてんのか。そういうことをさ、はっきりとまではいかなくても、ちょっとくらいは示してくれっていってんの、俺は」

下唇を嚙み、また聖子が小さく頷く。

「分かってる。ごーちゃんがイラつくのは分かるけど、もうちょっと様子見させてよ。お父ちゃんに今すぐ出てけなんて、あたしいえないし、ごーちゃんにもいってほしくない。確かに今は無職だし、見た目もあんなだけど、悪い人じゃないのよ、ほんと」

他人の家に二週間も、しかもなし崩し的に居座るって、少なくとも善人のすることじゃないと思う。

ある日の午後。辰吾は修理の終わった車両を客のところに届け、新田と二人で会社に戻るところだった。運転は新田がしていた。

「もう、ベリベリベリッって、顔がまるっきり変形しちゃって。そこからこう、なんか触手みたいなのが、パキパキパキッて、出てくるんですよ。ニョキニョキって」

前日に観たというSFホラー映画の感想を聞かされたが、そもそも興味がない上に、新田の説明が下手過ぎてまったくイメージが湧かなかった。映画自体は面白いのかもしれないが、新田のせいでかえって観る気は失せていた。

辰吾のアパートの近所を通りかかり、よく知っている公園沿いの道で赤信号に引っかかり、停まった。特に意識したわけではなかったが、そのとき辰吾は公園に目を向けていた。広い緑地、大きなジャングルジム、長いすべり台、ベンチ――。

「あ……新田、悪い、俺ちょっと、用事……」

慌ててシートベルトをはずし、後ろから自転車やバイクがきていないか確認してからドアを開け、

「ちょっと、なんすか辰吾さん」

「悪い、マジ、先に会社帰ってて。すぐ俺も追っかけるから」

助手席から飛び降りた。

辰吾は徒歩で公園出入り口に向かい、その途中で新田は辰吾を追い抜いていった。辰吾は軽く手を挙げたが、新田がそれを見たかどうかは分からない。

公園に入り、ジャングルジムの陰に身をひそませながら向こうを見た。見覚えのあるジャンパーの背中、ニット帽の頭。間違いない。三郎だ。円柱形のコンクリート椅子に腰掛け、反対側の通りに顔を向けている。何をしているのだろう。

辰吾は公衆便所の裏手に回りながら、三郎の様子を窺った。

ここから見る限り、三郎は何をしているわけでもなさそうだった。少し背中を丸め、両手を腿の辺りに置いて、コンクリートの椅子に腰掛けているだけ。投げ出した両脚は、足首の辺りで軽く重ねている。もう五月に入り、気温もかなり高くなっていたが、それでも冬物のジャンパーとニット帽は欠かさない。辰吾にとっては見つけやすい風貌だった。

いつもこうなのだろうか。辰吾が修理工場で車の凹みを叩き出し、溶接し、パテを盛っている間も、三郎はずっと、この公園でぼーっとしていたのだろうか。聖子が声を張り上げて客を迎え、料理を運び、満面の笑みで「ありがとうございました」と繰り返している間もずっと、三郎はこんなところで、意味もなく空や通りを眺めていたのだろうか。

怒りというよりは、情けなくなった。娘が男と住んでるアパートに居候して、朝と夜は食わせてもらって、昼飯代も千円ずつもらって、それで日中何をしているのかと思えば、公園で日向ぼっこか。初めて三郎を見たとき、辰吾がイメージしたのは熊だったが、今は違う。亀だ。話しかけても碌に反応しない、自分からは積極的に動かない、時間がきたら適当に食べ、次の食事までは石に上って暇潰しの甲羅干し。まさに亀だ。

亀をペットにして可愛がる人がいるのは理解できる。辰吾だって一度や二度は小さいのを飼ったことがある。でもそれは、亀が亀であるがゆえの愛らしさであって、人間が亀レベルの活動しかしないのであれば、それは苛立ちの対象にしかなり得ないだろう。

どうしてくれようか。おい三郎さん、と声をかけたら、どういう反応をするのだろうか。ああ、どうも。お疲れさまです——。

もうその返答を想像するだけで腹立たしい。君があくせく働いてくれているお陰で、僕はこうやって日向ぼっこができています。そういう意味の「お疲れさま」か。フザケるな。そんなことのために俺は怪我までして働いてるわけじゃないぞ。

他にもいろいろ問答のシミュレーションはしてみた。だがこっちが何を訊こうと、三郎から返ってくる答えは腹立たしいものしか考えつかなかった。

人生について考えているんです。過ぎ去った日々に思いを馳せていたのです。生と死について考えていました。愛情と、人と人との繋がりについて、人の営みについて、魂の行き着く先について――。

いい加減にしろよ、この亀野郎。いいから働け。額に汗して働け。道路工事だって警備員だって、何かの運転手だって、その体ならできることはいくらだってあるだろう。それじゃ食っていけないっていうんなら、そのとき初めて聖子に相談しろ。こっちだって鬼じゃない。じゃあ月二万とか、三万くらいは援助しましょうか、その程度の話はしてもいい。でもそれすらなしに、こんな明るい時間から日向ぼっこなんてのはな――。

まずはジャンパーの襟首を引っ張り上げて立たせ、辰吾の方を向かせる。それから、こんなところで何やってんだ、と怒鳴りつける――はずだった。しかし、

「……ん?」

辰吾がたどり着く前に、三郎は椅子からすっくと立ち上がった。まるで辰吾の接近を察知したかのように。いや、むしろ何か別の目的を思いついたかのような挙動だった。そして歩き出した。

どこにいくんだ、おっさん。この、亀親父――。

辰吾が入ってきたのとは反対側の出入り口を通り、道路に出ていく。足取りは案外しゃ

んとしている。ポケットに手を入れたりはせず、それなりに姿勢を正して歩いている。

辺りはどうってことのない住宅街だ。二階家が多く、でもたまには辰吾たちが住んでいるようなアパートや、低層マンションも見受けられる。時刻は、もうすぐ四時。自転車に乗って遊びにいく小学生、買い物にいく主婦、学校帰りの中学生、高校生の姿も見える。よく晴れており、そういった点では街をぶらぶら歩くのにも悪くない陽気だった。

問題は三郎だ。彼はなぜ急に公園を出て歩き始めたのだろう。あの立ち上がり方、歩き出し方。まるで標的が目の前を通過し、それを追跡し始めた猛獣のようだった。そう、亀という表現はいったん取り下げておく。

三郎は、誰かを追っているのか。あの熊五郎が、尾行？

それとなく角度をずらして三郎の前方を覗いてみたが、何人か同じ方向に歩いている人はいるものの、誰を追っているのかはよく分からなかった。

中高生らしき学生服の後ろ姿が一人、いや二人。カートを押す背中の曲がった老婆が一人。自転車が二台。いま曲がって見えなくなったので、自転車は一台。

しばらく真っ直ぐ歩いた。だが三郎が急に足を止めたので、辰吾も慌てて民家の角の植え込みに身を隠した。

歩道もない、歩行者用の白線もない、乗用車がようやくすれ違えるくらいの、さして広くはない田舎道。三郎はその真ん中、マンホールの上に立ち、一方を見据えていた。マンションが立っている角だ。三郎はそこを二、三分見上げていたが、やがて何事もなかったように歩き始めた。次の角を曲がって、町田街道方面に歩いていく。

植え込みの陰から出て、再び三郎を追う。途中でマンションの名前を確認した。

サンコート町田。別にどうってことない、この辺りにはよくある低層マンションだった。

8

木和田は頷きながら、静かに息を吐いた。

取調べは順調に進んでいるといっていい。

本名「湯浅恵美」と思しき被疑者、アツコは、行方をくらましている梅木ヨシオについて語り始めた。話が脱線し過ぎないよう、ときには軌道修正する必要はあったものの、一度語り始めたアツコは、基本的には木和田が「それから?」と促すだけで、驚くほど次から次へと事件の周辺事情を明かすようになった。

むろん、すべてを鵜呑みにはできない。供述内容は一つひとつ裏をとる必要があるし、場合によっては科学的検証の必要性も出てくるだろう。だがそれらは、ここですべきことではない。この調室ですべきは、とにかくアッコの話を聞くこと。アッコから可能な限り多くの供述を引き出すことだ。

しかし今、木和田はそれにも疑問を感じている。

アッコが語り始めた。それ自体はいいだろう。取調官が被疑者から供述を引き出す。そこになんら疑問はない。ただ、アッコの様子は明らかに変だった。語れば語るだけ、アッコという女がぐにゃぐにゃと歪んでいくように、木和田には感じられた。アッコは自分自身の言葉に酔い、深みにはまり、溺れ、ズブズブと没していく。木和田はただそれを聞いているだけでいいのだろうかと、ときおり怖くなる。

記憶をなぞることで、少しずつこのアッコという女が壊れていっているのだとしたら。真実を告白することで、彼女の頭の中にある何かが、彼女自身を罰してしまうとしたら――。

もしそうなら、取調官の役目とは一体、なんなのだろう。

＊

霊感云々で、ヨシオさんは、他の女の人とも関係を持っていたのだと思います。最初は悩みを聞いて、同情する振りをして、肉体関係に持ち込んで、もっと深い悩みを聞き出して、そこから弱味を探り当てて……その、私にヨシオさんを紹介したママも、ヨシオさんと関係を持っていましたから。たぶんそうやって、ヨシオさんは女性を渡り歩いてきたんだと思います。あのババアは股が臭え、とかいってましたから。間違いないと思います。そういう人たちから、お金も、だいぶ引き出してたんだと思います。私が一人暮らしを始めたアパートに、女性が怒鳴り込んできたことがありました。片方、瞼が塞がるくらい腫れ上がってて、髪もところどころ禿げてて、上唇が半分くらい黄色くなっていました。膿んでたんだと思います。……その女性が何をされたのか、当時の私には、よく分かりませんでした。

それからまもなくして、ヨシオさんが、移る、と言い出しました。要するに、逃げる、ということです。ヨシオさんは決して、逃げる、とはいいませんでした。プライドの高い人ですから。移るんだと、そういう言い方しかしませんでした。

場所は……よく覚えていません。でも一応、都内だったとは思います。……たぶん、そうだったと思います。

身元とか、うるさくいわないで貸してくれるところもありましたが、やはり少なかったですし、そういうのはたいてい、まともな部屋ではありませんでした。なので、ラブホテルに何泊もしたり、その間に私は、仕事を探して……まあ、水商売です。……履歴書、ですか。それは、適当に……ああ、香田さんと会ったのも、私がスナックで働いているときでした。……いつ頃、だったでしょうか。よく覚えていません。

仕事を終えて部屋に帰ると、ヨシオさんにすべて報告させられました。今日、相手をした客は何歳くらいで、どういう仕事をしていて、どんな話をして、お前をどんな目で見ていたのか、とか……もう、洗いざらいです。覚えてないと、思い出すまでつねられたり、腕とか脚の関節を、無理やり逆に曲げられたり……ラブホテルに泊まることが多かったんで、そのときは、けっこう声が出てたと思います。あと、バイブレーター、ですか。あれの電線を剝き出しにして、スイッチを入れられたりしました……ピリピリピリッ、てなります。バイブレーターだと、まだ電気が弱いんで。大したことありませんでしたけど……。

そういう報告の中で、ヨシオさんが目をつけたのが、香田さんでした。香田という男はお前に気があるから、使えるぞ、誘い出せ、と……手口は、女のときと一緒です。霊感が凄く強い、ヨシオさんという人がいて、未来とか運命とか見えるし、悩みとか相談乗ってくれるからって……別の居酒屋で待ち合わせました。そういうときは、ヨシオさんの奢りです。……それも、同じです。コンピュータの仕事をしているといっていました。月に何億も儲かるんだけど、と……香田さんも、たぶん信じてたと思います。

香田さんには、私から相談を持ちかけました。部屋を移りたいんだけど、一緒に不動産屋にいってもらえないか、と。あえてヨシオさんではなく、香田さんに相談に乗ってもらいたい、というふうに……そういった方がいいと、ヨシオさんがいうので。私はその通りにいって、お願いしました。香田さんも、快く引き受けてくれました。

ヨシオさんには内緒で、と私がお願いしたので、香田さんはヨシオさんに、黙っていてくれました。三人で飲むこともあったんですが……ああ、私が働いていたスナックに、香田さんとヨシオさんが二人できたこともありました。そういうときも、香田さんは私に部屋を手配したことを黙っていてくれました。ヨシオさんはそういうところを、よく見ていました。香田は、お前のためになら平気で嘘をつくな、とか、意外と口は堅いな、とか。性格を、細かく分析していました。

そうやって、香田さん名義で借りてもらったのが、あの部屋です。サンコート町田の、四〇三号室です。……あと、携帯電話も、契約してもらって。仕事用と、プライベート用で、二台……電話で誘いました。お礼がしたいので、部屋にきてください、といって……香田さんは、すぐにきました。それから、二人でお酒を飲んで、私が少し距離を詰めて、そんなことをしているうちに、香田さんが、私にキスをして、そのままかぶさってきて……ヨシオさんに、絶対に抵抗するなといわれていたので、抵抗はしませんでした。でも、下着を脱がされた辺りか、それくらいのタイミングで、ヨシオさんが入ってきました。隣の部屋に隠れて、ずっと様子を見ていたんです。……そうです。段取り通りでした。

ヨシオさんは、最初はニヤニヤ笑ってました。香田さん、そりゃマズいでしょ、そいつは俺の女だよ。分かってんでしょ？　分かってて姦るつもりだったの、みたいな……もう、言い訳はできない状況でした。香田さんも、パンツを脱いでましたから。……そりゃ、香田さんは穿こうとしましたけど、ヨシオさんが、穿くなと怒鳴るので……なので、そのままでした。脚にズボンが絡まったまま、正座させられてました。

……反省文を、書かせるんです。この女をレイプしようとしました、とか、部屋を借りて愛人として囲おうとしました、とか、携帯電話を買い与えて、内緒で連絡をとってましたとか、一々、全部書かせるんです。それを読み上げて、間違いないですとなったら、拇印を押させます。反省文は、ヨシオさんが保管します。確か一緒に、支払計画書とか、そんなものも書かされてたと思います。いわば、慰謝料です。月々二十万とか、それくらいだったと思います。

書かせている最中も、いろいろやってました。ペンチとか、根性焼きとかです。……ヨシオさんが、です。お前よ、他人の女のパンツ脱がして、何しようとしたんだよ、とかいいながら、二の腕の内側とか、内股とかを、ペンチで思いきりつねります。最終的には、この女と姦りてえか、姦りてえのかと……香田さんは、ずっと謝ってました。泣きながら、すみません、すみません、と……姦りたくはないですと、途中までは答えてたんですが、ヨシオさんは本当にしつこいですから。姦りてえだろ、姦りてえんだろ、と……チンチンの先っぽを、ちょっとだけペンチで、ギュッと潰したり……もちろん、血は出ます。皮も、ずるんって剝けて。変な、肉みたいな、筋が見えてました。

これ以上やったら、チンポ、グズグズになっちゃうけど、それでもいいの？　って訊くと、香田さんは当然、困ります、と答えます。それはそうなんですけど、でもそう答えると、なんで困るの？　この女と姦りたいからでしょ？　この女と姦りたいから、チンポグズグズは困るんでしょ？　とヨシオさんは訊くわけです。何度も何度も。一時間でも二時間でも、同じことをずっと、ずーっとです。繰り返しそういうふうに訊かれると、最終的には、姦りたいですとしか、答えようがなくなるんです。アツコさんと、姦りたいです、と……でも、そう答えてしまったら、お終いです。

ヨシオさんの、目の色が変わります。目の色っていうか、瞬きとか、全然しなくなって。カッと開いたままになって……。

最低だな、お前。強姦魔だな。犯罪者だよ。ひ弱な女を力ずくでモノにしようとする、卑劣極まりない男のクズだ、と。……これからするのは、お前の根性を叩き直すための、教育なんだと。教育を望むかと……そう訊かれて、望みます、と答えると、また書かされます。それは、反省文ではなくて、誓約書、だったかもしれません。嘆願書……いえ、依頼書……やっぱり、誓約書だったかもしれません。

そのとき初めて、電気を使ったんじゃないかと思います。あらかじめ、ヨシオさんが改造しておいたものです。ホームセンターで売っている、途中にスイッチのついているコードで、片一方は普通に、コンセントに挿すんですが、もう一方は、電線が剝き出しになっています。最初は剝き出しのまま、ガムテープか何かで、体に貼り付けていました。香田さんの……最初のときは、お尻の左右に、だったと思います。最初の頃はわりと、脚の方、下半身が多かったです。足の指とかも、したと思います。

ヨシオさんがスイッチを入れると、ピュンッ、と香田さんの体が伸びて、前の方に、カエル跳びみたいになります。それが、面白かったんじゃないでしょうか。香田さんは繰り返し繰り返し、何回も、お尻に電気を通されました。脚にはズボンが絡んだままですから、どうしてもカエル跳びみたいになってしまうんです。私も受けたことがあるんで、よく分かります……瞬間的なんですけど、ビリビリッて、肉を引き裂かれるような痛みが走ります。体の内部に、直接鞭が当たって、内臓を、ビシッて叩かれるような、そんな痛みです。そうすると、反射的に体が伸びて……通電の場所にもよりますけど、わけが分からなくなって、倒れてしまいます。……笑ってました、ヨシオさんは。お腹抱えて。涙流して。お前もやれといわれて、手渡されました。スイッチを、です。使い方も教わりました。長くやったら可哀相だから、ほんの一瞬でいいんだから、と……お手本を見せるよ、カチッ、と瞬間的にスイッチをオンにして、すぐオフにするんです。それだけで香田さんは、ピュンッて伸び上がって、前の方に跳んでいって。また香田さんに、元の位置に戻るようにいって。電線のテープが剝がれたら、それも貼り直して。香田さんは、両膝をついて、大人しく待ってました。で、私がカチッと……するとまた、アウッ、て声をあげて、体が伸びて、前に跳んでって……面白いだろう、面白いだろうって、私にも笑うよう、ヨシオさんは強要しました。なので、私も笑いました。香田さんにも、笑えと……勉強になります、ありがとうございます、といいなさい、とか……香田さん、いってました。涙を流しながら笑って、ありがとうございます、勉強になります、と。

お仕置きが終わると、酒盛りが始まります。……ええ、香田さんも一緒にです。……変ですか。そうですね、変かもしれないですね。でも、そうしてました。三人で、買ってきたお寿司とかを食べながら、ビールとか、焼酎を飲んだり、タバコを吸ったり。そういう、ちょっとリラックスしたときにする話を、ヨシオさんは覚えておくんです。それがまたあとで反省文のネタになったり、お金を請求する理由になったりするので、酒盛りは重要でした。

具体的に、ですか……仕事で失敗した話だったり、個人的に使ったお金を、会社に経費として請求した話とか、そんなことです。経費といっても、千円、二千円レベルの話です。でもそれだって犯罪だと、横領だと。反省しろと……そうやって、文書は溜まっていきました。……いえ、ヨシオさんが管理していたので、今どこにあるかは分かりません。

いつ頃からだったか、麻耶ちゃんもマンションに呼ばれるようになりました。香田さんは、仕事が終わって、家に帰って、家事をいろいろやってから、マンションにきていましたから、どうしてもくるのが夜遅くなってしまうんです。遅くなっただけでも通電されましたし……だったらいっそ、麻耶ちゃんも連れてくればいいじゃないかと。そうすれば酒盛りも早く始められるでしょうと。そういう話でした。

……ええ、飲ませてました。麻耶ちゃんにも。……たぶん、中学卒業前、だったんじゃないでしょうか。ヨシオさんも、初めのうちは優しくしてました。勉強を見てあげるとかいって、香田さんがお風呂に入っている間に、いろいろ聞き出していました。

たとえば、お父さんの好きなところを一ついわせて、次に、嫌いなところを三つも四つもいわせるんです。嫌いなところがいえないと、ヨシオさんは恫喝《どうかつ》します。そのうち、お父さんは変態なんだよ、あの女の人をね、犯そうとしたんだから。自分で反省文だって書いたんだよ。そういう変態なんだよ、あんたのお父さんは、と。証拠だってあるんだから、と。……犯すって分かるかい？　男がね、女の人にね、力ずくでヤラしいことをするんだよ。泣いたって叫んだって姦っちゃうんだから、男は。ひどいもんだよ。そういうもんなんだよ、って……。泣いてましたね、麻耶ちゃん。泣きながら、別の部屋で抱かれてました。……はい。ヨシオさんに、です。

毎日毎日、あのマンションに呼ばれて。次の日には学校だって会社だってあるのに、夜中の三時とか四時までお酒を飲まされて。後片付けまでさせられて。それから学校や会社にいくんですから、二人とも、だいぶ、ぼーっとなってたんじゃないでしょうか。そんな状態ですから、段々、判断力も落ちてくるんです。

あるとき、ヨシオさんがやけに上機嫌で。やっぱりな、俺の思った通りだよ、そういうことだったんだよ、と言い始めて。その日は麻耶ちゃんが先にマンションにきてて、香田さんがあとからきました。そこから、いきなり始まりました。香田さん、ちょっとこれを見てくれるかい、と……。

麻耶ちゃんの告白文でした。ノートにびっしりと、いろんなことが書いてあって。お父さんにお尻を触られたとか、お風呂を覗かれたとか、洗ってやると勝手に入ってきて、石鹸をつけた手で体を洗われたとか。綺麗になったかどうか確かめるといって、股間を舐められたとか。そのまま、お父さんがチンチンを入れてきたとか。

ヨシオさんが読み上げて、ほんと？　と麻耶ちゃんに訊くと、麻耶ちゃんは頷くんです。でも香田さんは、顔を真っ赤にして、必死に首を振って、違う違うと、そんなことはしていないと、否定します。当たり前ですけど……それから香田さんは、逆に麻耶ちゃんに訊くわけです。なんでそんなことというんだ、なんでそんな嘘を書いたんだ、と。……でもそれこそが、ヨシオさんの目論んでいた展開でした。

香田さん、嘘をついてるのは麻耶ちゃんなのか、あんたなのか、はっきりさせようよ、と。俺はあんたの教育係だし、そういった意味じゃ、麻耶ちゃんの躾《しつけ》にだって責任がある、嘘はよくない、嘘つきは最低だよ、そこはやっぱり教育だから、白黒はっきりさせて、嘘つきの精神構造は根本的に治さなきゃ、と……。

それからまた、麻耶ちゃんの告白文を、一行ずつ検証していきます。お尻を触られたの？　と訊かれれば、麻耶ちゃんは頷きます。でも触ったのかと訊かれても、香田さんは簡単には頷きません。頷けません。そうするとヨシオさんは、じゃあ嘘つきは麻耶ちゃんだね、と、麻耶ちゃんの内腿を、ペンチでつねるわけです。……いえ、それが初めてではなかったと思いますけど、でも麻耶ちゃんはそんなに、ペンチはされてなくて、慣れてませんから、当然、悲鳴をあげます。そうなったら、口にタオルを詰められて。吐きそうになるくらい、ギュウギュウに詰め込まれて。それでまた、ペンチで、プチッと……皮が捻じ切れるまで、やられます。

わりとあっさり、香田さんは認めました。はい、お尻を触りました、と。麻耶ちゃんが目の前でいたぶられて、それを見ることに、耐えられなかったんだと思います。風呂を覗いたか、石鹸をつけた手で直接体に触って洗ったのか、綺麗になったか確かめるといって舐めたのか、そのまま挿入までしたのか……はい、はい、と一つずつ、順番に、香田さんは頷いて認めました。認めたらどうなるかは、分かってたと思いますけど……。

当然、電気です。その頃には、改良版ができあがってました。剝き出した電線の先に、こう、先がギザギザした、はさむ専用の部品が……そう、それです、ワニロクリップ。それが付けてある、新型のスイッチ付きコードで通電されました。全裸になって、両手を頭の後ろで組んで、スクワットでしゃがんだみたいな恰好で。……はい、股間も丸出しです。だから、通電の場所は股間、というか……チンチンに直接、でした。あとキンタマとか。あと、足の指とか、手の指とか。顎、唇、頰、耳も……瞼は、怖かったです。見たこともない、暗い、でも強烈な光みたいなものが、両目から直接、脳めがけてぶつかってくる感じで。どんっ、みたいな。

通電されて、その姿勢を崩したりすると、やり直しです。その姿勢のまま耐えきらないと、お仕置きは終わりません。何回かに一回は、麻耶ちゃんが通電しました。……いえ、そうじゃなくて、麻耶ちゃんが、香田さんに、通電したんです。もちろん、ヨシオさんに命令されて、ですけど。……あと、噛みついたり、顔面を蹴ったりもしてました。……そうです、麻耶ちゃんが、香田さんの顔を、です。ガラスの灰皿を、高いところから手に落とすとか、足に落とすとか、そういうのもさせられてました。最初は泣きながらやってましたけど、そのうち、わりと平然と、無表情でやってました。子供は慣れるのが早いな、と思いました。……そうはいっても、お仕置きが終われば、酒盛りですから。みんな、耐えてました。

ヨシオさんはしばらくすると、正式に、麻耶ちゃんの教育係になりました。そのための費用として、もう十万円上乗せして、香田さんは支払うことになりました。その他にも飲食代とか、家賃だってありますし、衣服とかもすべてヨシオさんが管理して、それを一々有料で借りるという取り決めになっていましたから、もうお給料だけでは足りなくて、香田さんはあちこちから借金をして……会社の人から、でしょうか。サラ金からも、限度額まで借りてたと思います。親戚も、だいぶ回ったんじゃないでしょうか。そういうときも、有料で靴とズボンをヨシオさんから借りて、出かけていました。

……香田さんが逃げなかったのは、麻耶ちゃんのことがあったからだと思います。あと、反省文ですか。私への強姦未遂と、麻耶ちゃんに対する性行為の強要とか。これがバレたら刑務所いきだぞと、ヨシオさんはしつこくいっていましたから。そう、刷り込まれてしまったんだと思います。……個人的に、ですか。麻耶ちゃんと、香田さん、ですよね……私は、そういうことは、本当はなかったと思います。もし麻耶ちゃんが本気でそう思ってるんだとしたら、それはむしろ、ヨシオさんにされたことだと思います。思い出してごらん、お父さんもこうしたろう、こういうこと、お父さんは君にしただろう、いっぱいヤラしいことしただろうって。耳元で繰り返されてると、そうだったのかなって、思えてきてしまうんです。ときどき、痛いことも織り交ぜながら、ヨシオさんはセックスをしますから。つねったり、殴ったり、乳首を、千切れるくらい強く嚙んだり……香田さんも、麻耶ちゃんとヨシオさんの関係には、気づいていたと思います。それも、逃げられなかった理由だと思います。

ヨシオさんは、通電の様子をビデオで録画していました。麻耶ちゃんが香田さんを殴ったり、ペンチで指の爪を剝がしたりする場面も……私だってやられましたし、録られました。ヨシオさんはワンタンスープが好物なんですが、それがぬるかったりすると、即通電です。麻耶ちゃんが通電されるのも、主な原因は家事の失敗でした。私と麻耶ちゃんがセーフな日は、だから、必然的に、香田さんということになります。毎晩、必ず誰かが通電されました。ほとんどが香田さん、ときどき麻耶ちゃんか、私……。

麻耶ちゃんはよく、ヨシオさんに告げ口をしていました。お父さんが買い置きのお菓子を食べていたとか、トイレを汚して困るとか。そのたびに香田さんは通電を受けていたので、どうしても割合として多くなってしまうんです。

通電の受け過ぎでしょうか。ある頃から、香田さんの行動が変になってきました。おしっこを漏らしたり、食べ物をぼろぼろこぼしたり……ヨシオさんは綺麗好きですから、そういうのを見つけると、また通電、となります。でもそれも、もう香田さんは嫌がらなくなってきて……ありがとうございます、ヨシオさんのお陰で、私たち親子は生活できています、とかいいながら、通電されていました。そのうち、通電するたびに香田さんが漏らすものだから、ヨシオさんは嫌気が差してしまって。それで、浴室に閉じ込めておけと……浴室は、中からは鍵ができますけど、外からはできないので、それで……はい、外側に南京錠をつけて、香田さんを中に入れておくようになりました。

会社は、そのちょっと前に辞めてたか、最後に退職金をもらいにいかせたのか……とはいっても、一円ももらえませんでしたけど。それでまた、ヨシオさんに怒られて。あんたは俺に、ちゃんと月々支払わなきゃいけない立場だろう、ちゃんともらうもんもらってこなきゃ駄目だろう、といわれて、また通電されました。浴室での通電は、床とかも濡れてますから、凄く危険でした。濡れてると、電気が全身を駆け巡るというか、電気が通りやすくなるし、せまいから、壁とか水道の蛇口に手足をぶつけて、怪我もしやすいです。だから、ヨシオさんはあまり手を出さないで、浴室に移してからは、もっぱら麻耶ちゃんが通電してました。三回とか五回とか、ヨシオさんに命じられて。その回数、麻耶ちゃんはきっちりと通電して。……漏らした汚物の処理も、麻耶ちゃんがやって。

その日の夕方、ヨシオさんはどこかに出かけていて、私と香田さんがマンションに残ってたんですけど、香田さんがまた漏らしてしまって……わざわざ見にいかなくても、臭いでだいたい分かります。ああ、また漏らしたな、と。で、学校から帰ってきた麻耶ちゃんに、ちゃんと掃除してね、と頼んで。道具も渡して。

そうしたら、お父さん、お父さんって、いつもと違う感じで麻耶ちゃんが呼びかけるんで、なんだろうなと思っていってみたら、こう、膝を抱えたまま、浴槽の中で、横向きに丸まって、汚物に顔を突っ込むような感じで、香田さんが動かなくなっていて。……汚いんで、一応シャワーで洗い流したんですが、顔にお湯がかかっても、瞬きもしないし、息を吸いも吐きもしないんで、これは死んでるなと思いました。一応、心臓に手を当ててみて、動いてないし、体温も異様に低かったんで……ああ、死んじゃったな、と。

それから連絡をとって、帰ってきたヨシオさんに、香田さんが死にましたというと、なんか、物凄く驚かれました。なんで死んだんだ、なんで死んだんだって、麻耶ちゃんや私に訊くんです。そりゃ、あれだけ毎晩電気通して、殴って蹴って踏みつけて、浴室に移してからは、ほとんど食事もさせませんでしたから、ミイラみたいにガリガリに痩せ細ってて。あれじゃいつ死んだっておかしくないだろう、とは思ったんですが、ヨシオさんは違うんです。なんで死んだんだ、何があったんだ、何が起こったんだって、もう、見たこともないくらいオロオロするんです。

で、最終的には……麻耶ちゃんです。君が殺したってことになるからね、と。このところ君に通電を任せていたけれど、俺も注意しようとは思ってたんだけど、君のはちょっと度が過ぎてたよ、と。俺の通電は教育だったけど、君のは恨みだもん……お父さんにヤラしいことをされた、それは確かに可哀相だったけど、でもそれで殺しちゃったら元も子もないでしょう。それはね、やっぱり赦されることじゃないよ。人殺しは駄目だよ、人殺しだけは……って、麻耶ちゃんに言い聞かせて。

困った麻耶ちゃんが、どうしたらいいですか、と訊いても、どうしたらいいかね、と、ヨシオさんは、簡単には答えをいいません。でも、君一人が警察にいって済む話ではないよね、と。警察に届けるという案は、それとなく回避する方向に持っていって……警察には届けられない、俺に迷惑はかけないでくれ、せっかくお父さんを更生させようとしてたのに、君が殺してしまったんだから、というのがヨシオさんの言い分で。麻耶ちゃんは、どうしたらいいですかって、何度も何度も訊くんですけど、ヨシオさんは答えなくて。じれったくなってしまって、とうとう私が、捨てるしかないんじゃないですか、といったら、今度は、どうやって捨てる？　どこに捨てる？って、麻耶ちゃんと私に訊くんです。ヨシオさんは、自分では意見をいいません。決定しない、というか……。私が、山とかどうですか、みたいにいうと、それは駄目だ、誰かに見られる……川とか、って麻耶ちゃんがいうと、それだって浮いてきちゃう、すぐにバレちゃうと、ヨシオさんはことごとく否定します。いろんなことをいっているうちに、あれも駄目、これも駄目と、徐々に方法が絞られてきて、結局……バラバラにして、少しずつ、いろんなところに捨てようと。

そういうことに、決まりました。

＊

アッコの供述はどれも耳を疑うような内容だったが、それよりも気味が悪かったのは、アッコの表情だ。

ヨシオという男の考え、その言葉の数々。それらを語るアッコには、まさに梅木ヨシオという男が憑依しているかのように見えた。

アッコはもはや、暴行の被害者でも共犯者でもなく、梅木ヨシオという男の分身、だったのかもしれない。

ヨシオは、感染する——。

そんなことを、木和田は思わずにはいられなかった。

9

ここ数日の捜査会議は、取調官である木和田統括主任を中心に進められていた。いや、中心というより、頂点だろうか。仮に頂点だとしても、ピラミッドにしたら極端に裾野が広い、平べったい構図だ。縦を横にすれば「木和田対全捜査員」という図式にも見える。

とにかく木和田が報告するアッコの供述内容を、全捜査員が手分けして確認に走る。そういう日々だった。一日で片のつくネタなどほとんどない。捜査員はたいてい二日も三日もかけて、一つのネタの裏取りをする。だが実質、それではまったく間に合わない。夜になって特捜に戻り、会議が始まれば、またいくつもいくつも新しいネタが報告されるのだ。

それがさらに各捜査員に割り振られる。調べなければならないネタは、延々と手元に積み重なっていく一方だった。

特捜の幹部も情報を把握するので手一杯なのだろう。会議中、管理官や一課の係長は司会役に徹し、「次の報告」「これについては木和田、どうだ」「この件の担当は誰だ」「木和田、どう思う」と、筋読みや捜査上の重要な意思決定に至るまで、多くを木和田に委《ゆだ》ねているように、島本には見えた。

島本もまた、昨日までの情報といま報告された最新情報を整理するのに脳をフル回転させていた。

ヨシオとアツコはとあるスナックで出会ったが、それ自体が仕組まれたもので、そのスナックのママもヨシオと肉体関係を持つ、いわば「グル」だった。現在、ふた組四名の捜査員がこのスナックの割り出しを急いでいるが、まだ確定的な情報は得られていない。行方をくらませているヨシオが女を頼る可能性は非常に高いので、今後はこの線にさらに多くの人員を配する必要があるだろう。

また、ヨシオは霊感があるという触れ込みで女に近づいては誑《たら》し込み、最終的には暴力で支配するのが常套手段だったと考えられる。そこでスナックの線ではなく、過去の傷害及び暴行事件からヨシオを割り出す方法も試みられていた。しかし、これもまだ有力な情報を得るには至っていない。

一方、湯浅恵美名義の健康保険証に関する捜査は大きく前進を見せた。報告するのは捜査一課殺人班二係の担当主任だ。

「結果から、簡潔に申し上げますと、本件マル被である、自称『アツコ』なる女性は、湯浅恵美ではないことが判明しました」

講堂全体が騒然となった。最前列にいる木和田も振り返り、報告に立つ部下の顔を睨むように見ている。

管理官がマイクを握る。

「静かに。報告、続けて」

「はい。ええ……船橋の、恵美の実家がすでになくなっていることは、以前の会議でも報告しましたが……」

湯浅恵美は千葉県船橋市東船橋の出身で、本籍もこれに同じ。住居は同県千葉市中央区本町一丁目◎△、ルナハイム五〇七号。ただし恵美は四年前の七月に同室を退去し、以後の転居先は分かっていない。退去手続きをしたのは実家の家族らしいが、直後にその実家も土地ごと売り払われ、現在は連絡がとれなくなっている。

「関係者にアツコの写真を提示しても、湯浅恵美と重ならないのは当たり前で……湯浅恵美の卒業写真を高校で入手し、それをルナハイムの住人に見せると、これは間違いなく湯浅恵美であるとの証言が得られました。つまり、サンコート町田四〇三号で発見された健康保険証の持ち主、湯浅恵美は実在するが、アッコとは別人であり、事情は分からないが、恵美とその家族は現在行方が分からなくなっている、ということです」

管理官がマイクをとる。

「恵美の写真はどうした」

「今コピーしてもらっています」

すぐ島本のところにも写真のカラーコピーが回ってきた。確かに、高校三年時と三十代後半というギャップはあるにせよ、湯浅恵美とアッコは、まったく似ても似つかない完全なる別人だった。卒業写真の恵美は小太りで、性格は良さそうだが、お世辞にも美人とはいえない少女だ。ルナハイムの住人の証言を信じるならば、大人になっても恵美はこういった雰囲気の女性だったのだろう。

何かアイコンタクトがあったのか、管理官が木和田を指名する。木和田は立つほどではないと思ったのか、右手を挙げ、座ったまま話し始めた。

「湯浅恵美に関して、あえてアッコにはぶつけずにきましたが……明日以降、機を見て、当ててみます」

これまで、少なくとも九条と島本は「湯浅恵美」というのが女の本名で、「アッコ」はスナック「舞子」での源氏名であると考えてきた。しかし、それは間違いだった。アッコはなんらかの手段によって湯浅恵美の健康保険証を入手し、その名を騙《かた》っていた。となると、二年前に品川で肋骨骨折の治療を受けたのは、本物の恵美だったのか、それともアッコだったのか。その確認は今からでも可能なのか。医師や看護師、その他のスタッフは何か覚えているだろうか——。

報告はサンコート町田の周辺捜査班に移った。梅木ヨシオと思われる人物の目撃談はなし。これに関してはここ数日、進展がない。

その次の次に立ったのが九条だった。スナック「舞子」に残っていた湯浅恵美の履歴書の記載内容。出身校や職歴、住所などはすべてデタラメであり、携帯電話番号も現在使われていないものだった。本日は以上——。

続いて指名されたのが、香田麻耶担当の組だった。

報告するのは捜査一課殺人班二係のデカ長だが、麻耶から話を聞き出しているのは実質、広田律子《ひろたりつこ》であろう。麻耶を児童養護施設に送り届ける車中で、「お父さんは、あの二人に殺されました」という発言を引き出した、町田署少年係の巡査長だ。広田は二十七歳とまだ若いが、なかなか鋭い観察眼の持ち主であり、本件で彼女に活躍の場ができたことは島本も嬉しく思っていた。

斜め後ろを見ると、広田は報告に立ったデカ長の隣で静かにメモをとっている。

「ええ……またいくつか、香田靖之の死亡に関して、アッコの供述とは異なる点が出てきましたので、報告いたします。アッコによれば、当該時刻はヨシオと麻耶が不在、アッコと靖之が二人で四〇三号におり、夕方、学校から帰ってきた麻耶が浴室を覗くと、靖之が死んでいた。その後に帰ってきたヨシオに事態を報告、となっていますが、麻耶によると、学校から帰ってきた段階ではその夕方、靖之はまだ生きていたということです」

島本は前に向き直った。自前の資料で、アッコの供述内容を確認する。

「……確かに大便を漏らしており、臭いもしていた。放っておくとヨシオが怒るので、麻耶は靖之を裸にして浴槽から出し、まず洗い場で靖之の体を洗った。この当時の靖之はかなり衰弱しており、動作も緩慢だったということですが、この夕方に関してはわりとしっかりしていた、と麻耶はいっています。ちゃんと自分で立って、麻耶に洗われたそうです。その際、ごめんな、ありがとうな、と繰り返し……頬や唇、舌にも通電を受け、また殴打によって歯もずいぶん抜けていたため、言葉は不明瞭だったが、それでも靖之は最後まで、麻耶を気遣う発言をしていたそうです」

アッコによると、通電を受けるのは靖之が最も多く、アッコと麻耶は家事を失敗したときなど、ときどき受ける程度だったという。ひょっとすると靖之は、あえて粗相をしたり奇行に走ることによって、自ら進んで通電を引き受け、麻耶を守ろうとしていたのではないか。そんなふうにも思える。

「その、浴槽を洗っているときにヨシオが帰宅し、またやったのかと、罰として通電しろと、命じられたそうです。麻耶は浴槽を洗い終えて、濡れていると危険だから、手で必死に水気を拭って……掃除をするために掃除用具を借りるのはいいんですが、ただ水気を拭うために雑巾とか、ましてやティッシュやトイレットペーパーを使うことは厳禁だったそうです。なので手で、できるだけ水気を払って……それから靖之を浴槽に戻し、そのときは二回の通電を命じられたそうです。立っていると倒れたときに危ないので、しゃがむようにいって。電極をつけたのは、唇と性器だったそうです。ヨシオは手を出さず、背後からそれを見ていて……」

アツコの供述では、このときに通電はなかった。ヨシオが戻ってくる経緯も、ちょっと違っている。

「一回目の通電で靖之は転倒。ごんっ、と額から前のめりに、浴槽内に倒れ込んだ。で、普通は、少し待っていると起き上がるらしいんですが、このときはいくら待っても起き上がらない。早く起きないと回数を増やされるので、たいていは歯を喰い縛ってでも起き上がるのに、このときの靖之はピクリともしなかった。こういうときヨシオは、気絶した振りなんかしやがってと殴打したり、さらに通電を繰り返したりするので……実際そうすると反応があり、気絶が芝居だったとバレるわけですが、麻耶は、それは可哀相だと思い、もう一回……二回といわれていた通電の、もう一回分をやろうと、スイッチに指を掛けたところ、待てと。ヨシオに止められたそうです」

だいぶアツコの供述と違ってきた。これに関して、アツコは何か意図する部分があったのか。あるいは単に、当事者である麻耶の方が記憶が鮮明だというだけのことだろうか。

「ちょっと叩いて、目を覚まさしてやれといい、ヨシオは通電の道具を持って、浴室から出ていった。麻耶はいわれた通り、靖之に呼びかけたが、反応がない。何度も呼びかけているうちに、鼾を……それまで靖之は、気絶すると変な鼾をかくことが多かったらしいですが、そのときは鼾をかいていないことに麻耶は気づいた。それから揺すったり、背中を叩いたり、上半身を起こして表情を確認したりしたが、目は半分くらい開いているものの、呼吸はしていない。それからヨシオを呼び、息をしていない、死んでるんじゃないかと、なったそうです」

この麻耶の供述にはアツコがまったく出てこない。これは、どういうことだろう。

「再び浴室にきたヨシオは、これは大変だと、騒ぎ始めたそうです。確かに死んでいる、通電したときは大丈夫だったのに、なぜ死んでしまったのかと騒ぎ始めた。麻耶の記憶では、一回目の通電で倒れたときから鼾はしてなかったのに、ヨシオは違うことをいう。自分が浴室を出るときまで鼾は聞こえていた。むしろ起こそうと思って、麻耶が強く叩いたのがよくなかったのではないか。これはマズい、これでは麻耶が靖之を殺したことになってしまう。自分がやったのなら教育中の事故ということができるけれど、娘が父親を教育というのは常識として通用しない。ましてや靖之は、麻耶に性的な悪戯をしていた。そのことで麻耶は靖之を恨んでいた。これでは殺人だ。しかも、子供が親を殺したら、十六歳でも死刑になる可能性がある、と……」

それは、いくらなんでもデタラメが過ぎるだろう。現行法においては、十八歳未満の少年が犯罪行為を行っても、死刑に処することは原則としてできない。

「それからひと晩かけて、靖之の死体をどうするか、という相談をしたそうです。まず最初にヨシオがいうのは、俺には迷惑をかけるな、と。警察沙汰にしたら、お前だって死刑になるけど、俺だってお咎《とが》めなしでは済まされない。それはご免だと……」

この辺りから麻耶とアツコの供述は接近し始め、最終的には同じところに着地した。

「それで、バラバラに解体して、それをできるだけ多くの場所に、別々に遺棄しよう、ということになったそうです」

この供述の喰い違いに、果たして意味はあるのか。

あるいは意味など、何もないのか。


会議が終わると、木和田はすぐ講堂を出ていくことが多い。だがこの日は、なぜか散会後も講堂に残っていた。町田署が用意した弁当を、いつも座っている席でつついている。

島本は、思いきって声をかけてみた。

「あの、お食事中、失礼いたします……木和田統括。私を、ご記憶でしょうか」

弁当から顔を上げた木和田は、しばらく口をモゴモゴさせていたが、目はずっと笑っていた。

「……うん、覚えてるよ。島本幸樹巡査部長。滝野川で半年、面倒見たよな。たかだか十二年前のことを忘れるほど、まだ俺は老いぼれちゃいないよ」

ちょっと高い、どこかとぼけた感のある、木和田の声。それを間近で聞けることが、なんとも嬉しい。

「光栄です。木和田統括にご指導いただいたお陰で、以来ほとんどの所属で、刑事をやらせてもらっています」

「別に、俺のお陰なんてことはないさ。……お前、弁当は」

「いえ、まだ」

「もらってこいよ」

それから下座にいって弁当と缶ビール、さらに町田署長が差し入れてくれた焼き鳥を三本ずつもらって、木和田のところに戻った。

「あの、これ……署長からみたいです」

「いいよ。若いんだから、お前が食えよ」

本当に不思議な人だ。口調にはほとんど抑揚がないのに、ちゃんと気持ちは伝わってくる。柔和な表情とその声で、常に辺りに「居心地の好い空気」を作り出すことができる。だが同じ表情、同じ声で、急にピシャリと窘《たしな》められたりもする。それがまた、一々もっともなものだから感服してしまう。おそらくアッコの供述も、この表情と声音を駆使して引き出しているのだろう。できれば島本も立会いについて、その妙技を拝んでみたい。

ただし、今夜の会議では思わしくない報告もいくつかあった。

島本は弁当のフタを開け、そこに焼き鳥を置いてから切り出した。

「しかし、アッコ……湯浅恵美が本名じゃなかったというのは、意外でした。驚きました」

木和田は煮物の人参を一つ口に入れ、ニヤリとしてみせた。

「……いや、俺は実は、危ないなと思ってたんだ。家宅捜索をしても、あれ以外にはまったく身元に繋がるものがなかった。アッコもヨシオも、徹底的に過去を捨て去って生きてきたはずだ。今まで、ずっと……それなのに、一枚きり、健康保険証ときた。わざわざ身分を証明するようなものを、なぜあんなところに隠しておいたのか。理由は分からんけど、すんなり繋がらなかったことで、逆に俺は納得してるんだ。やっぱり、アッコは恵美じゃなかったか、って」

いわれてみれば、そうか。

しかし、残念な報告はまだ他にもあった。

「それと、アッコと麻耶の供述の喰い違い。あれは、どうなんでしょう。どういうことなんでしょうか」

「いいから、お前も食えよ」

本当だ。島本はつい話に夢中になり、まだ米粒一つ口に入れていなかった。すみません、と一つ頭を下げてから焼き鳥に手を伸ばす。タンだかハツだか分からない塩焼きのそれを串の半分ほど頬張り、缶ビールを手にとった。プルタブを引き、いただきます、の意味で少し持ち上げると、木和田も真似て自分の缶を持った。

「お疲れ……まあ、あの供述の喰い違いに、大した意味はないと思うよ。麻耶の供述を読み聞かせたら、そうだったかもしれませんと、アッコはあっさり翻《ひるがえ》すんじゃないかな。そういうところ、あの女の情報の出し方は、なかなか巧みだから」

「情報の出し方、ですか」

うん、と頷いて、木和田がぐっとビールを呷《あお》る。

「……アッコはここ数日、確かによく喋るようになった。靖之への拷問も、細かいところまで本当によく喋ってる。でもな、あの女、具体的な情報となると、とんと明かさないんだ。ヨシオと出会ったスナックも、それがあった場所も、当時住んでた街も、一切明かさない。こっちが摑んだ証拠……たとえば麻耶の体にある傷。そういうのと辻褄が合う部分、あるいはもう判明してしまっていることについては、話す。でもそうじゃない部分は、覚えてません、思い出したくありません、いいたくありません……だいたいそんな調子だ」

なるほど。こっちが調べてきたことに関しては対応するが、なかなか自分から新しい情報は出さない。そういうセルフコントロールは徹底している、ということか。アッコという女は、案外したたかなのかもしれない。

木和田が続ける。

「でもな、俺はそれでもいいと思ってるんだ。アッコはぽろっと、昔の仕事は塾の講師だってことを漏らしてる。あれもまだ調べはついてないみたいだけど、とにかく調子よく喋らせとけば、ああいう情報も出てくるんだよ。それとさ……当たり前だが、アッコはまだいろいろ隠してるよ。ヨシオの行方もそう、自分の身元もそう、過去もそう……これを明かすとさ、たぶん、もっと嫌なことがズルズルと出てきちまうんだよ。だから、喋れない。これをいったらアレに繋がっちゃうな、だから覚えてないことにしとこう、思い出したくないって誤魔化そう……そんなふうに算盤《そろばん》を弾いていやがる」

もうひと口、木和田がビールを流し込む。

「……ただ、いったん調子よく喋り始めると、人間ってのは口にフタができなくなるもんでさ。すべては関係性だから。マル被と取調官、アッコと俺の、それが付き合いだから。特にアッコは、ヨシオの話をすることに、明らかに酔ってる。心境はよく分からない。女として、ヨシオに想いがあるのか、それとも犯罪者としての資質に、なんというか……敬意みたいなものを抱いているのか」

そこまで、木和田がいったときだった。

すっ、と誰かが木和田の横に立った。思わず見上げると、殺人班二係長、中島警部だった。

「……栄ちゃん。えらいものが出ちゃったよ」

木和田が口を拭って立ち上がる。島本も倣《なら》い、木和田と並んで立った。

「は、えらいもの、とは」

「四〇三号の浴室。タイルの目地から排水口、シャワーホースからボールチェーンの繋ぎ目に至るまで、徹底的に残留物を採取して鑑定させたらさ……」

一瞬、中島警部が島本の顔を見たが、別に知れてもかまわないと判断したのだろう。木和田に視線を戻した。

「五人分も出ちまったんだよ、ＤＮＡが。しかも、その内の四人は血縁関係にある可能性が高いらしい」

どういうことだ。

10

辰吾も、できることなら三郎を悪くは思いたくない。本当は必死で職探しをしているのだけど、思うようにいかないから、本人も不本意ではあるけれども、結果的にこの状態が続いてしまっているとか。一見丈夫そうに見えるけれど、実は精神的に脆《もろ》いところがあって、今はちょっとリハビリが必要な時期であるとか。でも、それだったら聖子から何かしら説明があってもいいと思う。いや、なければおかしい。

しかし、いまだに何もない。

「はい、どうぞ」

何日か前から、テーブルをキッチンカウンターにぴったりくっつけるのはやめ、少し離して場所を作り、そこに聖子が座るようになった。つまり辰吾の左側。これによって聖子も、テレビを観ながら食事ができるようになった。

「うん、いただきます」

そして相変わらず、辰吾の正面には熊五郎。辰吾が三郎を見ながら食事をしなくて済むようになるのは、一体いつのことだろう。

「……おはよう、ございます。いただきます」

あの日、三郎は急に公園から歩き始めてとあるマンション前までいき、その後は近所をしばらく徘徊。やがてスーパーマーケット敷地内に設けられたベンチに居場所を確保し、そこでまた動かなくなった。辰吾も会社に戻らなければならず、以後三郎がどうしたかは把握していないが、はっきりいって今も腹は立っている。自分はなぜこんな男を養わなければならないのかと。

思いきって訊いてみようか。わざわざ少し離れたスーパーまでいって、ベンチに座って何をしてたんですか。まさかあのあと、万引きなんてしやしなかったでしょうね。ひょっとして、あれですか。三郎さんって真面目に働くより、軽微な罪を犯して刑務所に入ってた方が楽とか、そういう考えの人ですか――。

「ごちそうさま……ごーちゃん、早く食べないと間に合わないよ」

「あ、うん」

しかし、結局は何一つ質《ただ》すことができず、この日も家を出ることになった。ただし、このときは聖子が一緒だった。一緒に家を出れば、少なくともバス停までは二人きりの時間が持てる。

「……なあ、聖子」

辰吾が押す自転車の向こう。並んで歩く聖子に、それとなく目を向ける。

今日のコーディネイトは、ブルーのデニムシャツに同じ素材のショートパンツ。正直、聖子の脚はすらりと長い、とはいえない。むしろ若干短めで、ややむっちりとしている。でもそこが可愛い。この脚を見てムラムラくる男は、決して少なくないはず。バイト先でも、聖子を狙っている男は一人や二人ではないと思う。絶対に、誰にも渡しはしないが。

「ん、なに？」

自分で話しかけておいて、つい見惚れてしまった。

「あ、いや……その、三郎さん。最近、なんか話した？」

「んーん、なんも。部屋にいても黙ってるし。別に、あたしも訊くことないし」

訊くことない、はないだろう。

「いやいや、状況について訊くっていってたじゃん」

「え、あたしが？」

またそんな。可愛い目を真ん丸くしたって駄目だ。

「そうだよ。決まってんじゃん。聖子以外に誰が訊くんだよ。俺が訊いたら空気悪くなるだろ」

「っていうか、たぶん訊いても意味ないと思うよ。ほんと、なんもやってないみたいだから」

「意味ない、じゃなくてさ、それ自体が問題なんだっていってんじゃん。じゃなんでウチにきたの。何しにきたの。いつまでいんの。そういうこと、ちゃんと訊いてくれって頼んだじゃん」

「ああ、そうだったね……ごめん。でもさ、なんかああいう、フラフラする時期も、ある程度は必要っていうかさ。迷ってる部分、あると思うんだ。お父ちゃんなりに」

なんだそれは。

「あのさ……そりゃね、思春期の男の子なら分かるよ。聖子が母親でさ、なんかフラフラした息子だけど、もうちょっと温かく見守ってあげましょうよ、みたいにね、父親にいうとかならさ」

あ、ほんとだね、と聖子は呑気にいって笑う。

「ほんとだねじゃねえよ。三郎さん、いい年した大人っつーか、どっちかっつーとジジイの域に入ろうとしてんだからさ。あんまいい加減なことやってっと、徘徊老人で保護されちゃうぜ」

それでも聖子は、屈託なく笑っている。

「大丈夫だよ。あれでお父ちゃん、案外しっかりしてるから」

しっかりした大人なら、まず職を探してくれよ——。

そう思いはしたが、バス停に着いてしまったのでいえなかった。

というより、この件で聖子と話をするのが、辰吾は段々面倒になってきていた。


領土問題というのは、攻められる側が諦めたときに終わりがくるのだという。当然といえば当然だ。攻める側、領土がほしい側はいつまででもちょっかいを出し続ける。手に入るまで、しつこくしつこく。それに疲れて「もういいや」と思ってしまったら、攻められる側、領土を守る側は終わりだ。負けが確定する。

三郎に関しても同じだろう。彼を自分の舅《しゅうと》として、同居人として認めたら終わりだ。三郎はあくまでも客、ほんのいっとき泊めてやっているだけ、いつかは出ていってもらう。そういうスタンスを崩したら辰吾の負けだ。

あるいは逆に攻めに転じ、部屋を出ていかざるを得ないような正当な理由を見つけ出し、三郎と聖子に突きつけるか——。

その週の日曜日。

午前中は聖子が買い物にいき、その間に辰吾は部屋の掃除をした。三郎は朝食のあとどこかに消えていたが、昼頃になって戻ってきた。昼飯は三人で聖子特製の冷やし中華を食べた。

昼過ぎになって聖子はバイトに出かけ、辰吾はダイニングやベッドルームでダラダラと過ごした。三郎も、こんな日にテレビ前のソファを占拠するのは気が引けるらしく、バルコニーに面した窓辺にぽつんと座り、大人しくしていた。

ちょっとした我慢比べだった。

三郎が出かけたら、辰吾はすかさずあとを尾《つ》けてやるつもりだった。きっと何かしらやらかすはずだ。下着ドロ、覗き、ストーカー、万引き、痴漢、無銭飲食——。現場を押さえたら、まあ恋人の父親だからいきなり警察に突き出すのは勘弁してやるが、その代わりに出ていってくれと交渉するつもりだ。これ以上居座るようなら聖子に相談する。それでもゴネるようなら警察に突き出す。最終的には、そういう話をすることになる。

ベッドから起き上がり、リビングに通じるドアをちょっとだけ開けて見てみる。三郎の背中はまだ窓辺にあった。ここ数日は気温も高くなり、さすがの熊五郎も冬物ジャンパーはしんどくなったらしく、今は薄いブルーのストライプが入ったシャツと、グレーのスラックスという恰好をしている。聖子にもらった昼飯代をヘソクって買ったのかもしれない。下着もすでに二、三組はあるらしい。

別に、清潔にすることが悪いとは辰吾も思わない。ただし、これを「生活実態」と解釈されるのは困る。仮に三郎をこの部屋から追い出し、だが彼が警察に保護され、うちに連絡や確認がきたらどうなる。おやおや、生活拠点はここにあるじゃないか、だったらちゃんと面倒を見てあげなきゃ駄目じゃないかと、自分たちに扶養義務みたいなものが生じたら目も当てられない。そういう、国家権力のお墨付きを三郎が手にする事態だけは避けたい。

だから熊五郎、早く出かけろ。さっさと出かけて、住居侵入でも窃盗でも、なんでもやらかせ——。

三郎が動いたのは夕方四時を過ぎてからだった。

いったんトイレに入り、また窓辺に戻るのかと思いきや、そのまま玄関に向かったようだった。耳を澄ましていると玄関ドアが閉まる音が聞こえた。さらに、こちん、と鍵の掛かる音もした。

「……よっしゃ」

辰吾は起き上がり、玄関に向かった。部屋着と大差ない恰好だが、一応いつでも出かけられるようにカーゴパンツは穿いていた。足元はサンダルじゃない方がいいだろう。いつも仕事に履いていくスニーカーにしておく。

数センチ、玄関ドアを開けて外を覗くと、すでに三郎の姿は廊下になかった。やけにすばしっこくないか。外に出ると、急にキビキビ動くタイプか。もう少し開けて、下の通りも見てみる。すると、向かいの民家の駐車場前にいた。ストライプのシャツ、妙に丸っこい背中が、意外なくらいのスピードで移動していく。

辰吾は玄関を出て、急いで鍵を閉めて小走りした。階段を下り、三郎が向かった方角に目を向ける。百メートルほど先にいかれてしまったが、大丈夫。ちょっと走ればすぐ追いつける。

平屋と二階家が半々くらいの、田舎の住宅街。道は比較的真っ直ぐで、尾行にはむしろ不向きといえた。もし三郎が振り返ったら、間違いなく辰吾は発見されてしまうだろう。ただ三郎は、背後はいうまでもなく、そもそも周囲にあまり気を配ってはいなかった。何か目的があって、ひたすらそこに向かって歩いている。そんな後ろ姿に見えた。

方角的には南下していることになる。このまま延々歩いていけば、時間的にどれくらいかかるかは分からないが、やがては町田駅に着く。そういう方角だ。もうちょっと近い目標でいうと、例の公園、というよりはスーパーマーケットに向かっている感じだろうか。

案の定、そうだった。

三郎は同じスーパーマーケットの敷地に入り、ベンチこそ違ったものの、同じように居場所を確保して、また遠くを眺め始めた。周りには子供連れのママ、カゴ付き自転車に乗った主婦、カートを押すお年寄りなどがひっきりなしに行き来している。そんな中でぽつんと、三郎だけが時を止め、何をするでもなく虚空を見つめている。

いや、そうじゃない——。

辰吾はふいに思い当たった。あのマンションではないか。三郎が道の真ん中に立ってしばらく見ていた、あのマンションの最上階辺りが、あの位置からなら見えるのではないか。

確かめなきゃ——。

辰吾は三郎に見つからないよう、いったんスーパーの中に入り、エスカレーターで二階に上がって窓を探した。すると、あった。ちょうど三郎が見ているのと同じ方角、足元には三郎の脳天が見下ろせる向きに大きな窓がある。

分厚いガラスに張りつき、なんの気なしに見たら、下から三郎が見上げていた——だったらちょっと怖いな、と思ったが、幸いそれはなかった。

自分のアパートの方角、通ってきた道、目印になる建物。いろいろ考え合わせた結果、やはりそのようだった。三郎の視線の延長線上には、あのマンションの上の方が見えている。ちょっと暗い色遣いの、レンガ調の外観をしたマンション。たぶん四階か五階建てくらいだ。距離でいったらここから二百メートルとか、それくらいではないか。

なんなんだ。三郎はここから、あのマンションの何を見ようとしているのだ。

聖子は今日、バイト先の女友達と飲みにいくといっていた。なので、そもそも夕飯は各自別々に食べる約束になっていた。

だがこれは、予想外の事態だった。

夜七時頃、三郎は一度だけスーパーの中に入ってトイレを使ったほかは、ずっとベンチに座ってマンションの方を眺めていた。ほとんど身動きもせず、肉付きがいいのでそうは見えないが、意外と背筋を伸ばして正しい姿勢を保っている。缶コーヒーを飲むでも、スーパーで買い食いをするわけでもない。ただひたすら、マンション最上階の様子を窺っていた。

辰吾の方が音をあげそうになった。炭酸飲料を飲んでみたり、菓子パンを齧《かじ》ってみたり。やはり店内のトイレを借りてみたり、雑誌コーナーで買った車雑誌をパラパラとめくってみたり。見張り場所もいろいろ試した。スーパーの出入り口付近、二階の窓辺、敷地から出て電柱の陰、隣の建物の陰。どう考えても辰吾の行動の方が怪しかった。どう見ても三郎の方が堂々としており、立派だった。

いや、それはおかしいだろう。居候で無職の熊五郎の方が、勤勉な自動車修理工より立派だっていうのか。なんとなくどっしりと恰幅よく見えるが、奴が食ってるのはタダ飯だぞ。他人にたかって食わせてもらってるだけの、碌に働く気もない人でなしだぞ、そいつは。

スーパーの営業は夜九時までのようだが、さすがに八時を過ぎると客足はがくんと減った。もはや夜の闇に没し、辰吾にはマンションがどこにあるのかもよく分からなくなったが、それでも三郎はベンチに座り続けた。背筋を伸ばし、両手を正しく膝に置いて、遠い暗闇を見つめ続けていた。

逆に、ちょっと感心した。どういう理由があるのかは知らないが、なんにせよこの長時間、同じ姿勢で居続けるというのは相当根性の要ることだ。欲をいえば、その根性をもっと生産的な何かに向けてもらいたいところではある。

やがて店内には、まもなく閉店になる旨のアナウンスと「蛍の光」が流れ始めた。閉店となれば、敷地全体が閉鎖されるはず。三郎もベンチには居続けられなくなるに違いない。辰吾はひと足先にスーパーの敷地から出て、三郎が出てくるのを待った。そして九時五分前。三郎もスーパーのシャッターが下りる前に、敷地から出てきた。

スーパーから離れて、その後うちに帰らないとしたら、三郎は例のマンションに向かうのではないか。その辰吾の予想通り、三郎は今まで見ていた方角に歩き始めた。

妙に厚みのあるシャツの背中が暗闇に溶けてしまう前に、辰吾も尾行を開始する。

夜九時の田舎道。右左に点在する家の窓。当たり前だがその多くには明かりが灯っている。窓を開けている家も少なくなく、テレビの音、夕飯の煮物の匂い、叱られたのか子供の泣き声など、様々な生活の断片が通りまで漏れてくる。

このまま真っ直ぐいけば例のマンション、サンコート町田に着く。おそらく三郎は、また近くに場所を確保してマンション最上階を見張るのだろう。ここまで暗くなれば、近所の植え込みでも、ちょっと離れた畑でも、隠れられるところはいくらでもある。むしろ、この暗さを三郎は待っていたのかもしれない。スーパーのベンチは夜になるまでの、単なる時間潰し――。

しかし、それも違った。

なんと三郎は足を止めることなく、そのままマンションの玄関に入っていった。だからといって、辰吾が追いかけていって呼び止めるわけにはいかない。尾行がバレるのも困るが、三郎の知り合いがこのマンションにいる可能性だって、ないとは言い切れないのだ。ましてやそれが内縁関係にある女性だったりしたら、尾行していた辰吾の行動の方がよほど問題視されるだろう。なんなんだ、コソコソあとを尾け回して嫌らしい――そういう形勢逆転は、なんとしても回避したい。

とはいえ、ここまでがんばったのに手ぶらで帰るのも癪《しゃく》だった。

このサンコート町田に、三郎の知り合いはいるのか、いないのか。もしいないのだとしたら、三郎が誰になんの断りも、正当な理由もなく立ち入ったのだとしたら、それだけで充分に問題はある。三郎の目的はなんなのか。せめてそれくらいは確かめよう。仮に三郎が下着ドロだったとしたら、おそらく十分かそこら待っていれば出てくるだろう。それまでは近くの物陰に隠れて――これも客観的に見たら、完全に辰吾の方が不審者なのだが、致し方ない。警察だって、犯人逮捕のためにこういう張り込みをすることはあるはず。どっちかといったら、自分はそっちサイドだ。少なくとも犯罪者サイドではない。そこのところは、胸を張っておきたい。

そんなことを、グダグダと考えていたときだった。

青白い蛍光灯の明かりに照らされた、マンションの玄関。そこに、ふらりと人影が現われた。Tシャツにジャージ。そんな、ラフな恰好をしている。女、に見えた。ひどく痩せこけてはいるが、一応腰回りはそれっぽくくびれている。ポニーテイルにした髪も揺れている。手に何か持っていたが、暗かったので何かは分からなかった。

別にこのマンションの住人が、夜どこに出かけようが興味はない。

だが、三郎がその女を尾行しているとなったら、話は別だ。

「……嘘だろ、おい」

思わず呟いてしまったが、でも間違いなかった。ストライプのシャツ、グレーのスラックスに革靴。どう見ても、三郎以外の何者でもない。

三郎は明らかに女のあとを尾けていた。ある程度距離をとり、足音を忍ばせて歩いていた。女は無防備にも、暗い方へ暗い方へと角を曲がっていく。畑、空き地、月極駐車場、広い屋敷を囲う生垣。

女、少し置いて三郎、さらに遅れて辰吾と、同じ角を曲がっていった。先の方に明かりがあると、辰吾は「あそこまで無事にたどり着いてくれ」と、知らぬまに祈るような気持ちになっていた。しかし女はそこを過ぎ、なおも暗い方へと進んでいく。あれでは、三郎に早く襲ってくれといっているも同然だ。体格的には三郎が圧倒的に有利だろう。女は押し倒されて畑にでも引きずり込まれたら、もう絶対に無事では済まない。

よせ、そっちに曲がっちゃ駄目だ――。

そんな心の叫びは届かず、女はまたもやぽっかりと口を開けた暗闇へと足を踏み入れた。それに三郎、仕方なく辰吾も続く。

公園だった。昼間は近所の子供たちがキャッチボールをしたり、ブランコや砂場で遊ぶような、さして大きくも小さくもない、どこにでもあるような児童公園だ。ちょうど辰吾が三郎を見つけた、あそことよく似ている。

女は公園の真ん中を突っ切り、なんと、公衆便所に向かっていった。三郎は――マズい。女に気をとられていたら、三郎の方を見失ってしまった。だからといって、大声を出して捜すわけにもいかない。辰吾はいったん公園から出て、植え込みの隙間から様子を窺うことにした。

今はぼんやりと、遠くに公衆便所の照明が見えるだけだ。薄汚れた緑色の、ひんやりと湿った明かり。

どこだ、三郎はどこにいる。別の出入り口から便所に入って、中で女を襲うつもりか。

それにしても、よりによって公園の公衆便所とは悪趣味にもほどがある。犯行は具体的に、どういった手口で行うのか。殴るのか、刃物で脅すのか。刃物だとしたら、買ったのか。それともウチから持ってきたのか。この距離だとどうだろう。悲鳴くらいは聞こえるのだろうか。聞こえてから駆けつけて、それで間に合うだろうか。あの女性を助けられるだろうか。

しかし、事態はさらに意外な方へと転じていった。

女性は何事もなかったように、公衆便所から出てきた。足取りもしっかりしている。そのまま公園の中央を突っ切り、元の出入り口を通って右、きたのとは反対方向に歩いていった。結果としては、たまたまこの公園に立ち寄って用を足し、無事、出てきた。それだけのことだった。

しかも、三郎は尾けてきていない。どこにいった。

そう思って公園内に目を戻すと、ちょうど公衆便所の前にいた。

ちょっと待て。女が用を済ませた便所に、あとから入って何をするつもりだ。

想像したら吐き気がしてきた。三郎は、ストーカーであるのに加えて、スカトロ趣味まであるのか。女がここを利用すると知っていて、あらかじめカメラを仕掛けておいたとか、そういうことか。いわば盗撮マニア。でも、あらかじめというのは状況からして可能だろうか。

なんにせよ、見過ごすことはできなかった。ウチの便所にもカメラを仕掛けられ、もし聖子の映像が世間に出回ったりしたら悔やんでも悔やみきれない。

辰吾は公園内に入り、女がそうしたように真っ直ぐ、中央を突っ切って公衆便所に向かった。ひんやりと湿った明かりを睨みながら、三郎さん、今からあんたの正体を暴いてやる——そう心の内で唱えていた。

便所には男女別々の出入り口が設けられていた。手前に目隠しの壁があり、右が女、左が男と図柄で示してある。本意ではないが、辰吾は女性用出入り口の前に立った。微かに水の流れる音が聞こえてくるが、それが女性用からかどうかは分からない。

このまま踏み込むか。でも女性用に三郎がいなかったら、どうなる。すぐ男性用にいってみて、そこで鉢合わせしたら、どうする。自分に一体何ができる。

だがそれ以上考える暇はなかった。

三郎が、女性用出入り口に出てきたからだ。

「あっ……」

驚いたのは、むしろ辰吾の方だったかもしれない。三郎はいつも通りの無言、無表情、無反応。辰吾を見ても、一ミリも動揺した様子は見せない。

数秒して、のっそりと頭を下げる。

「……どうも」

おい。別々に家を出た二人が、だいぶ離れた公園の便所前で鉢合わせして、それで「どうも」はないだろう。

辰吾は唾を飲み込み、短く息を吐いてから訊いた。

「三郎さん……こんなとこで、何、してんですか」

口が渇いて舌がもつれそうだった。痰《たん》が絡んで噎《む》せそうになった。

一方、三郎は依然として何一つ感情を顔に表わさない。

「何って……小便を」

嘘をつくな。

「三郎さん、そこ、女便所っすよ」

すると、横目で中を確かめる。

「……ああ、どうりで、小便器がないわけだ」

落ち着いている。異様なくらい。後ろ暗い場面を目撃された動揺は、少なくとも表面的には微塵も見受けられない。

三郎が続ける。

「でも、よかったです。誰もこなかったんで」

誰もこなかったのはその通りだろう。

だが、その前にいた女についてはどうなんだ。

11

自称「アッコ」の取調べはすでに十四日目、勾留延長でいえば二日目に入っていた。ただし、彼女はすでに「アッコ」が自分の本名ではなく、スナック「舞子」時代の源氏名であったことを認めていた。一方で、当時本名としていた「湯浅恵美」については心当たりがないと主張している。

「本当に、湯浅恵美がどこの誰だか、知らないの?」

木和田がこの質問をしたのも、もう五回や十回ではない。

そのたびに彼女は、ゆるくかぶりを振る。

「……知りません」

「でも、あなたは『湯浅恵美』と名乗っていたわけでしょう。履歴書も、その名前で書いてたわけでしょう」

「それは、ヨシオさんに、そう書けといわれたので。いわれた通り、そう書いただけです」

「湯浅恵美って誰ですか、とか訊かなかったの？」

「……訊きません、でした」

「訊かないかなぁ。普通、訊くんじゃないのかなぁ」

「……怖いんで。お前には関係ないだろって、また殴られたり、蹴られたり、乳首をつねられたりしたら、嫌ですから」

常にこれだ。結局はヨシオの暴力に対する恐怖。それが今、彼女にとって最大の免罪符になってしまっている。ヨシオへの恐怖を隠れ蓑にしている限り、この女は自分の本名を明かさなくても、ヨシオの行方について喋らなくても済んでしまう。木和田としては、なんとかしてそうではない方向に話を持っていきたい。

「湯浅恵美のね、健康保険証が最後に使われたのは、二年前の六月二十一日、品川でなんだけど、それにも心当たりはない？」

「……ない、です。ありません」

「つまり、このとき治療を受けたのは、あなたではないんだね？」

「……よく、覚えてませんけど、違うと思います」

そもそも「アッコ」とも「恵美」とも呼べないこの状況自体が、非常にやりづらい。名前を呼びかけるという行為には、その対象となる個人を特定するという大切な役割がある。それができない、つまり個人を特定して話ができないということは、相手に話を聞き流す余地を与えているのと同じことだ。

「どうしたのかなぁ、本当の、湯浅恵美さんは。ヨシオなら、知ってるのかな。湯浅恵美さんが、今どこで、どうしてるのか……」

彼女の本名が「アッコ」なら、ここでもうひと押し「教えてよ、アッコさん」と付け加えることもできる。だが名前がなければ、「頼むよ、きみ」くらいしか言い様がない。なんとも、言葉に力がこもらない。

「ま、知らないんじゃ、しょうがないね……だったら、今はあなたが知っている話をしようか。あなたは、ヨシオと麻耶と協議して、香田靖之さんの遺体をバラバラに解体し、方々に捨てようと、そう決断したんだよね。そしてそれを、実行に移したんだよね」

この辺りまでは「上申書」という形で、彼女直筆の書面にしてある。これによって彼女を死体損壊・遺棄罪で再逮捕することが可能になったわけだが、そうするためにも、一刻も早く彼女が何者なのかを明らかにしたい。

しかし、なかなか思うに任せない。

＊

さすがに、そのままにはしておけませんから……そのままにしておいたら、腐ってしまうでしょうし。死んでるわけですから、怒鳴ったって殴ったって、もうお風呂場からどいてはくれないですから、やるしかありませんでした。

最初は、切断です。ヨシオさんの指示に従って……経験があったかどうかは分かりません。でも細かく、ああしろこうしろと、いわれました。関節回りの肉を切って、骨が見えるようにして、グリグリッて、曲げたり捻ったりしながら、筋を切っていくと、そのうち取れるから、と。……ええ、腕とか、脚とか。……首は他と違って、骨が太いですから、ちょっと勝手は違いました。もっとこう、ノコギリとか、ノミとかも使いました。でも、最終的には同じです。グリグリッてやりながら、筋を切っていくと、そんなに力は使わなくても、切断できます……そうです。女でも子供でも、できます。

ただ、血と脂肪でヌルヌルしてくるので、それでも摑もうとすると、力が入ってしまって、凄く疲れるので……なので、イボ付きの軍手は欠かせませんでした。あれをしてれば、たいていの作業はできると、ヨシオさんもいってました。

内臓は、お腹を割ってみると、その中に詰め合わせみたいになっているので、一個一個取り出していけば、そのうち胴体は空っぽになります。そうしたら、あとは骨と肉ですから。胴体も、結局は手脚と違いませんでした。

切断したら、ですか……次は骨から、肉を削ぎ落とします。完全に、です。削いだ肉は、いったん鍋で煮ます。……肉じゃない部分？　目玉とか、内臓とかですか。それも一緒です。とりあえず火を通して、腐りにくくします。……時間稼ぎだと思います。人間一人解体するのって、けっこう何日もかかるので。ナマだとその間に、どうしても腐ってしまって、臭いが大変なので。特に内臓は、早めに火を通します。

そばつゆとか、コショウとかを入れました。……臭い消しです。あと、多少でもいい匂いがしていれば、作業も楽なので。気分の問題です。……いえ、塊じゃなくて、あらかじめ、扱いやすい大きさに切り分けます……煮終わったら、ジューサーミキサーで、ドロドロにします。それを、冷やしてからペットボトルに移して、溜めておきます。

骨も圧力釜とかで、ポロポロに脆くなるまで煮込みます。ある程度煮込んで、包丁の柄とかで叩いてみるんですけど、あんまり力任せにドンドンやって、下の階とかに響いて、怪しまれても困るので。ヨシオさんは、そういうこと、凄く気にしますから。ちょっと叩いて、固くて駄目そうだったら、また煮込みます。その繰り返しです。包丁とか、金槌で簡単に砕けるくらいになったら、ようやくミキサーです。……はい、骨も最終的にはミキサーです。灰色の、泥みたいになります。

全部、麻耶ちゃんと協力してやりました。……それは、悲しかったとは思いますけど、もう、どうなるものでもありませんから。実際、彼女も香田さんを殴ったり、嚙みついたり、通電したりしてたわけですから。それが原因で死んだっていう気持ちも、あったはずです。……弔う気持ちも、あったんじゃないでしょうか。家族として、最後まで面倒を見てあげよう、という気持ちです。

＊

話の途中で昼休みになるのはよくあることだった。これを無視し、休憩も食事も与えずに調べを進めることは、少なくとも現行法のもとではできない。

時間になったら被疑者を調室に残し、木和田たちはいったん退室する。被疑者は交代で入ってきた留置係員監視のもと、調室で昼食をとることになる。木和田たちは講堂に上がり、そこで弁当や出前の店屋物を食べる。たまには食堂などに食べに出る場合もある。昼飯はたいてい、立会いについている松嶋巡査部長と一緒だった。

今日は特捜が用意してくれた仕出し弁当。お茶は、松嶋が淹れてくれる。

「熱いですから、気をつけてください」

「はい、ありがとう……いただきます」

こういう時間に、取調べ中の印象や気づいたことについて話し合っておく。木和田が気づかない点でも、同じ女性である松嶋なら気づくかもしれない。木和田が目を逸らした瞬間の表情の変化も、松嶋なら逃さず見ているかもしれない。

しかしそんな連係プレーも、このところはあまり成果が得られなくなっていた。調べのリズムというか、流れがパターン化してきていた。こっちが出した情報に対して「アツコ」は素直に頷き、こっちが驚くような内情を語り始める。でも終わってみれば、全部「ヨシオさんにいわれてやりました」「ヨシオさんが怖かったので従いました」というお馴染みの結論に落ち着く。

松嶋も、いつの頃からか溜め息を多くつくようになっていた。

「何か隠しているのは間違いないんでしょうけど、何を隠してるのかは、見当もつきませんね」

まったく同感だ。

「うん……喋るときは、淡々と喋るんだけどな。あの女の、考えてないようでいて……」

そこまでいいかけ、ふと気配を感じたので横を見ると、捜査一課管理官の藤石《ふじいし》警視が立っていた。

「……あ、お疲れさまです」

木和田は立とうとしたが、いい、と藤石は手で制した。

「中島はいないのか」

「ええ、つい今さっき、出ていかれましたが」

「そうか。じゃあ、先にあんたに知らせておくか。食ったら、すぐ調べに戻るんだろう」

ここの留置場に戻したのなら話は別だが、わざわざ調室に留置係員を呼んで、面倒を見てもらっているのだ。なるべく早く戻ろうとは思っていた。

「ええ。何か、出たんですか」

「ついさっき、十一時くらいだったかな。田村《たむら》から連絡があった」

田村は殺人班二係の担当主任。麻耶を香田靖之の死体損壊容疑で逮捕したのを境に、取調べを担当するようになった警部補だ。立会いには変わらず、町田署少年係の広田巡査長がついている。

二人は現在、武蔵野警察署まで毎日通って麻耶の取調べをしている。本来なら多摩分室の少年房に留置したいところだが、そこには先に「アッコ」が留置されている。共犯関係にある被疑者を同一施設内に留置することは原則できないため、片道一時間以上かかる不便はあるが、武蔵野署に預ける措置がとられた。

その田村から連絡が入った、ということは。

「麻耶が、また何か喋りましたか」

藤石管理官が一つ、深く頷く。

「何かどころじゃないよ。アッコの、本名が割れたよ」

いいながら、手に持っていた紙を木和田に向ける。A4判のコピー紙一枚。FAXだろう。やや乱暴な手書きの文字が躍っている。

「田村の奴、ようやくエンジンが掛かってきたか、上手く麻耶の口を割らせたな……名前は、原田幸枝《はらだゆきえ》。麻耶は最初、『ユキエ』とだけ思い出して、あとから『ハラダ』と付け加えたそうだが、今回はどうも間違いなさそうだ。取急ぎ調べさせたところ、同名の女性に対して六年前、埼玉の大宮署に家族から捜索願が出されていることが分かった。今年三十七歳になる女性だ。いま現地にひと組、確認にいかせている」

ちょっと待ってほしい。

「……管理官。すみません、よく分からなかったんですが、なぜ麻耶が、その本名を知っていたんですか。そもそも、あの女を『アッコ』と呼んだのは麻耶ですよ。なのに、なんで今になって……」

藤石が小刻みにかぶりを振る。

「違うんだよ。麻耶はな、アッコの家族が、アッコのことを『ユキエ』と呼んだことがあるのを思い出したんだ。その家族の名字が『ハラダ』だから、つまり『ハラダユキエ』だろうと。そういうことさ」

まだ分からない。

「ということは、その原田の家族と、麻耶はどこかで接触していたわけですか」

藤石の口が、苦いものでも嚙んだように捻じ曲がる。

「あのマンションだよ。サンコート町田、四〇三号。あの部屋に、原田幸枝の家族も、一緒にいたんだ」

アッコの、家族――。

それでもまだ、木和田は待った。「原田幸枝」に関する情報が充分出揃うまで、それをアッコにぶつけることは控えた。

果たして、その夜の会議では多くの捜査員が意気込んで報告に立った。原田幸枝なる女性の戸籍。苦労して入手したという高校時代の写真。なんと彼女が勤めていたという学習塾も特定できた。一日でよくぞここまで、というくらいの情報が出揃った。

何より注目すべきは、原田幸枝の家族に関する情報だった。

原田家の人間は、今年に入った辺りから姿が見えなくなり、四月には家が売りに出され、買い手がついたのか、家屋は先月取り壊された。不動産登記については確認中だが、捜査員が現地にいったところ、確かに原田家があった場所は更地になっていたという。

翌朝——。

木和田は多摩分室から連れてこられた彼女と、また調室で向かい合った。

様子はいつもと変わらない。表情は特になく、伏し目がちで、当然のように覇気もない。顔や首元には、まだ色付きの傷痕がいくつも残っている。色白のため、傷の一つひとつが余計に目立つ。まるで重篤な皮膚病患者のようだ。

木和田は、まず一つ頭を下げてみせた。

「……おはよう。今朝はね、少しあなた自身についての話を、しようと思うんだ。あなたは今まで、名前について訊いても、黙っちゃってたでしょう。『アツコ』と呼ばれれば、そうだと頷くけど、それがスナックでの源氏名だと分かると、それにも頷く。『湯浅恵美』というのは違うだろうと、私も思ってたけど、じゃあ本名はなんだって訊いても、下を向いて黙ってしまう」

黙られるくらいなら話題を変える。その木和田の方針が、ある面では仇《あだ》になっていたのかもしれない。

「……なんでだろうな、どうして本名をいいたくないんだろうな、って、思ってたよ。一番考えられるのは、家族に知られたくない、ってことだよね。大変なことをしちゃった……今のところ、香田麻耶への傷害、香田靖之さんの死体損壊、遺棄ということになるけれど、そういうことを家族に知られたくないというのは、ごく自然な気持ちだと思うんだ。でもね、いったん留置場に入ると、その考えは逆になるのが、普通なんだよ」

すっ、と彼女が、細く鼻息を漏らす。だが心境の変化までは読み取れない。

「留置場に入るとさ、心細いし、何かと不便じゃない。食事だって、本当に最低限の味、最低限の栄養でしょう。昼はパンと、それに何か塗るものと、パックの牛乳くらい？　ただお金があれば、メニューは限定されるけど、買って食べることができるよね。カツ丼とかさ、オムライスとか、けっこう人気があるらしいんだ……でもあなたは、それも望まない。自弁だけじゃない。着る物だってなんだって、普通は家族に差し入れしてほしいと思うよ。また家族が差し入れてくれることでね、家族の気持ちを知るんだよ。ああ、自分はこんなことをしちゃったのに、家族は見捨てないでいてくれるんだな。ありがたいな。そういうことをさ、普通は確認したいと思うものなんだ」

また、すっ、と鼻息を漏らす。これは何かの兆候と見ていいのか。

木和田は続けた。

「でも、あなたはしない。家族を頼ろうとしない。……ちょっと、これを見てくれるかな」

後ろに手を出すと打ち合わせ通り、松嶋巡査部長が写真を手渡してくる。いったん木和田が確認し、改めて彼女に向けた。

「……原田、幸枝さん。もう二十年近く前の写真だけど、間違いないよね。これは、あなただよね」

違うといったところで、免れられるものではない。この写真の少女と目の前にいる女は、完全なる同一人物だ。少女時代は髪形こそ田舎臭いおかっぱ頭だが、目鼻立ちはまったく変わっていない。むろん今の方がやつれ、傷だらけではあるが、色白なところはそっくり同じだ。

「原田幸枝さん。あなたは、迷惑がかかるといけないから、家族に連絡をとらなかったんじゃない。あなたが本名を明かさなかったのは、家族に連絡がいくことを怖れたから、ではない」

いよいよ口で呼吸をし始めた。彼女の中で、何かが乱れてきているのは確かだ。

「……家族が、もういないことを、知っていたから。だからあなたは連絡をとろうとしなかった。もっといえば、あなたが本名を明かしたら、警察は当然、その家族と連絡をとろうとする。しかし、家族はすでにいない。そうなったら、なぜいないんだという話になる。当たり前だよね。あなたの家族はどこにいっちゃったのって、私だって訊きますよ。……原田幸枝さん。あなたに」

木和田は、今まで腿に載せていた両手を、机の上に出した。

何も置いていない机に、木和田の拳が二つ。

それを、開いてみせる。

「もう、分かってるから。あの部屋ね、サンコート町田、四〇三号。あそこをさ、細かく細かく警察が調べれば、素人が何を隠そうとしたって、痕跡はどんどん出てくるんだよ。幸枝さん、あなたが麻耶に暴行を加えたあの部屋で、一体何があったのか。まだ話してないこと、たくさんあるでしょう。全部、私が聞いてあげるから。話してごらん。……幸枝さん。あなた一人の胸に、しまっておけることじゃないよ、これは。麻耶も勇気を振り絞って、少しずつ喋り始めてる。幸枝さん、あなただってがんばらなきゃ。大人なんだもん。子供につらい思いさせて、自分は知らん振りなんて、そりゃ通らないよ、いくらなんでも」

彼女はいったん目を閉じ、小さく二度、頷いた。

＊

香田さんが、死んでしまったので、当たり前ですけど、私たちには収入の当てがなくなりました。かといって、麻耶ちゃんにどうにかできるはずはないので、結局は私が、工面するしかありませんでした。

とはいっても、預金もありませんから。働くか、借りるか、盗むか、騙し取るか……そういう方法に、なります。

スナックにも、少し勧めてはみました。……いえ、「舞子」にはもう戻れないので、別の店です。……迷惑がかかるといけないので、それは勘弁してください。……その、新しいところには、ヨシオさんや、麻耶ちゃんが見張りにきました。逃げないように、ということだったと思います。その頃の麻耶ちゃんは、完全にヨシオさんの言いなりでした。麻耶ちゃんは、そういうところ、上手かったです。どういう命令を聞いて、どういうふうにやればヨシオさんが喜ぶのか、よく知ってましたから。私を見張るのも、もう徹底的に……携帯電話を持たせてもらってたので、それで逐一、報告していました。

思ったように稼げなければ、当然、リンチが待っています。殴られ、蹴られ、通電されて……爪剝ぎが多くなったのは、この頃からだったと思います。速く走れないように、という意味もあったと思います。あと、足の指に通電すると、火傷みたくなって、治療しないと……治療には当然、お金がかかります。でも絆創膏一枚、消毒液の一滴も、私たちの自由にはならなかったので、治療は基本的に、しないで、傷は乾くか、塞がるのを待つだけです。塞がったところで、またそこに通電されるので、同じことでしたけど……。

そういうお店ではどうしても、スカートとか、腕を出す恰好を求められます。ママに、もうちょっと色気のある恰好してよ、みたいにいわれます。でも肌を出すと、何それって、心配されて面倒なことになるので、そうしたら、辞めます。辞めて戻ると、また通電、リンチが待ってます。……肛門に直接通電されたときは、もう本当に、死ぬかと思いました。

結局、働き口もない、預金もない私には、実家を頼るしかありませんでした。私は、ヨシオさんに命じられて実家を出たわけですが、そのときに、だいぶお金を出させたので、もう頼れないと思っていましたが……。父は、シゲフミといいます。……生い茂る、文章の文で、茂文です。

父は市議会議員だったので、世間体というのを、とても気にする人でした。それで、ヨシオさんは私が話したことの、どこにヒントを得たのかは分かりませんけど、父の、浮気の証拠を摑んだと……本当かどうか分かりませんけど、それをネタに父を強請《ゆす》ったことがあったので……いえ、私が家を出る前の話です。その、父から強請り取ったお金で、私たちは暮らし始めました。

そのときに、私もだいぶ暴言を吐いて……ヨシオさんに、そうしろといわれたので、そうしました。台本みたいな、メモなんですけど、これを全部いえ、と渡されて。……淫乱親父、とか。母親も変態だとか。私だって、男なら誰とでも寝るんだ、とか。役所で全部バラしてやるぞ、とか。それもあったんで、実家はもう呆《あき》れて、私を捜したりしないと思ってたんですが……そうですか、捜索願、出てたんですか。知りませんでした。……なんででしょう。聞いてません。家族も忘れてたんでしょうか。

久しぶりに……去年の、冬になってからです。実家を訪ねました。父と母、離婚して実家に戻っていた姉がいました。父は、離婚なんて認めない人でしたが、姉は気が強いですから。父も、基本的には強いんですけど、ピシャッとやられると、急に黙っちゃうところがあって。そういうところ、姉は上手くやったんでしょう。子連れで戻ってきて、実家で暮らしてました。

私がいくと、一応笑顔で迎えてくれましたけど、なんかみんな、顔は引き攣《つ》ってました。私も、最初は穏やかに接してましたけど、ヨシオさんに、二時間で百万引き出してこいといわれていたので、そんなに悠長にもしていられず……お金をくださいと、いうほかありませんでした。

姉は常識人なので、何いってんのあんた、みたいに、反撃されそうになりましたけど、私も、必死だったので……ヨシオさんに持たされてた写真を見せて、こんなこと、させられてるんだと……死体解体のときの、写真です。顔もよく写ってます。私の手元には、まだ切り取ったばかりの、香田さんの首があって……手首とか、空っぽの胴体とかも、しっかり写ってて……父は、その場で吐きました。母と姉は、言葉は失ってましたけど、吐きはしませんでした。やっぱりそういうのって、女の人の方が強いんでしょうか。

百万は無理でしたけど、四十万受け取って、実家を出ました。少し歩くと、すぐヨシオさんと麻耶ちゃんが寄ってきました。すみません、百万はありませんでしたというと、じゃあ、十万が一回と数えて、六回通電だな、といわれました。六回は、ほとんど死にそうになります。

その夜はタクシーで、町田まで帰りました。コンビニで買ってきた揚げ物とかを肴《さかな》に、ヨシオさんと麻耶ちゃんは酒盛りを始め、私は裸にされて、通電を受けました。……肛門もやられて、その頃から、漏らしたものは、自分で食べる決まりになって……従うしか、ありませんでした。自分で漏らしたんですから、自分で、食べました。床やカーペットを、舐めるようにして、食べました。

もう、実家を……原田家の全員を、こっちに引き入れるしかないと思いました。

＊

調べを終え、「アッコ」改め原田幸枝を多摩分室に送り出すと、ずっと我慢していたのだろう、松嶋は通用口でへたり込み、ハンカチで口元を押さえて動かなくなった。明らかに顔が青い。

「おい、大丈夫か」

「はい、すみません……大丈夫です」

会議はいいから今日はもう帰りなさいと、そのまま松嶋は帰宅させた。

夜の会議では、さらに原田家について様々な報告が上がってきた。

父、原田茂文、七十三歳。元さいたま市議会議員。旧市からの通算当選回数は六回。うち三回は大宮市議会議員として。

母、春実《はるみ》、六十五歳。主婦。

姉、栄子《えいこ》、四十一歳。三年前に離婚、一人息子を連れて実家に戻っていた。

甥、弘夢《ひろむ》、五歳。

この四人の行方が、今年の始めから分からなくなっているという。

12

取調官は大変だろうと思う。本件の被疑者は何しろ、連日驚くような供述を連発し続けている。しかも二人。一方が違うことをいう場合もあれば、双方ともピタリと同じ供述をすることもある。そこに何かしら被疑者の意図することはあるのか、ないのか。それを考えるだけでも島本の頭はパンクしそうになる。

おまけに主犯格の男の行方は、いまだ摑めていない。梅木ヨシオ。彼の行方を突き止め、逮捕することが最優先事項であることに疑いの余地はないが、逮捕したらしたで、この状況にさらにもう一人、供述する人間が加わることになる。それを考えると、正直気が滅入る。

本名「原田幸枝」で確定と思われる女性被疑者の供述を読む限り、梅木ヨシオは自分の身を守ることに異常な執着を持つ人物と推測できる。自分の手は汚さない。最終的な判断もしない。すべての犯行は周りの人間が自発的にやったように見せかける。むろん、裁判になればこんな論理性のない茶番はなんの効力も持たないのだが、少なくとも原田幸枝や香田麻耶を思いのままに操るカラクリとしては機能していた。そこのところは留意すべきだろう。

しかし、裏付け捜査担当も相当な激務だ。

九条・島本組についていえば、香田靖之の身辺捜査から、湯浅恵美の履歴書記載内容の確認に移り、一時は町田駅周辺で梅木ヨシオの目撃者捜しに加わり、昨日からは原田家の周辺捜査に回された。

今日も、その続きだ。

原田家はかつて、埼玉県さいたま市大宮区高鼻町二丁目にあった。二百坪を超える敷地には、京都の老舗旅館のような日本家屋が建っていたという。

島本たちは、原田家の家族を知る近隣住民に話を聞いて回った。

「ああ、よくない噂は、ちょっと前からあったわよね」

中辻美帆《なかつじみほ》、三十九歳。中学の同級生と結婚したため、四十年近くこの町に住み続けている生粋の地元住民だ。年が原田幸枝と、姉の栄子のちょうど中間になるため、小中学校時代の二人についてもよく知っているという。

九条が訊く。

「よくない噂、というのは」

「茂文さんはほら、長いこと市議だったでしょう。もちろん立派な方だったとは思うけど、見栄、っていうのかしらね。そういうのは、少なからずあったと思いますよ」

「市議としての見栄、ですか」

「ん、本人っていうより、家族に関して、かな……特に幸枝ちゃん。お姉さんの栄子さんは、もともと茂文さんが始めた学習塾を継いで、塾長をやってたけど、幸枝ちゃんはいつまで経っても、ヒラの先生だったんですよ。あの子、ちょっと要領の悪いところあるから……栄子さんは大学の先生と結婚して、子供も産んで、まあ、離婚はしちゃったけど、幸枝ちゃんはそのうち、水商売始めちゃったみたいで。娘が水商売なんて、ってことなんでしょうね。それで、幸枝ちゃん、勘当されちゃったんですよ」

幸枝は、ヨシオと付き合い始めたから家を出て、それで収入がなくなったから水商売を始めたのだと思っていたが、違うのか。近所の噂と幸枝の供述、どちらが事実に近いのだろう。これは、特捜に帰ってから要検証だ。

九条が続けて訊く。

「勘当されていたということは、幸枝さんはもう、長らくここには住んでいなかったと考えて、間違いないですか」

「そうね。そうだと思いますよ」

「勘当というのは、いつ頃の話ですか」

「五年とか六年とか、それくらい前じゃなかったかな……幸枝ちゃんがいなくなって、そのあと少ししてから栄子さんが戻ってきたんだから、たぶんその頃だと思いますよ。茂文さんだって奥さんだってもう歳だし、不安だったんでしょう。離婚したんなら戻ってこい、みたいな。孫も男の子だったしね。跡取りにちょうどいいくらいに思ってたんでしょう。一応は政治家だったわけだし。将来的には地盤を継がせてやる、くらいは思ってたんじゃないかな」

それは確かに、分かりやすい話ではある。

「……それで、その、よくない噂というのは、具体的には」

「ああ、それはあれよ、茂文さんが市議を引退したあとに、顧問やってた建設会社の社長に、借金を申し込んだって。屋敷を抵当に入れてもいいから、とにかく金が要るんだって。……まあ、うちの主人も、そのハマウチ工務店の子会社の役員だから。そういう噂はね、耳に入ってきちゃうんですよ」

田舎町の情報ネットワークを侮るべからず、ということか。まあ、町田も大して都会ではないが。

社名の漢字を確認した九条が、さらに訊く。

「その、浜内工務店の社長は結局、原田さんにお金を貸したんですか」

「いいえ、額が額だったんでね、そりゃ無理だって、断ったみたいですよ。そうしたら、あっというまに屋敷は売りに出されちゃって、あの通り」

彼女が指差した先には、工事用フェンスで囲われた空地がある。かつて原田の屋敷があった場所だ。今は赤土が剝き出しになった、完全なる更地。よく見れば、工事用フェンスにある社名は「浜内工務店」ではない。

今度は島本が訊く。

「なぜ原田茂文さんが多額のお金を必要としたのか、それについては何か、お聞きではないですか」

中辻美帆は「ああ」と低く漏らし、鼻筋に皺《しわ》を寄せた。

「それはねぇ、どういう素性の人かは知らないんだけど、ちょっと怖い感じの人がきて、揉めてはいましたよね。ときどき怒鳴り声も聞こえてたっていうし」

ヨシオだ。間違いない。

「いつ頃の話ですか」

「去年の秋か、冬になってからだったかな」

これに関しては幸枝の供述とほぼ一致する。

「怒鳴り声の他には」

「私は見てないですけど、聞いた話ではね……」

ちょっと周りを見て、中辻美帆は口を囲うような仕草をした。

「……庭に、茂文さんが出されて。しかも全裸で、正座させられて。冬なのにですよ、ホースで水をかけられて、謝れとか、どう落とし前をつけるんだとか、そんなことをいわれてたっていう話は、この辺じゃみんな知ってることですよ」

九条が、溜め息にも似た息を吐く。

「それ……どなたか、警察に届けたりは、しなかったんですかね」

すると、中辻美帆は自分が責められたように感じたのか、急に口を尖らせた。

「そうはいったって、家庭内の問題でしょう。そりゃ、どうかしたんですかって、家族の誰かに訊いた人はいたかもしれないけど、直接警察ってのは、しないでしょう、普通。市民感覚として」

珍しいことだが、彼女を怒らせてしまったのは九条の失敗だったと思う。こんなことは、今まではなかった。

原田茂文が顧問をしていた浜内工務店は、地元ではかなり幅を利かせている企業のようだ。夕方には、浜内工務店の元役員だったという六十七歳の男性に話を聞くことができた。迫田伸一《さこたしんいち》。しかも彼は、原田茂文の様子がおかしくなりかけた頃、まだ会社にいたという。

「顧問っていったってね、週に一度くるだけだし、特に何をするわけでもないから、形だけだったんですけどね。……そう、私が辞めるちょっと前だから、今年の一月頃ですよ。やけに頻繁に、原田さんが会社にくるんです。くると必ず社長室にこもって、何やら話し込んでる。なんだろうと思って、あとで社長に訊いてみたら、借金を申し込まれたって」

そこまでいって、迫田は眉をひそめる。

「……おかしいでしょう。市議を何期もやって、高鼻町のお屋敷に住んでる人がですよ、今さらなんでそんなにお金が要るんだって。しかもね、顔にはあちこち痣があって、足を引きずってたり、手に包帯を巻いてたりするんです。社長だって、原田さんが市議の頃にはいろいろ便宜を図ってもらった恩があるから、できることはしてやりたかったはずですよ。でも……具体的には聞いてませんけど、ウン千万とか、億に近い話だったと思うんです。さすがにそれは無理だよって、社長は断ったそうですが」

さきほど特捜に連絡を入れたところ、この浜内工務店には別の組を聴取に向かわせるということだった。

九条が短く咳払いをする。

「……つまり、原田茂文さんは明らかに様子が変だった。暴行を受けたと推測できる状況にあり、さらに借金を申し込んできた。地元の名士で、資産家としても知られる原田さんが……そこまで分かっていて、なぜ社長や周りの方は、警察に届けてはくれなかったんですか」

またか、と島本は思った。今日の九条はちょっと変だ。いつもの冷静さがない。

案の定、迫田も態度を硬化させた。

「そんなことといったってね、原田さんがなんでもないっていうんだから。私だって直接訊きましたよ。どうしたんですか、具合でも悪いんですかって。それでも大丈夫、大丈夫って、ヘラヘラ笑ってるんだから」

似ている。香田靖之がヨシオに取り込まれていった頃の様子とそっくりだ。

迫田が続ける。

「他のね、私なんかよりも親しい人ですけど、その人は原田さんから、投資話を持ちかけられたっていってましたよ。なんでも、娘さんが今度結婚する人が、コンピュータの業界では有名な人なんだって。年に何億も稼ぐ人だから、その人に研究費を援助すれば、何倍にもなって返ってくるから、どうだって。百万でも二百万でもいいから、預けてみないかって。その前に彼は、社長が原田さんから借金を申し込まれた話を聞いて知ってたんでね、すぐにピンときて、危ないなって思って断ったらしいですけど。でもそれ、もし儲け話が嘘だったら、詐欺ってことでしょう。いわば、古い友人を騙そうとしたわけだから。そこまでね……こっちだって、親身にはなれませんよ」

九条は「そういうことじゃ」といいかけたが、それは島本が押さえた。いま迫田を責めたところで、なんら捜査の足しにはならない。

島本が礼をいい、それで迫田の家を辞した。

その後、何度か訪ねて留守だった家の主婦からも話が聞けた。

原田家があった場所のちょうど真向かいに住む、岡田弥生《おかだやよい》、五十二歳。

「確かに、去年の秋頃は、怒鳴り声がよく聞こえてきましたよね。なんだろうねって、主人とも話してたんですけど」

また九条が感情的になってもいけないので、ここは島本が訊いた。

「それについて、原田さんのご家族に直接、事情を訊いたりということは」

「ええ、訊きましたよ。でも、なんでもないのよ、って奥さんはいうし。もう、また幸枝がね、ほんと困っちゃうの、みたいにいってたんで、まあ、家庭内のことなんだな、って」

でもね、と岡田弥生は眉をひそめる。

「十二月頃だったかしら。車でね、夜、暗くなってから出かけていくんですよ。奥さんと、たぶん栄子ちゃんも、弘夢くんも一緒に」

「つまり、家族全員で、ということですか」

「ええ。だって、そのあとずーっと、家に明かりが点かないんですもん。あの家に明かりがないって、けっこう不気味ですよ。何せ、敷地もお屋敷も大きいでしょう。そこがぽっかり、真っ暗なんだから。泥棒にでも入られなきゃいいけどね、って、ウチではいってたんですけど」

九条が今にも「心配するのはそこじゃないでしょう」と言い出しそうに眉を怒らせる。

だが、それをいわせたら台無しだ。

「お孫さんまで連れて、どこにいってたんでしょうね」

「それは分かりませんけど。まあ、朝にはたいてい戻ってきてたんですけどね……でもそのうち、何日も戻ってこなくなって。たまたま戻ってきたときに、声はかけたんですけど、そしたら、家族旅行にいってたんだって。なんか、変な様子でしたけどね。足を引きずってて、顔色も悪かったし。旅先で転んだとか、そんなふうに聞きましたけど。そしたらいつのまにか、原田さん家が売りに出てるって噂になって。で先月、取り壊しでしょう。……一体、何があったんです？」

まさに今、それを調べているのだ。

冷たい缶コーヒーを買い、公園のベンチでひと休みすることにした。

七月も下旬に入り、最高気温はほぼ毎日、三十度を超えるようになった。時計を見ると午後三時。たぶん今も三十二、三度はあると思う。

もう夏休みなのだろうか。小学生が水を入れた風船をぶつけ合って遊んでいる。ある男の子は、水飲み場の蛇口に直接風船の口をかぶせ、勢いよく注水を始めたのはいいが、よそ見をしているうちに水が入り過ぎ、そのまま破裂させてしまった。それがよほど可笑《おか》しかったらしく、濡れたTシャツの腹を抱えて大笑いしている。仲間も彼を指差して笑っている。背後から、水風船を持った敵が近づいてきているとも知らずに。

しかし九条は、そんな風景には目を向ける気にもなれないらしい。

「まったく……どうなってんだ、どいつもこいつも」

島本にいわせれば、それはむしろ九条の方だ。

「九条さんこそ、どうしちゃったんですか。らしくないですよ、関係者にあんな訊き方するなんて。いつもは、もっと冷静じゃないですか」

ハッ、と勢いよく、九条が息を吐く。

「……私だってね、こんな青臭いことをいいたくはないですけど、周りの人間がちゃんと警察に知らせてくれていたら、この事件はもっと早く認知できていましたよ。少なくとも原田家は、近隣住民と付き合いがあった。サンコート町田とは状況が違う……おそらく、湯浅恵美だってね、無事ではないんでしょう。最初はヨシオに健康保険証を取り上げられて、原田幸枝に偽名で使われてたくらいだから。ヨシオに色恋で取り込まれ、すぐ金蔓にされて、それでも足りなくなって身内を頼り、今度はその身内もヨシオの食い物にされ、預金を奪われ、不動産を奪われ、最終的には命を奪われた……香田靖之のようにね。バラバラにされて、そばつゆで煮込まれて、ミキサーに掛けられて、下水に流されたんでしょう。……一体、なんでこんなことをするんだ」

島本だって警察官だ。犯罪に対する憎しみ、怒りは九条と同様に感じている。梅木ヨシオによる一連の犯行は異常の極みだとも思う。しかし、その感情を一々表に出していたら捜査にならない。

「分かりますけどね……でもやっぱり、九条さんらしくないですよ。いつもは、もっとクールじゃないですか」

　また九条が、ハッ、と吐き出す。

「クール？　私は、クールなんかじゃないですよ。ヨシオだけじゃない。原田幸枝も、麻耶も、被害に遭ったのは気の毒だが香田靖之だって、この事件の関係者はみんな気味が悪い。ねちねちと、自分の弱いところをヨシオに捏《こ》ねくり回されて、それでも逃げようとしない。そりゃ、ヨシオがそれなりに弱みを握ってコントロールしてたってのはあるでしょう。でもそれにしたって、あの最悪の事態を回避するチャンスは、いくらだってあったはずだ」

　それも一つの見方ではあるだろう。

「でも、ああいう、長期間にわたる監禁や……」

「それは、『学習性無力感』の話ですか」

　そう。島本がいいたかったのは、まさにそれだ。長期間監禁され、暴力を振るわれ続けると、人は次第にそこから抜け出す努力をしなくなり、最終的には逃げる気力すら奪われてしまう、という学説だ。

　九条が一つ頷く。

「確かに、そういう研究結果が報告され、それを裏付けるような事件が起こっているのも事実です。しかし、突破口はちゃんとある。実際、麻耶は隙を見つけて逃げ出している。逃げる努力が無意味でないことは知っていた。仮に、自力では無理だと感じても、周りに助けを求めることはできたはずです……それよりもね、島本さん。私は、もっともっと嫌なことを、心配してるんですよ」

九条が一層表情を険しくする。ぐっと奥歯を噛み締める。

「……なんですか。もっと、嫌なことって」

「町田署は、この一連の事件に関して、香田麻耶保護の前には、本当に何一つ、通報は受けていなかったんですかね」

「えっ」

そういう情報は、少なくとも今までの会議では、報告されていない。

「これ、確認しないとマズいですよ。誰かが通報してきたのに、係員や署の都合で受理してないなんてことがあったら。あるいは受理していたり、巡回中に何か見聞きしていたにも拘わらず、放置していたとしたら……これは、大問題ですよ」

確かに。そんなことは、万に一つもあってはならない。

13

公園の公衆便所から出てきた三郎に、声はかけるべきだったのか。それとも何も見なかったことにして、黙って帰宅すべきだったのか。辰吾の中でも、いまだにその答えは出ていない。

あれ以来、三郎とは滅多に顔を合わせなくなった。

これまでは平日の朝と夜、辰吾が自宅にいる時間はたいてい三郎も家にいた。相変わらず打ち解けることはなかったが、共に朝食をとり、夕飯どきは缶ビールの一本も振る舞うと、三郎はすまなそうに頭を下げて受け取り、一滴も残さず飲み干した。夕食後は一服しにいくのか出ていくことが多かったが、いつのまにか戻ってきて、辰吾が起きる頃にはもう、ソファで寝ていた。

休日も、朝はいることが多かった。日中に出かけるのは、自分と聖子に気を遣ってのことだと思っていた。

だが、公園で辰吾が声をかけたあの夜以降、三郎の行動パターンは明らかに変わった。

まず朝、起きたときにいないことが多くなった。聖子に訊いても、どうせ散歩だろうとさして気に留める様子はない。辰吾が出かけるまで戻ってくることもない。夜は夜で、やはりいない。夕食は聖子と二人か、辰吾が一人で食べることが多くなった。つまり、表面的には三郎が転がり込んでくる以前の生活に近くなったわけだ。

しかし、三郎が出ていったかというと、決してそうではなかった。

着替えたものは洗濯機に入っているし、ほんの少量だが私物もあった。辰吾が出かける前は五本あった缶ビールが、帰ってみると四本になっていたりもした。代わりに空き缶は一本増えている。ソファに放置されたテレビリモコン、手で千切ったトイレットペーパー、濡れた浴室の床。三郎もここでの生活に慣れてきたのか、多少はそういった痕跡を残していた。

その辺についても、辰吾は聖子に訊いてみた。

「なあ、最近の三郎さんって、何やってんの?」

風呂上がり。聖子はダイニングテーブルで、化粧水か何かを顔に塗っている。

「最近って……別に、相変わらず、何もしてないと思うけど」

そう平然と返されても困るのだが、いま重要なのは無職云々ではないのでさて置く。

「そのわりに、朝いないこと多いじゃん。夜も、あんま戻ってこなくなったじゃん」

聖子は「そう?」とこともなげに首を傾げる。

「それは、たまたまごーちゃんとタイミングが合わないだけじゃないの？　あたしがいるときは、けっこういるよ」

「たまたまってことないだろう、猫じゃないんだから。今朝だって、今だっていないじゃん」

「今朝？　今朝はいたよ。ごーちゃんが出かけて、ちょっとして散歩から戻って、あたしがバイトいくまではいたもん。昨日だって、ごーちゃんが帰ってくるまではいたんだから」

　実の娘と二人なら気を遣わなくて済むからだろう、という推測はなんの気休めにもならない。三郎には、実の娘だろうと何をしでかすか分からない怪しさがある。決して考えたくなどないが、三郎が無理やり聖子を、という最悪の事態も辰吾の想定の範囲内にはある。そもそも、実の親子かどうかも確かめようがない。辰吾にとって三郎は他人であり、一人の男だ。聖子を疑いたくないという気持ちだけでフタをしてはいるが、それさえなければ、自分が完全なる第三者だったら、辰吾は平気で口にしていると思う。

　あの二人、デキてんじゃね――？

　もう、考えただけで悪寒が走る。怖気が立つ。涙が出てくる。でも泣いている場合ではない。

「それってさ、要は三郎さんが、俺を避けてるってことだよな」

「えー、それはないでしょう。そんなことする理由もないし」

果たしてそうだろうか。

「ところがさ、一概に、そうとも言い切れないんだわ」

辰吾は、ソファからダイニングテーブルに移動した。

「……俺さ、ちょっと、ここじゃないとこで、外で、三郎さんを見かけたことがあってさ」

「へえ。そうなんだ」

つるつるした聖子のおでこ。ピンクのヘアバンド。

「どこでだと思う?」

「えー、分かんなぁい」

「ちっとは考えろよ」

「分かんないよ、考えたって。なんも聞いてないもん」

いいながら聖子が、乳液らしきボトルに手を伸ばす。

「いやいや、聞いてないとかさ、そういう次元の話じゃなくて。大体さ、碌に働いてもいない中年男が、金も持たずに日中、この田舎町をうろうろしてんだぜ。何やってんのか、もっと心配するのが普通だろう」

白いボトルを持ったまま、聖子が頬を膨らませる。

「……ごーちゃん、なんかお父ちゃんに対して、最近トゲがある。段々遠慮なくなってきてる」

それをいうなら、こっちが遠慮しなければならない理由をむしろ聞かせてもらいたい。

「当たり前だろ。トゲも出てくるわ。こんだけタダ飯食われ続けてりゃ」

キッ、と聖子が片眉にだけ力を込める。

「だから、それはあたしがフォローするっていったじゃん。バイトも増やすし、食費も多めに入れるっていってるじゃん」

確かに、それはこの前聞いた。それじゃ二人の生活はどうなるんだ、という喧嘩もした。でも納得できる結論には行き着かなかった。

またあの話題を蒸し返すのは本意ではないが、致し方ない。

「あのさ、金の問題じゃないんだって、それはこの前も俺、いったよな。俺はさ、そんなケチな話してんじゃねえんだよ」

「嘘じゃん。ふた言目には『タダ飯、タダ飯』っていうじゃん」

それは、そうかもしれない。

「分かった。じゃあもうタダ飯の話はいい。っていうか、問題はそこじゃねえから」

「じゃなんなのよ。分かんないよ、ごーちゃんのいってること」

「おいおい、分かんねえとかいうなよ。別になんも、難しいこといってねえじゃん。仕事もしねえ金もねえ大の男が、こんな田舎町で昼間っから何やってんだって、そういってるだけっしょ」

「だから、知らないってば」

「だったら教えてやるよッ」

いってから、マズい、と思った。完全なる売り言葉に買い言葉。こんなふうに切り出すつもりではなかった。

聖子の丸い目が、限界まで尖る。

「何よ」

「……いや」

「お父ちゃんが何してるっていうのよ」

変に胸が高鳴った。これをいったら聖子がどんな顔をするか、想像がつかない。でももう、後戻りはできそうにない。

「……だから、外で、三郎さんを見たって、いったじゃん」

「うん。だからどこで」

「公園、とか」

「いいじゃん。公園にいくくらい、別に普通じゃん。タダだし」

「でもそっから、誰かのあとを、尾けてった」

「は？　誰かって誰よ」

「分かんない」

「分かんないのに、どうして尾けてたなんていえるのよ」

「でも……たぶん女」

「たぶんでしょ。絶対じゃないんでしょ」

どうして三郎の話題になると、いつも自分が劣勢に立たされるのだろう。なぜ聖子は、こんなにも強気に出るのだろう。

「それだけじゃない。スーパーの、ベンチでも……」

「スーパーのベンチ？　何それ」

「そこで、サンコート町田っていう、マンションを見張ってた」

「ハァ？　スーパーなのマンションなの？　もう、わけ分かんない」

聖子が乱暴に、乳液のボトルをテーブルに置く。

一番、辰吾が嫌いな空気だった。世界で一番可愛い聖子には、いつだって笑顔でいてほしかった。いつだって二人穏やかに、綿アメに包まれているような気分でいたかった。

いや、これは二人の世界を守るために、どうしても解決しなければならない問題なのだ。ここで引き下がるわけにはいかない。

「……もう、夜になってからだけど。三郎さんは、そのマンションに入ってって。でもすぐに、そこから女の人が出てきて。三郎さんも、続いて出てきて……それから、公園の便所まで尾けてって、その、女が使った便所に、あとから入って、何かしてた……」

聖子の反応は、すぐにはなかった。

耳の痛くなるような沈黙が訪れ、その圧力に、溺れそうになる。

十秒、二十秒――。

聖子の顔から、怒りの色が消えていく。泣くのか、と思ったが、悲しみの色もまた、そこには浮かんでこなかった。なんの感情も表わさない、白砂のような無表情。

辰吾の知らない聖子が、そこにいた。

「……ごーちゃん、お父ちゃんのあと、尾けたんだ」

ほとんど口も動かさない、聖子ではない、誰か、別の人間の言葉。

「うん、そう……何やってんだ、って、思ったから……」

「それでお父ちゃん、何してた?」

「いや、分かんなかった。ただ、女便所から出てきたから、それは変だろって、思って……」

「思って、どうした?」

「声、かけた……何してんですか、って」

「お父ちゃん、なんて答えた?」

「間違って入っちゃった、みたいに、いってた」

「それ、いつの話」

「先週の土曜……いや、日曜」

ふいに肌色のヴェールが舞い下り、聖子の頬に、血の気が戻った。にわかに広がった笑みは、辰吾がよく知る、辰吾が大好きな、聖子のそれだった。

「……なーんだ。男便所と、間違えたってだけの話じゃん。ごーちゃん、ちょっと考え過ぎだよ。お父ちゃん、そういうそそっかしいとこ、もともとある人だし」

声も、いつも通りだった。

だが、辰吾はまるで納得していなかった。

今ここって、笑うところか?

その後も三郎とは顔を合わせない日が多かった。ただし、まったくというわけでもない。たまに朝食や夕食を共にすることはあった。だがそれは、決まって聖子も一緒のときだった。辰吾と三郎の二人だけ、という場面はほぼ完全になくなった。

聖子の前で三郎を質問攻めにすることは難しかった。辰吾が「三郎さん」と声をかけると、そういう話をするつもりでなくても、聖子がちらりと睨みを利かせるのだ。ときには先回りして、聖子が訊くことすらあった。

「お父ちゃん、昨日何してたの？」

三郎は低く唸って「別に、何も」と答えるか、せいぜい「パチンコ」と呟くのが関の山だった。辰吾の納得できる答えなど、到底得られはしなかった。

家で一緒に過ごさないのだから、以前よりさらに三郎の行動は把握しづらくなった。休みの日に例の公園、あるいはスーパーにいってみても、もう三郎を見かけることはなかった。サンコート町田周辺を歩いてみても同じ。でも辰吾にできることはそれ以上なかったし、そんな気力もなかった。

そもそも家にいてほしい相手ではないのだから、三郎の不在時間増加は歓迎すべき傾向ではあった。三郎さえいなければ、聖子と心置きなく夜を過ごすことができる。聖子も

「お父ちゃんが帰ってくるかも」などと拒むことはしなくなった。なんとなく、前よりは声を出さないよう抑えている感はあるけれど、そんな聖子も見ようによっては可愛かった。

だからというわけではないが、ベッドを新しく買った。

「……ごーちゃん、あんまそっちいかないで。真ん中きて」

「広くなったんだから、くっついて寝てたら前と一緒じゃん」

「ずっとじゃなくていいから。最初だけくっついてて」

「最初、ってどんくらいよ」

「んーと、あたしが寝るまで」

「でも俺が動いたら、それでまた起きちゃうだろう」

「起きないように、あたしが分かんないように離れて」

「無茶いうなよ」

「できる。ごーちゃんならできる」

「なんだそりゃ」

休みの日に家中を調べてみたが、盗聴器や盗撮カメラが仕掛けられているということもなさそうだった。むろんこのベッドルームにもなかった。

もはや三郎は辰吾にとって、たまに一緒に食事をするだけの人。それ以外は、ほんの一瞬出入りの時間が重なるくらい。いわば、よくすれ違う人。その程度の存在だった。いるようでいない、いないようでいる、三郎。

気にしないようにしていれば、さほど不快な存在でもなくなっていた。いや、そう思おうとしていたのかもしれない。

その気になれば、いつだってガツンといってやることはできる。力ずくで追い出すことだってできる。でも今は、しない。しばらくお預けを喰っていた、聖子との夜を取り戻しつつあるのだ。もうちょっとこれを味わって、英気を養って。決戦に打って出るのは、それからだっていいじゃないか。

だがそれも、ほんのいっときの棚上げ論に過ぎなかった。

いつ頃からだろう。ソファ脇のサイドボードと、テレビ横の屑籠との間に、ちょこんとバッグが置かれるようになった。くたびれた、黒いナイロン製の、やや大き目のものだ。中には三郎の衣類が納められている。逆にいうと、この家に三郎の私物を置く場所はそこしかない。

最初はなかったと思う。三郎は着の身着のままで、この家に滞在し始めたように記憶している。もうそれも、そろそろ二ヶ月になろうとしている。三郎の生活は極めて質素だ。

必要最低限の衣類と、食事。それだけで日々を過ごしている。

三郎に対する辰吾の第一印象は、熊だった。その後のいっときは、碌に動かない、反応しない姿から亀を連想したが、最近は猫だ。小さくも可愛くもないけれど、餌を食べたいときだけは帰ってくる、そんな身勝手な図々しさがなんとも猫っぽかった。バカデカい野良猫。とんだブタ猫だ。

そんな野郎でも、一人前に洗濯だけはしてほしいらしい。辰吾と聖子のものが入っている脱衣籠に、よく隠すようにシャツやパンツ、靴下が混ぜ込んであるのを見かける。普段は聖子が全部まとめて洗濯するのだが、バイトや天気の都合でどうしても溜まってしまうことはある。そういうときは仕方がない。辰吾がやる。舅だなんて毛玉ほども認めてはいないけれど、三郎のだけ摘み出して洗ってやらないというのもまたケチな話だ。ついでだから、一緒にやってやる。

辰吾が洗濯を担当した日は、聖子の機嫌がすこぶるいい。取り込んで畳んであると、さらに評価が高い。

帰ってくるなり、「やっといてくれたのォ？ ありがとーっ」と甲高くいって、ぴょこんと辰吾に跳びついてくる。こういうときの聖子は本当に可愛い。

だからまあ、悪い事ばかりでもない。

その日も辰吾は、休みで暇だというのもあり、一人で洗濯を始めた。終わったらバルコニーに干し、溜まっていた録画番組を観ながら一人で昼飯を食い、ときどき居眠りなんかもして、あまり天気がよくなかったので夕方早めに洗濯物を取り込んだ。

聖子の下着やTシャツを畳むのは楽しい。特にこの、レース部分が多いピンクのショーツはエロくていい。これと似た紫のやつも辰吾は好きだ。腰のところが紐になっている――まあ、挙げ始めたらきりがない。自分のは、単なる作業。三郎のは正直、汚物に触れるような忌々しさがあるが、これも致し方ない。適当に丸めてバッグに突っ込んどいてやる。

例の、屑籠の並びのナイロンバッグ。口は常に閉まっており、三郎がわりと几帳面な性格であることを窺わせる。開けてみてもその印象は変わらない。上にあるのは使用頻度の高い下着類と靴下、シャツ。その下にズボン。最初の頃に着ていた厚手のジャンパーやニット帽は、それらの下敷きになっている。

衣類は微妙に増えていた。すべて聖子からもらった金で買ったものだろう。あるいはもらった金をパチンコで増やして、ということもあるかもしれない。だが、それでもまだ質素であることに変わりはない。よくまあ、これだけの持ち物で暮らせるものだ。ホームレスだって、もうちょっと何か持っているだろう。それこそエロ本の一冊や二冊、隠し持っていてもおかしくはない。

辰吾は試しに、脇の方から手を突っ込んでみた。下着やシャツの層を通過し、指先はモコモコしたジャンパーの層に到達した。一瞬、入れっ放しでカビてはいまいか心配になった。だが抜き出した手は別に臭くなっていなかった。よかった。

今度は反対側から掘り進んでみる。同じように下着の層、ジャンパーの層、さらに地底へと冒険を試みる。つん、と指先が何かに当たったが、それはバッグの裏地の縫い合わせ部分だった。爪でなぞると、コリコリと一直線に続いている。さらに底部へと潜入し、最下層の状況を探査する。何もないようだった。もはや掌はナイロンの生地越しに床を撫でるばかりだ。

けっ、つまらん——。

そう思いながら、手を抜こうとしたときだ。小指の付け根が何かの異物に触れ、カサリと音がした。ジャンパーの中間層辺りだろうか。なんだ。紙屑か？　もう少しその地層を横這いで進み、感触の主の存在を確かめた。やはり、何かある。紙包みのようなものだ。さして大きくはない。少なくともエロ本ほどはない。あっても、二つ折りの財布くらいだ。

おいおい。まさか五万も十万も、隠し財産を持ってるんじゃないだろうな。

すでに、モラルとかデリカシーといった感覚は完全に消失していた。むしろ中学校教師。

担当は生活指導。これは抜き打ちの持ち物検査だ。

三郎くん、先生は君を監督指導する立場にあるのだからね。君が多額の現金を隠し持っているだけで問題だし、それ以外にも何か法に触れるもの、たとえば覚醒剤とか、大麻とか、その手のものをここに持ち込まれては困るのだよ。仮に三郎くんがそれで商売をしていたなんてことになったら、先生だってなんらかの責任を問われるのだからね。そういうことは、できることならば未然に防ぎたいわけさ——。

取り出した紙包みは、ちょうど掌に載るくらいの、だが二つ折りの財布よりは幅がせまい、細長いものだった。覚醒剤と注射器、という想像は働いたが、揺らしてみてもそれっぽい音はしない。どんな音だとそれっぽいかは、辰吾もよく知らないのだが。

包みは茶封筒を二つ折りにしたもので、封はされていなかった。角はよれ、紙も全体的に柔らかくなっている。封筒を伸ばし、口を広げて覗いてみる。中には白い、レジ袋を丸めたようなものが入っている。にわかに強まる違法薬物疑惑。

さらにそれも取り出し、広げ、中を検める。

「……ん？」

入っていたのは、予想とはかなり違うものだった。

「なんじゃこりゃ」

よく弁当に入っているしょう油入れだ。金魚型がポピュラーだが、これは真っ直ぐなボトル型。長さは三センチか四センチくらい。小さな赤いフタがついている。

それが、四つ。

窓の明かりに透かして見ると、ちょっとしょう油よりは色が薄く、赤っぽく見えた。新鮮なしょう油は赤いものだと、何かで聞いたことがある。しかし、こんな小汚いバッグに新鮮なしょう油というのも変な話だ。それも、なぜか四つ。使わなかったのをとっておいたにしては多いし、売り物にするにはあまりに少ない。実に中途半端な数だ。

中身がしょう油でないとしたら、一体なんだろう。

辰吾は赤いフタを捻り、傾け、一滴だけ指先に垂らしてみた。

「……ん」

嫌な予感は、その瞬間からすでにあった。

雫が丸く膨らみ、滴るまでのその粘り気には覚えがある。

やがて人差し指の先に落ちたそれは、液体であるにも拘わらず、なおも丸みを保っていた。

親指と合わせて、摘むように、こするようにして、潰してみる。

やはり、そうだ。

これは、血だ——。

14

木和田はじっと、原田幸枝を見ていた。

書類作成などで丸一日空けることもあったが、それ以外は基本的に毎日、取調べを行っている。だが調べを続ければ続けるほど、この事件は暗がりの奥へ奥へと、深く踏み入ることを求められる。出口は疎《おろ》か、いつのまにか入り口がどこだったのかすら分からなくなる。迷路、洞窟、あるいは深海、地底、底なし沼——。

木和田が初めてサンコート町田四〇三号室に入ったとき、すべての窓を塞いでいたとされる暗幕はすでに撤去されており、特段に暗い現場という印象は受けなかった。しかし事件当時の様相を知るにつれ、黒いヴェールが一枚、また一枚と、記憶の中の四〇三号に折り重なっていく。

今はもう、蠟燭の明かり一つで照らすかの如く、部屋の眺めがゆらゆらと歪んで見える。明かりの届かない部屋の隅、背後の死角に何がひそんでいるのか。振り返るのも、手を伸べることも躊躇《ためら》われる。

木和田はときおり、本筋を見失うなと自身を戒める。誰がどのような被害に遭ったかも重要だが、いま最も求められているのは梅木ヨシオなる男の確保であり、それに繋がる情報の獲得だ。それを幸枝に吐き出させることだ。

「ヨシオのいきそうな場所……知り合いの家、馴染みの店、思い出の場所、そういうのには、まったく心当たりはないかい」

幸枝がかぶりを振る。左右にほんの二、三センチ、鼻先を揺らす程度の小さな否定だ。

「……ありません」

「今、あなたが三十七歳でしょう。ヨシオとは、七年くらい前に出会ったといったよね。七年も付き合ってたんなら、いろいろ話す機会はあったでしょう。子供の頃、どうだったとか。両親はどんな人だったとか」

首を傾げる角度も、ひどく微細だ。

「……聞きましたけど、全部、嘘でした」

驚いた。幸枝がヨシオの過去について「聞いた」と供述するのはこれが初めてだ。今までは「知らない」「忘れた」の一点張りだったのに。

だが、その驚きを顔に出すわけにはいかない。

「なんて、聞いたの？　何を聞いたの」

「出身、とか」

「どこだっていってた?」

「最初に聞いたのは、京都、だったと、思います」

「でもそれは、嘘だったの?」

「はい……私には、京都といいましたけど、他の人には、東京だとか、埼玉だとか」

「誰に、東京だといってた?」

「香田さんには、そう、いってたと思います。『舞子』のママには、確か、仙台とか。……よく、覚えていません」

それ以外のパーソナルデータも、すべて嘘だという。コンピュータの仕事をしていたというのも、それに付随する儲け話も、むろん全部デタラメだ。

「父親が、会社の社長で、子供の頃は裕福だったと、いったこともありましたが、他では、小さい頃は貧乏で苦労したとか、相手によっては……俺には殺人の前科が、あるとか……そういったことも、ありました」

根気よく耳を傾け、さらに話を引き出す。

「今も家庭がある、というときもあれば、もう離婚したけど、子供がいる、とか……妹はモデルだとか、兄が、銀行の重役だとか……あと、自分は高校野球で、甲子園にいったことがある、という話も……それは、何回もしてました。高校の名前を訊くと、早稲田実業とか、PLとか……でも、そういう話は必ず、野球に詳しくない人にしていました。詳しい人には、絶対にしませんでした」

なぜそういうことを今まで話してくれなかったの、と訊くと、全部嘘だから、意味がないと思った、と幸枝は答えた。

「馬鹿だと、思われるでしょうけど……霊感があるとか、私の、心が綺麗だとか、そういうこと、私は、信じてましたから……だから、本当のことも、少しは交じってるのかもしれませんけど、私には、もう何が本当で、何が嘘なのか……全然、分かりません」

なんにせよ、ヨシオに関する供述が得られたのは収穫だった。幸枝自身、逮捕・勾留され、サンコート町田で過ごした日々が少しずつ過去になり、気持ちの整理ができてきたのかもしれない。それによってヨシオへの恐怖感から解放されつつある、と見ることもできる。

「幸枝さん。あなたにとって、梅木ヨシオというのは、どういう存在だったのかな」

また首を傾げるだろうと思っていたが、それはなかった。

微妙に焦点の合わない目で、ぼんやりと木和田を見る。

「……巨大な、ゴキブリです」

ゴキブリの語源は「御器噛り《ごきかぶ》」。残飯では飽き足らず、その器まで齧ってしまうという獰猛《どうもう》な性質に由来する。

幸枝はそこまで知っていて、喩《たと》えたのだろうか。

「人を喩えるにしたら、まあ、最悪の比喩だよね」

珍しく、幸枝がはっきりと頷く。

「はい……ヨシオさんは、何を考えてるのか、分からない人です。笑ったり、怒ったりもしますけど、本心は、そうじゃなかったと思います」

「どういうこと?」

「だから、ゴキブリです……感情が、読めないというか、次に何をするか、そのときは予測できない、というか……だから騙せるんだとも、思います。みんな、騙されるんです、最初は。でもすぐ気づくんです……この人は、まともじゃないって。姉も、そうでした」

幸枝の姉、原田家の長女。

原田栄子。

＊

家族で、最初に町田まできたのは、姉でした。姉は気が強いので、たぶん、あたしが話をつけてくるとか、そういうことを父にいって、出てきたんだと思います。……私と話をつける、ということです。姉は、前に足りなかった六十万を私に渡して、それで厄介払いをするつもりだったんだと思います。このお金で逃げろ、ということです。

ヨシオさんのことは、知っていたと思います。直接の面識はありませんでしたが、前に父を、浮気話をネタに強請ったことは聞いていたと思います。姉はそういう、理屈の通らないこととか、自分の思い通りにならないことが、我慢ならない性格なので、もしかしたら、自分だったらヨシオさんを説き伏せられるとか、口で勝てるとか、思ったのかもしれません。何しろ、勝気な人ですから。

私とヨシオさんを別れさせる、という考えも、あったと思います。私はもともと、家族のお荷物でしたけど、そのお荷物に、たちの悪い虫がついてしまった。とりあえず私をヨシオさんから引き離さないと、話が進まない、というか……だからだと思います。姉は電話で、私が一人かどうかを何度も確認しました。ヨシオさんは出かけていると答えると、何時に帰ってくるかも訊かれました。……夕方と、答えたと思います。……嘘です。ヨシオさんは最初から、隣の部屋にいました。

姉が訪ねてきたのは、昼の一時頃だったと思います。窓を全部、暗幕で塞いであるのを見て、驚いていました。目が痛いとも、いっていました。ヨシオさんが買ってくる洗剤は、酸が凄く強いので、そのニオイが染みついていたんだと思います。窓も、ほとんど開けないので、換気は不充分だったと思います。私たちは、慣れてしまっていましたけど……。

あの、死体解体の写真はなんなの、とか、本当は自分たちを騙すための作り物なんでしょうとか、いわれました。私が答えないでいると、六十万円の入った封筒が出てきました。これで逃げなさい、といわれました。……消えなさい、だったかもしれません。

できない、というと、姉はえらい剣幕でまくし立てました。何をやったの、あの写真はどういう意味なの、どうせお父さんからお金を引き出すためのトリックなんでしょうとか、もう騙されないわよ、とか。いいからこのお金を持ってどこにでもいきなさいって、叩き付けられました。

そこで、ヨシオさんが出てきました。

お姉さん、あんまり大きな声出されちゃ困りますよ、と、最初は穏やかな態度でした。ヨシオさんは、凄く優しくもできるんです。笑顔で、声も柔らかくて……姉も、少し恐縮していました。それから、香田さんについて話し始めました。もちろん、私と麻耶ちゃんが、殴ったり蹴ったり、通電し過ぎたから、死んでしまったという話で……麻耶ちゃんは、隣の洋室にいたと思います。話も、聞いていたと思います。

あくまでも、ヨシオさんの言い分ですけど……そういうことをしたのは二人だけど、自分に疑いがかかるのも困るんで、相談に乗ったのだと。死体の処理について、アドバイスはしたけれど、実際に作業したのは二人だと。もう一度姉に写真を見せて、この首だって内臓だって、本物ですよ、大変だったんですよ、何日も何日もかかって、と……。

姉の立場も尊重するような、そういう言い方を、ヨシオさんはします。ご家族に迷惑はかけたくない。でも自分も、いつまでもこの二人の面倒は見られない。安全なところに、我々と縁のないところに逃がせば、あとはご家族も、私も安心して暮らせる。そういう方法を考えましょう。幸い、私に心当たりがあります。そこに二人を送り出せば、もう安心です。でもそれには、もう少しお金が要ります、と……。

途中で、ビールを出したり、料理を出したりしました。ヨシオさんは、リラックスしてくださいと、姉の背中を撫でたりしました。お姉さんも大変ですよね、とか、弘夢くんを一人で育ててるのは立派だとか、そういう話もしてました。学習塾の経営、年老いた両親、全部あなたが背負い込んでる。その上、妹が勝手ばかりしているんじゃ、あなたが可哀相だ、とか……。どうして離婚したんですか、とか。実家に戻る決心をしたときの話とか。姉が何か答えると、いいことは十倍くらい大袈裟に褒めて、嫌なこととか、つらかったことは、さらに十倍くらい膨らませて同情します。

いつのまにか、姉はとても可哀相な人という話になっていました。あなたはもっと楽をしていい人だ。大変な思いをたくさんしてきたんだから、これ以上つらい思いをすることはない。今日、弘夢くんの面倒はご両親が見てくれてるんでしょう。それはいいことだ。少しここで骨休めをしていくといい。リラックスして、日頃、溜まっているものを吐き出してしまえばいい、と……たぶん、普通のビールじゃなかったんだと思います。途中で、麻耶ちゃんが用意したんですけど……ビールに、ウイスキーが足してあったんじゃないかと思います。あれ、凄く酔うんです。

姉も、少しずつ脚を崩して、ヨシオさんに肩を抱かれて、さらに飲まされて、頭を撫でられて、耳元で、こんなに綺麗なのに、まだこんなに若いのに、このままじゃあんまりだとか、そういうことをいわれて……そのうち、ヨシオさんが姉の胸を触って。最初は、何をするんですかと、抵抗してましたけど、違うんですよ、お姉さん、そういうことじゃなくて、とか誤魔化されて。また飲まされて、今度は膝を触られて。スカートの中に手を入れようとすると、それも姉は拒むんですけど、でも何度もそうしているうちに、姉も徐々に抵抗しなくなっていって……その場で、ヨシオさんに抱かれていました。……はい、私が見ている前で、です。その様子は、麻耶ちゃんがビデオに撮っていました。

姉が正気を取り戻したのは、夜中になってからだったと思います。裸だったし、ヨシオさんとしている姿が、テレビにも映ってましたから、何が起こったかはすぐ分かったと思います。その日、姉はそれで帰されました。

呼び出しが始まったのは、その翌日からです。

毎日毎日、ヨシオさんが姉を呼び出します。町田までこいといいます。私も電話をしました。弘夢くんを理由にいかれないというと、じゃあ弘夢くんも連れてくればいいという。塾が終わってからだと遅くなってしまうというと、じゃあ泊まればいいという。妹もいるんだし、自分だって他人じゃないんだから、心配することはないでしょうというのが、ヨシオさんの言い分です。

週に一回が、二回、三回になり……弘夢くんの面倒は麻耶ちゃんが見ていたし、姉もお酒は嫌いじゃないので、まもなく毎日くるようになりました。……はい。香田さんのときと、ほとんど同じ状況です。さすがに、弘夢くんにお酒は飲ませませんでしたけど。

当然、両親だって心配します。でも、それはこられない理由にはなりません。逆にヨシオさんにしてみたら、両親を連れてこさせる絶好の口実です。拒むことは、許されません。

姉はもう、ヨシオさんの言いなりでしたし、弘夢くんも、麻耶ちゃんにビデオを観せられていたので、どうしてママとオジちゃんは裸なの、裸で何をしているの、と訊かれて、姉は……涙を流していました。

両親も町田にきて、とりあえず最初は酒盛りです。弘夢くんと麻耶ちゃんは離れた洋室にいるので、リビングには大人五人です。お酒と料理の用意は私と姉の役目でした。テレビには、ビデオカメラが繋がっていました。いつでも再生できるんだぞ、という、姉に対する脅しです。

最初は、姉にしたのと同じ話です。香田さんを殺したのは、私と麻耶ちゃんだという……私を逃がすためにはお金が必要だという、そこも一緒でした。でもそのあとが、違っていました。

冷えたビールを、切らしてしまったんです。私が……。

そこからです。

ねえ、この女は使えないでしょう。こんな女の面倒を見ている私の身にもなってくださいよ。家事は失敗続きだし、淫乱だし、私が養ってやってるのをいいことに、香田なんて男を引っ張り込んでね。それで上手くいかなくなったら、殺しちまうんだから。殴って踏んづけて、体に電極つけて、電気流してね。食い物も碌に与えねえから、最後の方なんてミイラみたいでしたよ。頭もイカレちゃってね。そりゃ死にますよ。殺しですよ、完全に。なのに、いざ殺しちまったら、どうしましょう、どうしましょう、って。しょうがないですからね。ここで解体させたんですよ、香田の死体は。風呂場中、血だらけですよ。正気の沙汰じゃないですよ、まったく。こういう女にはね、教育が必要なんですよ。体に教えてやらなきゃ駄目なんです……と、両親の前でまくし立てて。

で、脱げと。……脱ぎました。下着も全部です。乳首を摘まれたまま、部屋の中をぐるぐる引き回されました。ときどき強く引っ張られて、声をあげると、その回数を数えられました。その間も、素っ裸でビール買いにいくのか、いくのかと、しつこく訊かれます。できません、ごめんなさいと謝ると、謝るくらいなら切らさないように買ってきとけと、さらに強く引っ張られます。乳首だけ持って、引き倒されるような恰好でした。

倒れたら、通電です。そのときは、性器でした。ビリッと、性器を毟《むし》り取られるような痛みです。ピシャッと、革のベルトで思いきり叩かれる感じかもしれません。少し、おしっこを漏らしてしまったので、それは、舐めて掃除しました。

母は、涙を流したまま、口を大きく開けて、固まっていました。父は……父も、涙を流してましたけど、震えてました。姉は、呆然としていました。

おしっこを舐め取っている最中も、パンパン、お尻を叩かれます。こんな役立たずの娘をよ、どうにかしてやろうっていってんだから、金くらい惜しまず用意しろよ、と。

父は、泣き笑いみたいな顔で、ヒーッ、ヒーッと、変な声を出してました。頭がおかしくなったのかと思いましたが、でもまだ、あのときは正気だったと思います。

栄子さん、あんたもさ、と、矛先が姉に向きそうになり、姉はビデオのことだと思ったんでしょう、ヨシオさんッ、と怒鳴って、慌てて黙らせようとしました。それが、ヨシオさんは気に入らなかったのだと思います。大きな声出さないでって、いってるよね、と。姉は……はい、と大人しくなりました。ヨシオさんは、あんたも電気、やっといた方がいいんじゃないの、といいました。おそらく、通電を受けなければビデオを流される。そう思ったんだと思います。ヨシオさんとの肉体関係は、姉の最大の弱みでしたから……姉は、黙って従いました。

初めてだったんで、そのときは足の指でした。でも、立った状態で。スイッチは、私の役目でした。一瞬だけ、可能な限り短くやりましたが、それでも姉は崩れるように、その場にへたり込みました。頭をぶつけないように、麻耶ちゃんが呼ばれて待機していましたが、そこまで危険な倒れ方ではありませんでした。……いえ、頭を打つと、大きな音がするので、それを防ぐためです。別に姉の体を案じたわけではありません。

それからは、費用の算出です。ヨシオさんのいう通り書き取るのが私の役目でしたが、字が汚いとか、計算が違ってるとか、ことあるごとに、殴られました。……あ、いえ、ヨシオさんにではなくて、姉にです。……拳で、顔面です。そういうふうに、ヨシオさんに仕向けられていました。はいそこ、間違ってる、とヨシオさんのチェックが入ると、姉が、がつんと……それが延々と続きます。

父も、パニックになっていたんだと思います。できあがった書面を読み上げられると、はい、はい、と頷いていました。最初は判子がなかったので、拇印だったと思います。

……二千万とか、それくらいの額でした。そのときは。

支払いが終わるまで、家族は毎日、町田に通うよう求められました。くれば、まず支払いです。領収証はありませんが、ヨシオさんの手持ちのノートに、いくら入金があったかは記入されます。でも、五百万支払ったら、また三百万、その三百万を支払ったら、今度は七百万と、新たに追加請求されます。支払いの目標額が減ることはありません。

内訳、ですか……飲食費とか、教育費だとか。香田さんが亡くなったのは私のせいでもあるので、でも麻耶ちゃんの面倒を見ているのはヨシオさんなので、結局は父が立て替えるべきだと、そういう話です。

あの中で、早くからヨシオさんに取り入ろうとしたのは、姉でした。肉体関係があったというのも、あるとは思いますが、弘夢くんに危害が及ばないように、他の人間が犠牲になるよう仕向けていた、というのも、あると思います。

たとえば、ですか……小さなことでいえば、ワンタンスープを作るときに、私がちょっとこぼしたとか、あれは勿体《もったい》なかったとか、そういうことです。その程度のことでも、ヨシオさんは容赦なく、通電の理由にします。姉が密告して、私が通電される場合、スイッチは父か、母がやりました。密告者は何も命令されないことが多かったので、姉は積極的に密告をしました。

町田にくる途中で、お寿司を買ってくるよう命じられていたのに、母がそれを忘れたとか、支払額が少ないのは、父が居眠りをしていて銀行にいきそびれたからだとか、家で二人はヨシオさんの悪口をいっていたとか……もう、陰では言いたい放題です。

そんなことはない、と誰かが反論しても、姉は気が強いですから、父や母では言い返されて、余計ひどい暴行を受けるだけでした。なので、徐々に誰も、姉には逆らわなくなっていきました。

ヨシオさんの頭の中には、序列があったと思います。一番上が姉、二番目が母、三番目が父で、私が最下位です。何事もなければ、暴行を受けるのは私です。手を下すのは父です。それは見るに忍びないので、私が受けますなどと母が申し出れば、差し出がましいと怒られ、母が父を殴るよう命じられます。それが終わると、私が母を殴ります。殴る方の手の骨が折れるまで、徹底的にです……そういう、他の人の脱落でも序列は変わるので、あまり下手に動かない方が利口です。

ある日、ヨシオさんから新しい提案がありました。もう家には帰らなくていい、あんたらはここで暮らせ、と。いの一番に賛成したのは姉でした。本意ではなかったのでしょうが、渋るような態度はできる限り示さないようにしよう、という考えだったのだと思います。弘夢くんもまだ幼稚園だったので、いかなければいかないでも済みましたし。

それで……各部屋に、南京錠です。あんたら家族は仲が悪いから、俺の目の届かないところでは接触しない方がいいと。表向きはそういう理由でしたが、本音をいったら、私たち家族が結託して、ヨシオさんを排除する動きが起こったらと、そういうことを心配したんだと思います。そもそも、姉がヨシオさんの言いなりになったのは肉体関係を秘密にしたかったからですが、それがある時点で、急に意味を成さなくなって……。

というのは、そのときすでに、母もヨシオさんと体の関係にあって、しかもそのことを、父が知ってしまい……それに対する父の怒りはさすがに凄まじく、ヨシオさんの見ていないところでは、平気で母に手を上げるようになって……でもヨシオさんは、そんな状況にも冷静に対処しました。

仮に、ヨシオさんの目が届かないところ、たとえば自宅にいるときに、ひょんなことから姉との関係まで父に知れたら、もう自分には三人を操る糸がなくなってしまうと、そうヨシオさんは考えたのだと思います。姉との肉体関係は、ヨシオさんにとっては大きな強みです。それがなくなって、しかも逆上した父が、もう金は払わない、幸枝のしたことも、警察に届けたければ届けろと、そこまで居直ってしまったら……もっというと、秘密がなくなって捨て鉢になった姉が、それに同調でもしたら、取り返しのつかないことになる……。

そういう事態を避けるために、ヨシオさんが先回りして設けた対策が、帰宅の禁止と、鍵付きの部屋への監禁でした。

＊

ヨシオの口調を再現するとき、幸枝は決まって、ある種の興奮状態になる。頭の中でヨシオに成り代わり、口汚く罵り、激しく叱責し、あらん限りの残虐を尽くす。その対象は家族であり、麻耶であり、ときには自分自身ですらある。それに幸枝は、興奮を覚えるようだった。

これほどのサディズムが、マゾヒズムがあるだろうか――。

だがヨシオが抜け落ちた途端、また幸枝は元の様子に戻る。ただ女の形をした、空っぽの器になる。

ある程度話を聞いたら、木和田から質問して疑問点を詰める。

「ヨシオは、茂文さんが怒ってることを、どうやって知ったのかな」

幸枝は、微かに眉をひそめて答えた。

「……私も、昼間は風呂場に閉じ込められたりしていて、いろいろ分からない部分が多いんですが、たぶん、姉から聞いたんだと思います。まだ、ヨシオさんの言いなりだったのだと、思います」

それも密告か。息子と生き残りたいがために、両親を売ったというのか。

「じゃあ、ヨシオとお母さん、春実さんは肉体関係にあると、そのことを茂文さんに教えたのは、誰なのかな」

それには、かぶりを振る。

「その辺については、まだ家族が、実家と町田を行き来してる頃の話ですから、私自身、あっちで何があったかは、ほとんど分からないんですが……母が、自ら伝えた、という可能性も、あるのかな、とは思います。ヨシオさんと繋がることが、自分の立場を優位にする、一番、手っ取り早い方法でしたから。母なりに考えて、そうしたんじゃないかと……」

すべてのメスが自分の身を守るために、一匹の強いオスに取り入ろうとする。その競争において、親子や姉妹といった関係性はなんら意味を成さない——。

これが真っ当な人間社会の構図だろうか。

それではただの、ケモノの群と同じではないか。

15

九条の言葉がずっと、島本の心に引っかかっている。誤って呑み込んだ石塊《いしくれ》のように、みぞおちの辺りに痞え、胃に重くフタをしている。

町田署はこの一連の事件に関して、香田麻耶の保護以前に、通報は一切受けていなかったのか——。

仮に、香田麻耶か原田幸枝のどちらかが町田署に通報していたとして、だが事件性なしと判断して受理せずに済ませたり、受理したにも拘わらず捜査をせずに放置していたのだとしたら、これは大問題になる。

確かに、調べてみる必要はある。

島本は夜の会議終了後、それとなく船村統括係長のいる席に近づいていった。事の性質からして、まず町田署刑組課強行犯捜査係の責任者である彼に話を通すべきだと思ったからだ。

船村は木和田の斜め後ろの席におり、すでに町田署が用意した弁当を食べ始めていた。

「統括、ちょっと、いいですか」

ゴマのかかったご飯を頬張った船村が「ん?」と顔を上げる。

「……おう、島本か。なんだ」

それを耳にした木和田もこっちを振り返り、少し気にする素振りを見せたが、島本が軽く会釈をすると、それだけで彼は前に向き直った。

島本も船村に顔を向け直す。

「ちょっと、ご相談したいことが」

「お前、メシは」

このことが気になって、島本は正直、弁当どころではない。

「いえ、ちょっと、食欲がなくて」

「えっ……どっか悪いのか?」

この複雑怪奇な事件を扱うにおいて、現在の特捜本部の人員は決して充分とはいえない。

実際、手の回らないネタもだいぶ溜まっており、会議ではそのような報告が散見される。そんな状況下で自分の部下が体調不良で戦線離脱などしたら、と船村は案じたのだろうが、それは早とちりというものだ。

「いいえ。別に、どこも悪くはないです。ご心配なく」

「なんだ……脅かすなよ」

いいながら、箸で塩鮭の切り身をほぐす。

「これ、食ってからじゃ駄目か」

「ああ、大丈夫です。終わったら、じゃあちょっと、下で」

下というのは、つまり島本たちが普段いる刑組課、俗にいう「デカ部屋」のことだ。

「分かった……じゃあ、先にいってろ」

はい、と返し、一礼して島本はその場を離れた。

階段で、刑組課のある二階に下りる。このところは講堂にばかり詰めていたので、自分の机がある部屋にいくのは何日ぶりかだ。

刑組課には本署当番、いわゆる夜勤の係員が何人か残っていた。強行班、盗班、知能班が各一名。組対系の係も一名ずつはいるはずだが、今のところ銃器薬物対策係の樋口《ひぐち》巡査部長しか見当たらない。

「おう、島本チョウ（巡査部長）。当番抜けられて、特捜は楽チンでいいなぁ」

嫌味交じりに声をかけてきたのは、同じ強行班の小島《こじま》巡査部長だ。年は島本と一つしか違わないので、係では一番近しい間柄だ。

「そんなわけないだろう。こっちは毎日会議で苛《いじ》められて、メシも喉通らないよ」

「ほう。じゃ、これ分けてやろうか。元気が出る、白いお粉」

いいながら、小島が引き出しを開けようとする。もう何回も聞かされたお得意のジョークだ。

「どうせ龍角散だろう。要らないよ」

龍角散は確かに、あの白い粉末とよく似ている。

「あっそう？　喉、調子よくなるぜ」

「喉が痛くてメシが食えないわけじゃないよ」

そんな毒にも薬にもならない会話をしていたら、あっというまに十分ほど経った。でもまだ、船村は下りてこない。

あの人、メシ食うの早いのにな、などと思っていたら、ポケットで携帯が震え始めた。

それを小島が目ざとく、からかい面で覗こうとする。

「お、女か。特捜抜け出して、デートにでもいくのか」

「そんなわけねえだろって」

取り出してみると、ディスプレイには【船村統括】と出ている。

「はい、もしもし」

『おう。お前、どこにいるんだ』

「どこって、デカ部屋ですけど」

『ああ、下って、そうか。俺はてっきり、裏だと思ったぜ』

なるほど。喫煙者の船村にしてみれば、食後にいく「下」といったら署の裏手にある喫煙所か。

「すみません、今すぐ下ります」

慌ててデカ部屋を出て、再び階段で一階まで下りる。喫煙所は、警務課の横を通って裏口を出たところにある。今現在、町田署の庁舎内部に喫煙できる場所は一ヶ所もない。

裏口のドアを開けただけで、蒸れて膨れた夏の夜風の洗礼を受ける。見ると、船村はすでに二本目か、銀色のスタンド灰皿の前で新しいタバコに火を点けようとしていた。幸い周囲に人影はない。

頭を下げながら小走りで近づく。

「すみません、こっちだと思わなくて」

箱とライターをポケットに入れながら、船村はフウと大きく吹き上げた。煙の行方を目で追う、満足げな横顔。島本も三年前までは吸っていたので、食後の一服の美味さはよく知っている。

「うん……いいよ」

思い出したように、船村が島本を見る。

「……相談って、なんだ」

「はい、あの、捜査に関すること、ではあるんですが」

「上じゃいえないようなことか」

「ええ、まあ……内輪の話、ですんで」

犯人逮捕に関する失態なら、警視庁刑事部の責任にもなろう。センター経由の一一〇番通報ならば警視庁地域部の扱いだ。しかし、ここに直接持ち込まれた相談や通報なら町田署の責任になる。嫌らしい話だが、島本が気にしているのはその可能性だ。

今一度、頭を下げてから始める。

「実は、本部の九条巡査部長と回っていて、出た話なんですが。その……八日の、香田麻耶の保護以前にですね、本署は何一つ、今回の案件に繋がるような通報や届けは、受けていなかったのだろうかと、急に心配になりまして。……仮にですよ、麻耶や幸枝がサンコート町田から逃げ出して、それをヨシオが連れ戻す場面だとか、そういう目撃情報を見聞きした署員がいたとしたら、それをきちんと扱わずに放置していたりしたら、これは大問題になります。ただでさえ、あの部屋の浴室からは五人分ものＤＮＡが出ています。それがもし、通報後に殺害され、残留したものだとなったら、町田署は大変な失態を犯したことになります」

島本は、これ以上はないというくらい真面目に話したつもりだった。知らぬまに両の拳を握り、前のめりにすらなっていた。

しかし船村は、そんな島本を見て軽く笑った。

「……統括、笑い事じゃありませんよ」

「ああ、すまん。お前を笑ったわけじゃない。勘弁しろ。むしろ、頼もしく思った。赦せ」

それでも笑みを引っ込めず、島本の肩に手を載せてくる。

「……どういう、意味ですか」

「っていうかよ、お前ももうちょっと、上を信じろよ」

「は？」

同じ手で今度は、島本の肩に軽くパンチを入れる。

「そんなことはよ、もうとっくに、俺が調べたっていってんだよ。アツコ……じゃねえや、原田幸枝を最初に調べたのは誰だ。この俺だぜ。長期間にわたる監禁と暴行。この手の事件は全国で初、ってわけでもない。途中で逃げ出したことがあったんじゃないのか、誰かに助けを求めたんじゃないのか、通報はなかったのか、相談はなかったのか。考えられるケースはすべて調べたさ」

みぞおち辺りに痞えていたものが、急にぽろぽろとほぐれ、落ちていく。そんな感覚があった。

「じゃあ、町田署は、これまで……何も？」

船村が頷く。

「ああ。俺が調べた限りじゃ、ない。少なくとも、香田麻耶の保護以前にはなかった。本署で受けてなければ、あとはサンコート町田周辺の交番だ。女の足でいける範囲といったら限られてくる。忠生地区交番、木曽交番、森野、中町、山崎、あと駅前交番も。オヤジ（署長）から地域課長、各係長まで話通してもらってよ、各ハコには抜き打ちで、一係から四係まで第二当番（夜間勤務）のときを狙ってな、俺が直接訊いて回った。……まあ、何がなんでも隠し通そうって肚《はら》括って、俺の前で顔色一つ変えなかった奴がいたとしたら、そりゃお手上げだけどな。そうなったら、もはや俺の責任も同然だ。監察の査問でもなんでも受けて立つさ」

はあ、と吐いた息が、図らずも溜め息のようになった。安堵したせいか、急に腹も減ってきた。

船村はもうひと口吸ってから、短くなったそれを灰皿に落とした。

「納得いきましたか、島本巡査部長」

「あ、はい。……いえ、差し出がましいことを申しました。失礼いたしました」

片頬を吊り上げ、また船村が笑みを作る。

「別に差し出がましくはないさ。責任問題を先回りして潰そうとした、といったら聞こえが悪いが、自分たちの仕事がきちんと回ってるか検証しようとした、と考えたら決して悪い心がけじゃない。責任のなすり合いは確かに醜いが、それがあるからこそ各人は自らの職責を全うしようとする。組織ってのはそういうもんだろう。縛られてなんぼなんだよ、俺たちは」

そんな立派な考えが、島本にあったわけではない。ただ、自分の所属である町田署が大変なことになるのではないかと、了見のせまい焦燥感に駆られただけのことだ。

ただ、こうやって別の角度から物事を説いて納得させるのが、船村なりの部下の操縦方法なのかな、とも思った。しかも、疑問点は自ら先んじて潰し、結果はあえて公にしない。

むろん、問題があれば会議で報告はしたのだろうが。

いや、それはどうだろう。その問題点も密かに潰す考えだったとしたら、それはそれで怖い。

また船村が、タバコの箱をポケットから出す。

「それより、島本。お前、梅木ヨシオって、どんな男だと思う」

いいながら一本銜《くわ》え、先端を手で囲う。

「どんな、って……まあ、極悪非道、ですよね。鬼畜、というか」

ぷかりと、最初の煙が宙に迷い出て、徐々にほどけていく。

「……他には」

「他、ですか……サディスト、ですか。何かというと殴打、爪剝ぎ、通電ですから」

「もっとだ」

なんだろう。船村は自分を、どこに誘導しようとしているのだろう。

「とりあえず、詐欺的要素は強いですよね。口が上手いようですし、芝居も相当できるんだと思います。でも、そういう才覚を活かして、たとえば企業から金を引き出そうとか、振り込め詐欺じゃないですけど、金だけ騙し取って回るとか、そういう方向にはいかないんですね、ヨシオは」

「それは、つまりどういうことだ」

「つまり……対象は、まず女であり、その女から、家族に触手を伸ばしていく、という傾向は共通していますよね。湯浅恵美と、消えた家族。香田親子。それから、原田一家」

小刻みに、船村が頷く。

「続けて」

「はあ……女は騙しやすい、と考えているのか……あ、でも香田靖之の例もあるから、そうとも言い切れないのか……香田から金を巻き上げて、暴行して死に至らしめて……でも麻耶は、その後も手元に置いてるんですよね。決して放り出そうとはしない。まあ、放り出したらすべて暴露されてしまうから、それはできないにしても、殺すという選択肢も、ヨシオにはあった。だったら、もっと早く麻耶を処分してもよかったのに、それはしなかった」

「ということは?」

少し間を置き、島本も考えを整理する。

「そう、ですね……なんというか……まあ、協力者がほしかった、というのは、あると思います。幸枝を含む、原田家の人間を管理するために。どうしても、ヨシオ一人では限界があったでしょうから……でもそう考えると、なぜ麻耶だったのか、という疑問は残ります。麻耶は、一銭にもならない子供なのに……湯浅恵美や幸枝、その他にもスナックのママ……複数の中年女性にヨシオは手を出している。決して少女趣味というわけではない。……これって、なんなんでしょう。子供だから従順だとか、単にそういうことだったんでしょうか。それとも……」

船村が口を尖らせる。

「それとも、なんだ」

「はい……取調べで、幸枝がヨシオの過去を知らないとしている以上、推測するしかないんですが、何か家族とか、そういうものへの執着があるんですかね、ヨシオには」

「うん……続けて」

「ひと頃、香田親子、幸枝、ヨシオの四人という期間がありましたが、麻耶が娘、幸枝が母親役だとしたら、靖之とヨシオで、父親役が二人……これはバランスが悪い。だから、靖之は殺された」

「もう少し整理すると?」

「ヨシオは金を引き出すだけでなく、家族もほしかった。そういうことなんでしょうか」

しかし、船村は首を傾げる。

「確かに、ヨシオの素性も過去も明らかになっていない現状、迂闊《うかつ》なことはいうべきじゃないんだろうが、そういう傾向は、あるかもしれんな。何かで家族を失った、娘を亡くした、あるいはそもそも家族を持ったことがない、だから擬似でも家族がほしい……じゃなかったら、父親が極端に厳格で、幼児期に虐待に近い厳しい躾をされた、今はその父親に自らが成り代わろうとしている……そういうことだって、ないとはいえん」

分からなくはない。だがそうだったとしても、他人を取り込んで擬似家族に仕立て上げ、暴行していいことにはならない。ヨシオのしたことは決して赦されるものではない。

ただそう言い切ってしまうと、すべての犯罪に理由を解明する価値はないことになってしまう。万引きだろうと殺人だろうと、痴漢や覗きであろうと同じこと。犯罪は犯罪。悪いものは悪い。理由があろうとなかろうと赦されるものではない。犯罪事実が確認できたら、それに見合う罰を与える。それだけでいい——。結論だけいってしまえば、そういうことになる。

ところが、そうと分かっていてもなお、人間は犯罪に理由を求めたがる。原因を探ろうとする。犯罪が起こる精神的、あるいは社会的メカニズムを解明し、犯罪者を理解しようとする。そこから導き出された理論は犯罪の予防に活用され、社会秩序の維持に大きく貢献するだろう。

しかし、果たしてそれだけだろうかと、島本は疑問に思う。

人間は、怖いのではないか。

自分が被害者になるのは当然として、同じくらい、加害者になるのも怖いことだ。自分の中にも犯罪の芽はあるかもしれない。今は大丈夫でも、しかしいつ、自分も犯罪者になってしまうか分からない。だから知りたいのではないか。自分と犯罪者の何が違うのか。犯罪者になる者とならない者と、その境界線はどこにあるのか。

そして一番怖いのは、その境界線がないことだ。この件でいえば、梅木ヨシオを逮捕し、犯行理由を述べさせ、彼のこれまでの人生を俯瞰して見たとき、自分たちとヨシオを隔てる境界線が見当たらないことが、何より怖ろしいのではないかと思う。

船村が、深く腕を組む。

「……ま、どっちにしろ、早く確保して本人に訊いてみりゃ、分かることだけどな」

今それをいってしまったら、すべてお終いだろう。

翌日の夜の会議で、いきなりとんでもない情報が上がってきた。

報告したのは、地取りに当たっていた高尾署の強行班担当係長だ。

「先月……六月の上旬ですが、木曽西五丁目五の◎、スーパーマーケット『ライフ・オン』町田木曽店敷地内において、不審な中年男性が日中、何もせずに数時間にわたり、ベンチに座っている姿が目撃されていました。目撃者はヨシモトナツエ、四十二歳。木曽東四丁目に住む主婦です」

木曽西五丁目五といったら、サンコート町田とは目と鼻の先だ。

「似顔絵を確認させたところ、同一人物とまで断言はしませんでしたが、雰囲気は似ているということでした。ヨシモトナツエによりますと、その男がベンチに座っていたのは一度ではなく、その前後、数日にわたっていたとのことなので、さらに同店顧客を当たれば、目撃証言が拾える可能性はあります」

進行役の中島警部が訊く。

「ヨシモトナツエは、なぜその男のことを覚えていた」

「はい。店に入るときに、男は入り口近くにあるベンチにいて、買い物をしている途中に店内ですれ違い、そのとき男は店内のトイレに入っていったそうですが、買い物が終わって出てくると、また同じところに座っていたので、印象に残っていたそうです。その後も、同じ場所にいるのを目撃し、知人の主婦とも、あの人はなんであそこにいつもいるんだろうねと、話していたとのことです。明日、その知人女性にも話を聞くことになっています。また、位置関係ですが……」

彼はいったん身を屈め、隣に座る相方に何か確認したが、すぐまた報告を続けた。

「……ええ、位置関係ですが。店舗入り口前にあるベンチ、その延長線上といいますか、そのベンチに座って真っ直ぐ前を向きますと、ちょうどその方角に、サンコート町田の四階部分が見えます。距離にして百数十メートルです。四〇三号のベランダ部分が正面に見えます」

やはり、梅木ヨシオは町田署管内で目撃されていたのか。

16

血、血、血だ、血――。

辰吾は大慌てでキッチンに向かい、だがそれではキッチンまで汚染されてしまう気がし、慌てて行き先を洗面所に変えた。

血の付いた左手はどこにも触れないよう注意し、右手首でレバーを上げ、まず水で流した。すぐにポンプ式の薬用液体石鹸、聖子が一回でいいというそれを三回プッシュし、掌で泡立て、左の人差し指と親指を徹底的に洗った。

血だった。よりによって、血液――。

何かの病気を持っているかもしれない。死に至るウィルスとか、爆発的な増殖力を持つ細菌とか。その手のことに辰吾は詳しくないが、でも粘膜感染とか、血液感染とかいうのは聞いたことがある。指先だったから、とりあえず粘膜感染はないと思っていいか。爪と皮膚の境目に入ってしまったら分からないが、でも、それもたぶん大丈夫だろう。辰吾の指先に傷はないから、血液感染もないと思う。あとは空気感染？　飛沫感染？　そんな、血飛沫になんてなってないから、それも大丈夫なはずだ。

いったん石鹼を流し、もう一度同じように洗い、流し、それでもまだ心配だったので、三回連続で洗って、ようやくタオルで拭く気になった。

ひどく心拍数が上がっていた。手洗いが激しかったから、ではない。単純に驚いたのだ。三郎のバッグから出てきた小さなしょう油入れの中身が、血液だったことに。一瞬「ソースかも」という楽観もしかけたが、それはなかった。むろんケチャップでもない。紛れもなく血だった。犬や猫の血を触ったことがないので違いは分からないが、自分の血と大差ない感じはあった。

だったら、人血――。

いや、それが犬の血だろうと猫の血だろうと人のそれであろうと、しょう油入れに詰めてバッグに保管してるなんて、どう考えたって異常だ。三郎はあれをどうするつもりなのだ。

一人のときに、こっそり飲んでみるのか。バルコニーの窓辺に腰掛けて、夕暮れの空を見上げて、ちゅっ、と舌に垂らすのか。誰かの血を、いや、人か動物かも分からない血液を、飲むのか。

考えただけで吐き気がしてくる。

リビングに戻ると、当たり前だがテーブルには口を開けたしょう油入れが転がっており、近くには赤いフタもあり、テーブル下に放置した白いレジ袋の中には同じものがまだ三つも入っていた。

二度と触りたくなどなかったが、このままというわけにもいかない。辰吾は、ティッシュペーパーを使って慎重にボトルとフタを摘み、これ以上中身が出ないよう丁寧に、慎重にフタを閉めた。それをレジ袋に戻し、さらに封筒に入れて畳み、バッグの元あった辺りにもぐり込ませた。ファスナーもいつも通り、ぴっちりと端まで閉めた。

ふいに、どんよりとした夕暮れの空が恨めしく感じられた。

日常が、日常に見えない浮遊感。

当たり前が、当たり前に思えない違和感。

現物が視界から消えたら、多少は気分も落ち着くかと思った。確かに、あれを目の前に悶々《もんもん》とし続けるよりはマシかもしれないが、それでも落ち着くというには程遠い精神状態だった。今までは小汚いナイロンバッグとしか思っていなかったものが、まるで得体の知れない異次元と繋がった、今も暗雲のような魔界を封印している、ひどく禍々《まがまが》しい現代の玉手箱のように見えた。

もしもう一度開けたら、次に出てくるのは三郎の衣類ではないのではないか。知らない女の生首。血塗《まみ》れの手首。肉片の絡んだ鎌、斧。レジ袋にはぐちゃぐちゃにかき混ぜられた内臓――。

血のしょう油入れくらいで何を大袈裟な、と自分でも滑稽に思う。だが何もせず、一人きりで部屋にいると、いつのまにか目はナイロンバッグに向き、意識はその内側に吸い寄せられ、脳内には地獄絵図が繰り広げられた。聖子の匂いを求めてベッドに入っても、忘れられるのはほんの数分。気を抜くとナイロンバッグは瞼の裏に現われ、辰吾さん、開けておくれよと、蚊の鳴くような声で囁く。しかも、あろうことか三郎の声でだ。

フザケるな――。

三郎。あんた一体、何者なんだ。

毎度のことではあるが、辰吾はこれをどう聖子に伝えたものか迷っていた。

その日、聖子は夕方六時半頃に帰ってきた。

洗濯に加え、辰吾が夕飯用にビーフシチューを作ったことで、聖子はいつにも増して機嫌をよくした。本当はホワイトシチューを作りたかったのだが、それ用のルーが切れていたので仕方なくの変更だった。その、グッグッと煮え立つ赤茶色の液体を見て辰吾が何を思ったかなど、聖子には想像できまい。

「んーっ、美味しぃーっ」

辰吾はビールを飲む気にもなれず、早々に夕飯を切り上げた。聖子が食べ終えたら、その皿もすぐに洗った。それがまた、図らずも辰吾のポイントアップに繋がったようだった。ソファに並んで座り、バラエティ番組を観ていたときだ。聖子はコマーシャルになったところでくるりと顔を向け、辰吾に小さくバンザイをしてみせた。

「ごーちゃん、抱っこして」

その「抱っこして」も、ちょっと舌っ足らずにいうものだから、もうお前はどうしてそんな可愛いのかと、悔しいくらい愛しくなる。

「……おいで」

背中に手を回すと、バンザイのまま体を寄せてくる。辰吾の腿に跨《また》がって、辰吾の頭を抱え込む。体勢からしたら、明らかに抱っこされているのは辰吾なのだが、それでもいい。気持ちいい。

聖子の柔らかな胸に顔を埋める。Tシャツ越しでもブラの感触は硬くてチクチクするので、谷間の辺り、一番フカフカしたところに鼻と口を押し付ける。

「ごーちゃん……もう硬くなってる」

「聖子が押し付けるからだよ」

そう辰吾がいうと、急に体を離して、顔を覗き込んでくる。

「ごーちゃん……あたしといて、幸せ?」

瞬時に三郎の顔、今も視界の端にあるナイロンバッグの黒が脳内に染み出てきたが、無理やり追い払う。今そんなことはどうだっていい。

「……うん。幸せだよ」

「じゃ、ずっと一緒にいようね」

「うん……ずっと、一緒にいる」

聖子の肩越しに見えるカーテンは、ちゃんと閉まっている。近頃は、こういったタイミングで三郎が戻ってくることもない。辰吾は、ちょっとくたびれた聖子のTシャツを捲り上げ、優しい膨らみを包み込んだブラジャーを間近に眺めた。泣きたくなるほど綺麗だった。肌の白も。ブラの紫も。

右手を背中に回し、ホックをはずす。ぽんっ、とカップが弾み、愛しい膨らみが解き放たれる。

「……聖子」

片方は手で、もう片方は唇で。

たっぷりとした柔らかさと、小さな硬さ。

眠くなるような匂いと、さらさらとした感触。

切ないほどの温もり。

寄せ集め、頬張り、押し付け、探り合う。

同化してしまいたい欲求と、そうできないもどかしさ。こんなにも一つになりたいのに、なれないからこそ続く、悦び。

聖子はこんなに小さいのに、柔らかくて、頼りないのに、あっというまに辰吾を呑み込んでしまう。その甘いミルクの海に、辰吾は溺れる。息が詰まるほど聖子を呑み込んで、体内を聖子でいっぱいに充たして――。

そして、一気に果てる。

「あっ……ごーちゃん……」

だが例の、血のしょう油入れを見つけてからは、このあとが少し変わってしまった。果てて正気に戻ると、ふいに辺りを見回したくなる。今もそうだった。どこかから、三郎に見られていたような気がするのだ。

ナイロンバッグの、ファスナーの端。針穴のような隙間から、あの三郎の細い目が、こっちを覗いていたような――。

結局、血のしょう油入れの話は聖子にできず終いだった。その代わりというわけではないが、前から気になっていたことを思いきって訊いてみた。

「聖子、ってさ……なんで、小倉家の養女に……なったの？」

この質問を今までしなかったのは、辰吾なりに気を遣ってのことだった。見たところ、三郎がきちんと家庭を維持し、なお子供を育てられる人間には到底思えない。酒とかギャンブルとか風俗とか、そういうどうしようもないことにはまって家庭を崩壊させ、聖子はその犠牲となって小倉家の養女になったのだろうと、辰吾は勝手に思って済ませていた。

だが仮にそうだったとしても、分からないのは母親だ。聖子の実の母はどうなった。離婚、失踪、病死、事故死。離れ離れになる理由はいろいろ考えられるが、果たして実際はどうだったのか。

少し広くなったベッドの上。背中を向けていた聖子は、天井を見上げるようにして、辰吾の方に半分だけ顔を向けた。

「ん、んん……まだ、ちっちゃかったからさ、あたしもよく、分かんないんだ。小倉の両親が実の親じゃないことは、なんとなく分かってたけど、まあ、お父ちゃんも、あんな人だしね……仕方ない事情が、あったんだと思うんだわ」

いいながら寝返りを打ち、覆いかぶさるように、辰吾に抱き付いてくる。

「じゃあ、お母さんは？」

「んん……それも、よく分かんない」

「三郎さんに、訊いたりしないの？」

「うん、訊かない……でも、いいじゃん。そんなことはどうでも。あたしは、あたしなんだからさ……でしょ？　ごーちゃんは、お父ちゃんの娘を好きになったんでもなければ、顔も知らないお母さんの子供が好きなわけでもないでしょ？　今のあたしが好きなんでしょ？　だったらいいじゃん、それで。あたしもさ、結婚するってなったら、そりゃちゃんと、ごーちゃんの両親にはご挨拶にいくよ。大切にする自信あるし、仲良くもできると思う。でも今は、はっきりいってまだじゃん。今はさ、もっと二人でいることを楽しみたいし、ちゃんと考えたいじゃん」

それを乱しているのはどこの誰なんだ、という話が、なぜこんなにもしづらいのだろう。

辰吾の休みは基本的に日曜日。土曜はそれぞれの仕事量などを社長が考慮して調整し、交代で休むことになっている。大体、土曜の休みは月に二回くらいだ。

一方、聖子は平日に休んだり土日に休んだり、まったく曜日には囚われないスケジュールで動いている。予定されていた人が急に出られなくなったりすると、急遽日曜の夕方から店に出るなんてこともある。三郎の食費を捻出するため、店には「いつでも何時間でも入ります」といってあるらしく、特にこのところは便利に使われている。

その日も、そういうパターンだった。

辰吾が仕事を上がって、ちょうど着替えようとしていたところにメールが入った。

【ゴメン！　古田さんが子供熱出ちゃって入れなくなっちゃったんで、十二時まで延長でヘルプ入ります。タク代出るから心配しないで！】

簡単に【了解】とだけ打って返し、じゃあ夕飯は一人だなと、辰吾はぼんやり考えていた。

買い物をして帰ろうか、とも思ったが、一人で食材を買い込んで料理をするのは面倒だった。だったら、家にあるもので済ませよう。確か「まるで生麵のような味わい」を売り文句にしたインスタントラーメンが、まだあったはずだ。あれに何か、ちょっと炒めた野菜でも載っけて食べればいいか。そんなふうに、アパートに着くまでは軽く考えていた。

だが、二階の外廊下に上がったところで、その考えは変わった。二〇五号のドアが開き、そこから三郎が出てきたのだ。鍵を閉めている途中で気配を感じたのか、三郎もこっちを向き、目が合った。例のしょう油入れを発見して以降、三郎と顔を合わせるのは初めてだった。

逃がすもんか——。

まずそう頭に浮かんだ。相手が居候とはいえ、勝手にバッグを漁《あさ》ったことは辰吾もいいづらい。でも話を徐々にそっちに持っていき、日頃の不審な行動に結び付けることはできると思った。

階段はこっち側にしかないので、当然三郎は辰吾に向かって歩いてくる。会釈するように頭を下げながら、辰吾とすれ違おうとする。

そうはさせるか。

辰吾はすれ違いざま、三郎の右肘辺りを摑んだ。

「三郎さん……飯くらい、食ってってくださいよ。聖子はいませんけど」

自分でいってみて、むしろそれで辰吾は状況が呑み込めた気がした。

三郎は聖子がいると思って、いつもの時間に戻ってきた。でもいなかった。三郎は携帯を持っていないので連絡のつけようはないが、ひょっとしたら家の留守電にメッセージが入っていて、三郎はそれを聞いたのかもしれない。今日は遅くなるとかなんとか。そうと知った三郎は出ていこうとした。だが予想外に辰吾が早く帰ってきて鉢合わせしてしまった。そんなところではないだろうか。

三郎は、肘を摑まれたまま突っ立っている。

「いえ……そんな」

「飯くらい遠慮しなくていいですよ。実の娘が身を粉にして働いて、あなたの食費まで稼いでるんです。堂々としてりゃいいじゃないですか。いいから、入ってください」

やや強引ではあったが、三郎をドア前まで引っ張っていった。さすがに、隙を見て逃げ出すまではしないだろうと思っていた。そこまでしたら、もう二度とこの部屋には入れないつもりだった。

鍵を開け、ドアを開けると、三郎は小さく頭を下げながら玄関に入った。履いているのはいまだにあの黒い革靴だ。艶は完全に失われ、履き口の辺りはすり切れて白っぽくなっている。

明かりを点け、辰吾も廊下に上がった。

二人でダイニングに入り、辰吾は「どうぞ」とテーブルを示した。状況が状況なので、手洗いや着替えは後回し。野菜炒めも面倒なので省略。献立は具なしラーメンに変更だ。

とりあえず鍋にたっぷり水を入れ、火に掛ける。

辰吾は、できるだけさりげなく訊いた。

「そういえば三郎さん、最近あんまり、ウチにきませんね」

三郎はいつもの席に、背中を丸めて座っている。

「いや……まあ、いろいろ、ありますんで」

「ほう、いろいろ。いろいろって、たとえばなんですか」

「いろいろって……まあ、どうってことないです」

湯が沸くまでの間、乾麺を入れてからの三分、ラーメン鉢に移してテーブルに出すまでの間も、辰吾は似たような質問を繰り返した。だが三郎は、一つも意味のある答えを返してこない。

「どうぞ」

「……いただきます」

食べる間は当然のように無言。変に雰囲気が和むのも癪だったので、辰吾はあえてテレビも点けなかった。

ただし、食べ終えたらもう容赦はしない。

「いやね……前に、公園の便所の前で、ばったり会ったじゃないですか」

それには、うん、と頷く。

「実はね、その前から俺、三郎さんのこと見てたんですよ。『ライフ・オン』ってスーパー、あるでしょ。あれの近くにあるマンションに三郎さんが入ってって、しばらくして出てきて、それからあの公園に向かいましたよね……」

尾けてたのか、という質問返しも覚悟していた。それなら「ライフ・オン」にいるときから監視していた、そこであんたは何時間もぼーっとしてたと、見知ったことすべてをぶちまけてやるつもりだった。

しかし三郎は、そう容易い相手ではなかった。

「……人違い、でしょう」

「は？」

「辰吾さんは、何か、勘違いをしていらっしゃる」

「どこが、何が勘違いだっていうんですか」

「私は、マンションになんて入ってません」

「えっ……」

まさか、そこから否定されるとは思っていなかったので、急に質問を続けづらくなった。

マンションが勘違いなら、三郎が女を尾けていたことも、彼女を追うように公園の便所に入ったことも、すべて勘違いで片付けられてしまう。

「……ごちそうさまでした。美味しかったです」

ゴトリと椅子を鳴らし、三郎が立ち上がろうとする。

「ちょっと、待ってくださいよ。まだ話は終わってない」

「いえ、辰吾さんの、勘違いです。……失礼します」

一礼し、三郎は丸っこい背中を辰吾に向け、玄関へと向かう。

「ちょっとッ」

辰吾も立ち上がり、テーブルに出していた鍵と携帯を持って玄関に向かった。リビングダイニングから出ると、三郎はすでに靴に足を突っ込み、ドアノブに手を掛けていた。

ドアを開ける三郎、慌てて靴を履く辰吾。

出ていく三郎、閉まろうとするドアを押さえる辰吾。

外廊下を進む三郎、鍵を閉める辰吾。

こういった場合、追う方が常に不利なのは当然だが、でも幸い、三郎は走って逃げようとまではしなかった。早足ではあるが、でも決して走りはしない。辰吾はすぐ追いつくことができた。

「三郎さん、ちょっと待ってよ」

肩に手を掛けたが、三郎はかまわず歩き続ける。時刻はまだ七時半くらい。いくら田舎町とはいえ、この時間ならまだ人通りもある。

これか、と辰吾は思った。

辰吾と二人で部屋にいたら散々質問攻めにされ、やがて三郎は喋らざるを得ない状況になるかもしれない。でも人通りのある道に出てしまえば、辰吾も下手に騒ぎ立てたりはしないはず。そう三郎は考えたのではないか。

確かにそうだ。人通りもある、近所の目もある道端で、あんたの荷物の中にあった血のしょう油入れはなんなんだ、なんてことはさすがに訊けない。それこそ、公園みたいな場所にでも連れ込まなければ話の続きはできない。

「ちょっと三郎さん。三郎さんってばッ」

何度か肩に手を掛けてはみたものの、三郎は一向に足を止めようとはしなかった。逆に、すれ違うスーツ姿のサラリーマンや高校生たちが、辰吾に奇異な目を向けては過ぎていく。

違う、変なのは俺じゃなくて、この男なんだ――。

しかも三郎は、あの日のように目的を持って歩いているのではなさそうだった。アパートの周囲をぐるぐると何周もし、違う方角に歩き出したかと思ったら、二度続けて右に曲がって、アパートの方に戻ろうとする。そして近くまできたら、今度はまた別の方角に歩き始め、しばらくすると方向転換をして戻ってくる。延々、その繰り返しだった。

ただの時間稼ぎ。暇潰し。我慢比べ――。

辰吾と喋りたくないという、たったそれだけの理由で、この男はここまで無意味なことをするのか。だとしたら相当な馬鹿か、ある種の偏執狂なのかもしれない。この夜の散歩と血のしょう油入れを直接結び付けることはできないが、でも何か通ずるものはあるように思う。無意味なようでいて、続けることで意味を成す、何か。あのしょう油入れも、百、二百と集めれば、いつかまったく違う何かに姿を変えるのかもしれない。

「ちょっと三郎さん、もういい加減にしてよ」

何度もそんなふうに声をかけた。少しずつ、声も荒くなっていたかもしれない。

「三郎さん、もういいからさ、ちょっと止まってよ」

そういって、また辰吾が手を掛けようとしたときだ。

「……あら、サカエさん」

ふいに誰かが辰吾に声をかけてきた。「サカエ」とはつまり、辰吾が勤めている「有限会社サカエ自動車」のことだ。中高年で、特に商売を営む人は、名前が分からない相手を屋号で呼ぶことがある。辰吾ですら、ときどき取引相手を社名で呼んだりする。

振り返ると、確かに知った顔がそこにあった。車検や修理で何度か利用してくれている主婦だ。名前はすぐに出てこないが、でもよく知っている人だ。

「あ、ああ……どうも」

仕方なく辰吾は足を止めたが、三郎はその限りではない。当然のように、スタスタと歩き去っていく。

そんなことにはかまわず、主婦は親しげに話しかけてくる。

「またさぁ、うちの軽のエアコン、調子悪くなっちゃったのよォ。暑くなる前にさ、修理してくんないかしら。明日でも明後日でもいいからさ、誰か取りによこしてよ。でほら、車ないと仕事にもいけないからさ、代車もついでに」

「あ、はい、承知いたしました」

手帳も何も持っていないので、仕方なく携帯に打ち込んで、会社宛にメールで送った。名前はあえて訊かなかったが、車種とナンバーは聞いたので、それを明日会社で照合すれば問題ない。

「悪いわね。よろしく頼むわね」

「いいえ、ありがとうございます」

しかし、まんまと三郎には逃げられた。

ちくしょう。こんな、どうしようもないことで撒《ま》かれるとは思ってもみなかった。

17

ようやくきたか、と木和田は密かに興奮を覚えていた。

木曽西五丁目五にあるスーパーマーケット「ライフ・オン」敷地内において、サンコート町田の方角を日中、何時間もじっと見ている男がいたとの報告が会議に上がってきた。男を目撃したという吉本奈津江《よしもとなつえ》に梅木ヨシオの似顔絵を確認させたところ、人相に大きな隔たりはないという。

むろん現状、それが梅木ヨシオであるとまでは言い切れない。そもそも梅木ヨシオなる人物が何者なのかも、いまだ特捜本部は把握できていない。しかし、だからこそここを起点にすれば、梅木ヨシオに近づけるのではないかという期待は大きかった。管理官も「今のところは小さな手掛かりに過ぎないが、これを手繰っていけば必ず梅木ヨシオにたどり着ける。特に聞き込み担当はこれを肝に銘じ、明日からの捜査に臨んでもらいたい」と弁を振るい、その夜の会議を閉めた。

容易な捜査ではないと思う。これまでの経緯を鑑みれば、不特定多数の人間が出入りするスーパーマーケットという場所、その客の一人から、ヨシオらしき男を目撃したという証言を引き出したこと自体、奇跡に近かった。だが、その奇跡を手繰り寄せたのは、ときに徒労とも思える聞き込みに不屈の精神で挑み続けた捜査員たちの執念に他ならない。ならば、今一度その不屈の精神をもって新たな目撃証言を摑んでほしいと思う。もう一人、さらにもう一人。点を線に繋げ、線を面に広げ、梅木ヨシオを炙《あぶ》り出してほしいと思う。

また木和田自身も、この情報を幸枝の調べにどう活かすか考えなければならない。

調べが何日も続くと、たいていの被疑者は精神的にも肉体的にも追い詰められ、疲弊し、取調官の追及に抗する気力を失い、最終的には罪を認めることになる。そういった現行の捜査手法が冤罪を生むのだと主張する学者や弁護士は数多いるが、では我が子を甘やかす馬鹿な親のように、言いたいことだけ言えばいい、喋りたくなければ訊きませんよと、そんな生ぬるい取調べで一体どれほどの犯罪者が口を割るのかと、逆に木和田は訊きたい。

刑事の倫理観は完璧だなどと、木和田も思っているわけではない。ある者は手柄のため、またある者は自身を含む警察の過失や不手際を隠蔽するため、不完全な調べを行って冤罪を生み出すことはある。しかし、大多数の刑事はもう少し利口だ。

激しい口調で、相手を叩きのめすような調べが必要な場合は、そうする。詰め将棋のように、理詰めで言い逃れの道を塞いでいけば罪を認める、そういう相手ならば理屈で攻める。情に脆い相手ならそれに合わせ、ときには自ら涙を流して供述を引き出す。それが刑事の調べというものだと思うし、これによって警察は多くの犯罪者を社会から隔離することに成功してきたとも思っている。

ただ、この原田幸枝という女はその中でも特異だと思う。

何しろ、勾留が長引けば長引くほど、精神的にも肉体的にも健常になっていくのだ。それだけ梅木ヨシオによる監禁生活が過酷であり、マインドコントロールに似た精神状態にあったのだろうと察することはできるが、それが同時に取調べ状況を複雑にもしていた。加害者でありながら被害者でもあり、主犯格と見られる梅木ヨシオに憎しみを抱きながら、心のどこかではいまだ慕っている節もある。よって、激しい攻めの調べは倫理的にも心情的にも難しいし、かといって理屈で詰め寄っても効果は薄い。情に訴えてみたときもあったが、それも目に見えるほどの結果には繋がらなかった。

幸枝はヨシオのことを、感情が読めない、次に何をするか予測できない人間と評した。だが木和田にしてみれば、幸枝も似たようなものだった。前にも思ったが、幸枝とヨシオには何か相通ずるものがある。あるいは、七年という歳月を共にしたことにより、似通ってしまったのかもしれない。梅木ヨシオを直には知らないので確信するには至らないが、やはりヨシオという人格には、ある種の感染力があるように思う。

今日の幸枝は、夏風邪なのか少し鼻をぐずぐずさせてはいるが、血色は逮捕時よりも確実によく、多摩分室留置係の報告では、食事も睡眠も充分にとっているとのことだった。

「留置場の冷房が効き過ぎ、ってことなのかな?」

自宅に空調設備がないために熱中症で死亡する人もいるこの国で、罪を犯したと疑われる者が留置場の冷房の効き過ぎで風邪をひく。そんなふうに考えると、なんともやりきれない気持ちになる。

幸枝が微かにかぶりを振る。

「いえ……大丈夫です」

「そう」

そりゃそうだよね、逮捕前の方がよっぽど大変だったもんね、という言葉はあえて呑み込んだ。

サンコート町田四〇三号での監禁生活に比べれば、留置場暮らしも取調べもさしたる苦ではない。そう思われてしまったら、あるいはこちらがそれに同情し過ぎてしまったら、木和田に勝ち目はない。いや、他に勝つ方法もあるにはあるが、できることならばそれはしたくない。

それはつまり——木和田自身が、ヨシオを超える怪物になること。

しかし、それもまた違った形の負けであるように木和田は思う。

「ええと、食事は、変わらずとれているようだね。留置の方から、そういうふうに報告を受けてます……そういえば、ヨシオといたときは、食べ物は買ってくることが多かったんだよね」

幸枝がほんの数ミリ、鼻先を動かして頷く。

「コンビニが多かったって聞いてるけど、スーパーマーケットとかはいかなかったの？」

「スーパー……も、いきました」

「どこのスーパー？」

「駅の、方とか」

幸枝のいう「駅」とは、つまり町田駅のことである。

「わざわざ、駅の方までいくの？」

「……はい」

「バスで？　まさか歩いて？」

「いえ、タクシーです」

なるほど。ヨシオは、その手の出費は惜しまなかったということか。

「それには、ヨシオも一緒にいったの？」

「いえ。大体は、麻耶ちゃんとです」

「でもさ、わざわざタクシーで駅までいかなくても、もっと近くに、歩いていけるところにもあるでしょう」

できればここで「ライフ・オン」といわせたいが。

「そう、ですか……あまり、あそこの周りに何があるのか、私は知らないので。決められたところに、決められた時間内にいって、決められた用事を済ませて、帰ってくるだけだったので。あとはずっと、閉じ込められていたので……すみません。分かりません」

そう簡単にネタは割らない、か。

＊

私が主に入れられていたのは、浴室です。父と一緒のことが多かったです。母と姉は、リビングの隣の部屋で、麻耶ちゃんと弘夢くんは、離れたところ……そうです。玄関からすぐの洋室です。全員を個別に入れることはできないので、大体その三ヶ所でした。

仲の悪い者同士、ということでしょうか……悪いというか、すぐには結託しそうにない組み合わせ、というか。そういった意味では、私は少し信用されていたと思います。父を見張る、という役割は、あったと思います。母と姉は……見ていないので、分かりません。でも、どちらか一方が、クローゼットに入れられていたんだと思います。

いろいろ、決まりがありました。まず、座ることは許されませんでした。一ヶ所にずっと、動かず、立っていなければなりませんでした。……クローゼットでも、です。そう、ヨシオさんがいってました。入って立っていろと。高さは充分あるだろう、と……朝起きてから、夜の酒盛りまで、ずっとです。寝るときは、その場で膝を抱えて……はい、体育座りです。寝転んだり、壁に寄りかかったりすることは、できませんでした。見つかったら、あとで通電です。

私語も禁止でした。リビングと隣の部屋の仕切りは、引き戸ですし、台所と浴室は壁一枚ですから、耳をつければどこの会話でも聞こえます。内容は分からなくても、喋っているのは分かります。もちろん私語が聞こえたら、それでも通電です。ヨシオさんの気分次第で、爪剝ぎになることも、指潰しになることも、ありました。

姉は、母が話しかけてきたと、告げ口したことがありました。そのときは指潰しでした。母の口に、雑巾を詰め込んで、私と姉で動けないように羽交い締めにして、手で口も塞いで、父が大きなペンチを持たされて、それで、潰します。……手です。最初は小指でした。いきなり思いきりは、父もできませんでした。そうすると、ヨシオさんが、まだだ、まだだといいます。結局、何度も何度も、ぐっ、ぐっと締め付けて、それでも駄目で、だったらペンチの握りを、踏めと……骨が見えたら、終わりです。また同じ指を潰されることも、違う指を潰されることも、潰れた指に通電されることもありました。……いえ、それでも治療はしません。というか、できません。ヨシオさんからタオルを一枚、十万円くらいで借りて、それで止血しただけです。……化膿はしましたけど、破傷風とかは、大丈夫だったと思います。

一日中立ち続けるのも、つらかったです。父はときどき、内緒でしゃがんでいました。私は、それは告げ口しませんでした。……いわないでくれ、内緒にしておいてくれと、泣きそうな目で、私を見て、訴えていましたから。元はといえば、私が引きずり込んだのですから、それくらいは、仕方ないと思いました。

父が洗い場のときは、私が浴槽、その逆もありました。でも父が浴槽に入ることの方が多かったと思います。理由は……分かりません。特になかったと思います。

トイレも、回数が制限されていました。大便は一日一回。おしっこは、五百ミリのペットボトルを一本渡されて、その中にします。それ以上したら、それも通電です。……こぼしたら、ということです。ペットボトルの中身は、ヨシオさんが確認したら、まとめてトイレに流します。

食事の内容は、そのときどきで変わりました。食パンを一斤渡されて、それを十五分で食べろとか、キャベツをひと玉、二十分とか。食べられなくても通電にはなりませんが、でもそれ以上の支給は夜までありませんから、必死で食べました……別の部屋がどうだったかは、分かりません。立ったまま、浴室で食べさせられたので。

恰好はみんな、下着姿でした。服を着せてもどうせ汚すから、という理由だったと思います。最初の頃はまだ冬でしたし、浴室には暖房もないので、物凄く寒かったです。特に浴槽は濡れていたので、床にお尻をつけると、下着まで濡れてしまうので、寝るときは困りました。困りましたけど、体育座りしか許されていなかったので、その体勢で寝ました。

私は買い物のときと、酒盛りの支度のときは、浴室から出されました。鍵を開けるのは、ヨシオさんか、麻耶ちゃんでした。買い物は、麻耶ちゃんと誰かです。私か、姉か、母か。そのときはヨシオさんにお金を払って、服を借ります。とはいっても、実際は借金なので、お金を払うというよりは、残金が増えて、絶望が深くなるというか……そういう感じでした。

私は一度だけ、麻耶ちゃんの目を盗んで、買い物中に逃げ出したことがありました。少し駅から離れたスーパーで、でも駅前に交番があるのは知ってましたから、そこに向かったんですが……いってみると、交番の手前に、ヨシオさんが立っていました。……追いかけてきて先回りしたのか、最初からそこにいたのかは、分かりません。でも、私は足が不自由で、走れなかったので、もともと近くにいたのなら、麻耶ちゃんが連絡してからでも、先回りできたかもしれません。

逃げ出したのは、その一回きりです。帰ってから足の指を二本潰されて、乳首への通電を何回も受けました。胸への通電は、心臓に近いので、物凄く危険です。回数は……途中で気絶してしまったので、覚えていません。

通電を受けているときは、死ぬな、と思いました。心臓の動きがおかしくなるのが、自分でも分かりました。……私も死んで、香田さんみたいに、バラバラにされるんだな、と思いました。でも気づいたら、浴室の、浴槽の中でした。全身びしょ濡れで、そのときも寒かったのは覚えています。あと父が、アツコが気づきました、と、大声でヨシオさんを呼んだのも、覚えています。見にきたヨシオさんは、ああ、生きてたなと、何回か頷いていました。……そうです。家族もみんな、私のことは「アツコ」と呼んでいました。何度か「幸枝」と呼んで、誰だそれはと、ヨシオさんに睨まれたことがあったので。

もう、逃げるのは無理だな、と思いました。まともに歩ける状態ではないし、ヨシオさんは頭がいいですから、私の考えそうなことくらい、全部お見通しだったんだと思います。……浴槽におしっこをしたことも、すぐにバレました。静かに水で流したんですが。臭いも、分からないと思ったんですが……。

逃げたらどうなるか、みんなもそれで分かったと思います。あと、自分が逃げたら、残された家族がどうなるか、それを考えたら、みんな逃げられなかったと思います。逃げるだけじゃなくて、あらゆる体罰は、悪かった人だけじゃなくて、周りの人にも迷惑をかけます。責められます……はい、共同責任です。ヨシオさんは、何を誰にやったら一番効果があるか、そういうことを見抜くのが得意ですから。そういった意味では、弘夢くんは重要だったと思います。この切り札さえあれば、あの三人はどうにでもできる。ヨシオさんは、そう考えていたと思います。

たぶん、一番抑えが利かなかったのは、私だと思います。弘夢くんとの繋がりも、そんなでもありませんでしたし。だから、一番体罰が厳しかったんだと思います。体に教え込む……ということだったんだと、思います。……信用……すみません。よく分かりません。

父がいないときは、ほんの数分、私もしゃがみましたが、いつ麻耶ちゃんが見回りにくるか分からなかったので、長くは無理でした。浴室の折れ戸は、でこぼこした、半透明のプラスチックみたいなやつだったので、脱衣場に入るだけで、中の人が立ってるか座ってるかは見えるので……いえ、そんなに機敏に立ち上がれる状態でもなかったので、麻耶ちゃんの見回りは、とても怖かったです。

父がいないとき、というのは……理由は、主に金策だったと思います。あちこち、連れ回されていたんだと思います……はい、ヨシオさんにです。だから、父がいないときは、ヨシオさんもいないことが多かったです。その間は少し、気が抜けました。

……分かりません。銀行とかじゃ、ないでしょうか。……他に、ですか。家にあった油絵とか、壺とかを売ったりも、したと思います。あと酒盛りのときに、家を担保に入れたとか、近々買い手がつくとか、そういう話もしていたので、ああ、あの家も売られちゃうんだな、とは思いました。……寂しい。それも、多少はありましたけど、でも、私があの家に戻ることは、もうないと思っていましたから、そんなには……そうです。なくなっちゃうんだなと、単純に、そういう気持ちでした。

父も、市議会議員のときは、凄く立派な人物だったんですが、あの頃はもう、その面影はありませんでした。酒盛りのときも、小さく肩をすぼめて、正座をして、はい、はい、とヨシオさんのいうことを聞いて……哀れというか、情けないというか、無様でした。

食べさせる、飲ませる、というのは、ヨシオさんにしてみれば、私たちに対する、最大の施しでした。なので、とにかく私たちは、感謝をしなければなりません。ありがたくいただいて、一緒に笑って、楽しく過ごさせていただく。酒盛りには、そういう意味がありました。……服従の儀式。そうだったかもしれません。

暴行、体罰は、余興の一つですから、あまり手際が悪いと、ヨシオさんに怒られるので、誰が受けるか決まったら、パッ、パッ、とやる方が利口です。お父さん、可哀相とか、お母さん、大丈夫かな、とか、考えていたら駄目です。電気、といわれたら通電の道具を用意し、指、といわれたら大型ペンチ、爪、といわれたら小さなペンチ……あと、コテ、というのもありました。ハンダゴテです。……そうです。溶接をする、あれです。

ジュッ、とやられるくらいなら、通電よりマシですが、さすがに、先っぽの熱い部分が体に刺さるまで、となると……ジューッと、焼きながら刺すというか、押し込んでいって……焼けて、穴が開いて、その傷口もさらに焼かれるわけですから、それは凄まじかったです。……父が、お尻に受けました。

すみません。思い出しました。あれは、父が逃げようとしたからでした。父は違うと主張しましたが、いや、お前は絶対に逃げようとしたと、分かってるんだぞと、ヨシオさんは赦そうとしませんでした。金策に回っている途中のことだったんだと思います。それで、コテです。

やったのは……私です。最初は、ジュッ、というくらいでしたが、ヨシオさんに、もっとだ、もっと長く、横にして押し付けるんじゃない、縦にして、突くように、刺すように力を入れろ、と……最後は手を持たれて、こうだ、こうやるんだと……ズブズブズブ、と。煙を出しながら、肉が焦げる臭いがしました。父はその場で、失禁して、脱糞して、気絶しました。いつまでも放っておくことはできないので、それは、母が片付けました。……食べた、ということです。

日中の様子は、よく分からなかったです。ヨシオさんは、気が向けば私とか姉とか、母に、セックスの相手をさせました。麻耶ちゃん、というのもあったと思います。声は、基本的には出してはいけないんですが、それでも、気配というか、なんとなく分かるものです。

父と浴室にいて、そういう物音がすると、父も過敏になるというか、意識をそっちに向けていました。姉か、母か、聞き分けようとしていたんだと思います。私には、分かりませんでした。……嫌だな、と思ったのは、父が、あの年で勃起していたことです。壁一枚と、台所を隔てたリビングで、母か姉がヨシオさんに抱かれていると思うと、興奮するんでしょうか。自分でもそうしたかったんでしょうか。こう……ぽこんと、下着の股間の辺りが、突き出して……浅ましいものだな、と思いました。……滑稽でした。

社会との断絶。家族同士の分断。信頼は失われ、常識は否定され、そこは衣食住のすべてを掌握する、ヨシオという名の鬼神を祀《まつ》るためだけの世界になっていた――。

＊

取調べを終え、特捜のある講堂に上がるエレベーターの中で、相方を務める松嶋巡査部長が呟いた。

「ハンダゴテの話……それ自体、もちろん怖いことなんですけど、もう、そんなに驚かなくなってる自分もいて……その方が、私は、なんだか怖いです」

確かに、人間は慣れる。

楽しいことにも、苦しいことにも、優しさにも、憎しみにも。

人を傷つけることにすら、人間は慣れていくのだ。

18

原田幸枝の勾留期限が間近に迫った七月末。ようやく梅木ヨシオに関する目撃情報が、いくつか上がってくるようになった。

いま報告しているのは、島本の二つ後ろの席にいる町田署盗犯係のデカ長だ。

「原田家の土地を扱っていたのは、大宮駅近くに店を構える、株式会社、大宮殖産です。ここの担当者、サクラダミツオによりますと、茂文が自宅売却の相談を最初に持ちかけたのが、今年の三月二十八日。サクラダと茂文は以前から付き合いがあり、塾の新校舎を建てる際の相談にも乗ったそうですが、この頃はもう、本当に変わり果てた様子だったそうです。

痩せこけていて、体臭も妙に生臭く……もう七十を過ぎているので仕方ないのかな、とも思ったらしいですが、それにしても茂文らしくない、不潔な感じがしたそうです。上着やポロシャツ、ズボンもなんだか垢抜けない。足を引きずるように、ひどく歩きづらそうにしている。お怪我ですか、と訊いてみても、大したことないとしかいわない。それでいて、ときどき外を気にするように振り返る。何かなと思って見ていたら、店内を窺うように覗き込んでいる男がいる。何度かサクラダがそちらに目を向けると、茂文から、いいんです、私の知り合いです、車に乗せてきてもらったんです、と慌てて言い訳をした、とのことです……」

茂文が金策に回るときにはヨシオも一緒にいくことが多かったという、幸枝の供述と一致する。

「サクラダに似顔絵を確認させたところ、ほとんどは窓越しで、向こうもサングラスを掛けていたりして、はっきりと覚えているわけではないが、雰囲気は似ているということでした。また、これも印象ではありますが、わりと大柄だったように記憶している、ということでした」

今日は捜一の藤石管理官が欠席。代わりに進行役を務める中島二係長が訊く。

「大柄というのは、具体的にはどういう体格だ」

「大柄、といったら……まあ、背が高くて、幅もあるというか、わりと骨太な印象ではないでしょうか」

「身長はどれくらいだといっている」

「百七十センチ台、という話でしたが」

「そこ、もっと具体的に詰めてこい。……他の捜査員も、似顔絵で似ているとなったら、体格についても、もっと絞り込んでくれ。印象ではなくて、数値で出せるように。数値が難しかったら、絵でもいい。どういう体格なのか。首の太さ、長さ、肩幅、胸の厚み、腹の出具合、四肢の長さ、太さ。一つでも二つでも、印象に残っている特徴を聞き出せ」

香田麻耶の証言によると、ヨシオは身長百七十センチ台半ば、少し太り気味、ということになっている。しかし、幸枝に同じことを訊くと、身長に関する表現は大差なかったが、体格については「ヨシオさんは、太ってはいません」とやや喰い違う。これは、十代の少女の認識と、三十代女性のそれとのズレなのだろうか。あるいは、どちらかが意図的に嘘の供述をしているのか。

報告は、大宮を重点的に回る原田家担当班から、ヨシオらしき男が目撃されたスーパーマーケット「ライフ・オン」専従班に移った。

「スーパー担当、まず……九条から」

「はい」

島本の隣で九条が立ち上がる。

「今日も引き続き、『ライフ・オン』町田木曽店の防犯カメラ映像をチェックしましたが、梅木ヨシオと思われる人物は確認できませんでした」

同店の防犯カメラシステムは、特に指定しない限り約三十日で自動消去される設定になっている。島本たちが捜査に入った段階で自動消去のサイクルを一週間にしてもらい、それ以前の二十三日分は消去しない設定に変更してもらったが、それでも確認できるのは七月初旬から中旬まで。決して充分なデータ量ではない。事案を認知する以前、つまり麻耶の保護以前に限ったら、映像は一週間分しか残っていないことになる。

「今日までに、正面と東側出入り口の各一台、計二台、レジ周辺の三台分を確認しました。あとは売り場の三台分です。明日の午前中には終わります」

二階と駐車場担当の組ももう終わるといっていた。彼らと島本の組は、明日の昼からまた別の捜査をすることになるだろう。

中島係長が頷く。

「その映像のバックアップは済んでるな」

「はい。一番古いデータから二十三日分は、バックアップしてあります。デスクに提出してあります」

「分かった。じゃあ、明日その残りのチェックが終わり次第、利用客への聞き込みに合流してくれ」

「了解しました」

それもまた、なかなか大変そうな仕事だ。

予想通り、残りのカメラ三台分の映像をチェックしてもヨシオと思われる人物は確認できなかった。むろん、惜しい人物はいる。それっぽい姿を見つけたらプリントアウトし、幸枝と麻耶に確認してもらっている。しかし、ヒットしない。微妙に供述の喰い違う二人だから、どちらかは「ヨシオだ」といってくれるのではないかと期待したが、この件に関してはまったくなかった。どの写真もヨシオではないという。防犯カメラ映像に関しては、空振りだったと認めざるを得ない。

だが、終わったらすぐ利用客に対する聞き込みに合流。溜め息をついている暇はない。

「九条さん。この店の常連客って、ざっと何人くらいいるんですかね」

「さあ。ポイントカードの、最新の会員番号が二万七千番台。それが全部常連じゃないにせよ、少なくとも数千人規模ではいるでしょうね」

とはいえ、利用客全員に話を聞こうというのではない。ヨシオの似顔絵と、この店でヨシオらしき人物を目撃した吉本奈津江の協力を得て新たに作成した、ベンチに座る男のイラスト。この二点をレイアウトしたチラシを捜査員で手分けして配り、心当たりがありそうな利用客にはその場で話を聞く、という方法だ。立て看板やチラシを掲示して情報提供を募るという、待ちの捜査ではない。もっと積極的に情報を取りにいく、攻めの捜査だ。

「こんにちは、お暑いところ失礼いたします。こういった人物に、見覚えはありませんでしょうか」

「お母さん、ちょっといいですか……向こうの出入り口前にあるベンチなんですけどね。先月、六月の初めの頃なんですけど、こういう男の人が座ってたの、記憶にございませんか」

島本の腕には「捜査」、九条の腕には「捜一」の腕章があるので、わざわざ手帳を見せるまでもなく、相手はこちらが警察官であることを察してくれる。

「ご家族で、他にこのお店を利用される方はいらっしゃいませんか。もしいらしたら、これをお持ち帰りになって、確認していただけませんかね」

「お知り合いの方で、他にこのお店を利用される方にも、訊いてみていただけませんか。連絡はこの、特別捜査本部の番号にお願いします」

高卒で警視庁に入庁した島本には、実はアルバイトの経験がまったくない。警察に入っても交番勤務と刑事を交互にやってきただけなので、それ以外の業務はほぼ知らないに等しい。その少ない労働経験から今までは考えてみたこともなかったのだが、ビラやティッシュ配りのアルバイトというのはけっこう大変だろうなと、今日初めて思い至った。

警察の腕章を巻いていても、チラシを受け取ってくれない人はいる。もしこの腕章がなかったら、受け取ってくれる人はこの十分の一にも二十分の一にも減るのだろう。それでもアルバイトなら一日何百枚というノルマをこなさなければならない。それが毎日となったら、これは明らかに交番勤務よりも重労働だ。何より、受け取ってもらえなかった瞬間の精神的ダメージがキツい。自分の存在そのものを否定されたような、ひどく侘《わび》しい気持ちになる。

これからは、どんなものでもとりあえずは受け取ろう。そんなことを思いながら、島本はチラシを配り続けた。

「失礼いたします……これ、ちょっと見ていただけますかね」

いま島本たちが担当しているのは、目撃談のあったベンチに近い正面出入り口ではなく、捜査員の間では「東側」と呼ばれている間口のせまい方の出入り口だ。そしてできるだけ、利用客が店内に入る前に声をかける。帰りは荷物で手が塞がっていて、チラシを受け取ること自体できない可能性が高いからだ。

「お母さん、ちょっとこれ、見ていただけませんかね」

声をかけたついでに、市場調査ではないが、捜査の足しになるような情報も収集しておく。

「ちなみに、ここには週に何回くらい、お買い物にいらっしゃいますか」

一割くらいの客は毎日、ほとんどは二、三日に一回、あるいは週に二回くらい。回答はたいていこのどれかだった。つまり三日か四日やれば、ほとんどの常連客とは顔を合わせられる。一週間もやれば、二度三度と会うことになる、という試算が成り立つ。

そしてまさに、この試算の正しさを証明するかのような展開になった。

島本たちが東側出入り口に立つようになって三日目。おそらく初対面であろう女性にチラシを渡すと、彼女は怪訝そうに眉をひそめ、ヨシオの似顔絵を凝視した。

「……お、お母さん、何か、お心当たり、あったりします？」

「あたしは、あんたのお母さんじゃないけどね」

まあ、どちらかといえば「おバアさん」に近い年齢に見える。

「これは、大変失礼いたしました。奥さま」

「うん……なんか、どっかで見た顔のような気がするんだけどね」

その瞬間、島本は「きた」と思った。

それって、正面出入り口じゃなかったですか、もっとちゃんと見て、正確に思い出してください——だが島本がそういう前に、彼女はチラシから顔を上げた。

「……刑事さん、まだしばらくここにいるの」

「あ、はい。しばらくは、こうしてます」

「じゃあさ、先に買い物してくるからさ、その間に思い出したら、また声かけるよ」

いや、この流れは好ましくない。もう少し引き止めなければ。

「ああ、そうですか、ありがとうございます。そのですね、チラシに書いてある通り、向こうの出入り口にあるベンチにですね……」

「うんうん、分かった分かった。思い出したら、ちゃんと声かけるから」

「いや、その」

「大丈夫、ちゃんと声かけるから」

結局、その女性には逃げられてしまった。

はっきりいって、このパターンは駄目だと思った。

思い出したら声をかける。そういって中に入っていって、改めて声をかけにくる客はまずいない。多くの客は店内に入り、今夜の献立について考えているうちに、チラシのことなど忘れてしまうのだ。肉か魚か、それとも出来合いのお惣菜にしてしまおうか。そういったことの方が市民にとってはよほど重大な関心事だろうし、それを妨げてまで今ここで思い出せと迫る権利は、少なくとも警察官にはない。

しかし、その女性に限っては違った。

十五分ほどしてから、

「刑事さんッ」

バシンッ、と後ろから思いきり背中を叩かれ、その瞬間は公務執行妨害で逮捕してやろうかと思ったが、

「思い出したよッ」

振り返って彼女の、満月の如く得意げな顔を見た途端、島本の気持ちは一変した。

「えっ、本当ですか」

「うん。これって、先月の初めだろ……確かさ、たぶんなんだけど、ウチはね、この近所なんだよ。ここには歩いてくるんだけどさ、でも駅とか、職場には車に乗ってくんだわ」

今のところなんの話かさっぱり分からないが、ここは大人しく耳を傾けておく。

「はい、車はないと、不便ですよね」

「そう。そんでさ、あんとき、だから六月の初めよ。エアコンの調子が悪いのは前からだったんだけど、本格的に暑くなる前に、直してもらおうと思ってさ」

まだ、よく分からない。

「……はい」

「そんで、夜さ、亭主のタバコかなんか買いに出て、その途中で、サカエさんの若い子に会ったのよ」

「サカエさん?」

「そう、サカエ自動車さん」

知らないの？　みたいな顔をされても困る。島本は知らない。

「それは、販売店か何かですか」

「やだ、修理工場よ。で、そのサカエさんの若い子が、夜道でよ、わりと太った中年男に、ちょっと待ってよッ、みたいに声かけてたのよ。なんか、珍しく怒ったような声で。あたしもさ、取り込み中なら悪いかな、とも思ったんだけど、でもさ、あたしだって、改めて電話するの面倒じゃない。忘れちゃうかもしれないし。だから、その場で声かけたのよ。エアコンを修理してほしいんだけど、車引き取りにきてくれないか、って」

状況はともかく、肝心なところが今一つ分からない。

「すみません、つまり、今のお話ですと、そのサカエ自動車さんの若い従業員の方が夜道で、待ってくれと声をかけていた相手が、このチラシの男性、ということですか」

「うんうん、そういうこと」

「その、従業員の方のお名前は」

「名前は分かんないけど、でもいつも修理してくれる子よ。ひょろひょろっとした、ちょっと目の細い、でも優しそうな子よ」

「何歳くらいですか」

「二十代……うん、三十過ぎてる感じじゃないね」

これだけでは、信憑性の有無はなんともいえない。

「もう少し、確認させてください。もうかれこれ、ふた月も前の出来事になりますが、奥さまはなぜ、その若者と中年男のやり取りを覚えていらしたんですが」

彼女は、どんと厚みのある胸を張ってみせた。

「あたしはこれでも、保険の外交員を三十年やってるんだよ。人の顔を記憶するのは職業病みたいなもんだから。といっても、一瞬だったからね、断言はできないよ。でも確か、こういう感じの男だったよ。疑うなら、サカエさんにいって訊いてみりゃいいじゃない」

ぜひとも、そうさせてもらおう。


情報を提供してくれた彼女は「金子徹子《かねこてつこ》」と名乗り、「見かけによらず硬そうな名前だろ」と冗談まで付け加えた。六十五歳で、自宅は木曽西四丁目だという。

そこまでの情報をまとめてから、近くにいた九条に相談した。

「どうしましょう。とりあえず、報告しますか」

あるいは、報告は後回しにしてサカエ自動車に直に向かうか。

時計を見ると午後四時半。特捜に報告すれば、別の組が聴取に充てられる可能性が高い。そこから首尾よく梅木ヨシオを確保するに至ったとしても、サカエ自動車にまったく足を運ばなければ、島本たちの事件解決に対する貢献度はかなり低めに算定されることになる。

九条は、唇をひと舐めしてから答えた。

「……でも、報告しないでこの場を離れるのは、さすがにマズいですからね。一応連絡は入れるとして、でも我々がいけるように、係長にかけ合ってみましょう」

「じゃあ、金子さんは、とりあえず」

「ええ。連絡先を伺ったら、お帰りいただいていいと思います」

島本は丁重に礼をいい、また協力してもらうかもしれないと付け加え、金子徹子を帰した。

その間に九条が係長に交渉し、どうやら予想外に色よい返事をもらったようだった。

「島本さん、じゃあ早速、そのサカエ自動車にいってみましょう」

「ほんとですか、よかった」

残りのチラシを正面出入り口担当の組に委ね、島本たちは「ライフ・オン」前からタクシーに乗った。携帯で調べたところ、「有限会社サカエ自動車」はここから北西に四キロほどいった町田街道沿い、町田市常盤町にあるようだった。

後部座席、奥に座った九条が内緒話のように顔を寄せてくる。

「島本さん。今日のところは、チラシは出さないで、何か、別の形を装って入りましょう」

「分かりました」

現状、金子のいう「サカエさんの若い子」がヨシオらしき男とどのような関係にあるのかは分からない。ひょっとしたら犯行の協力者で、警察がきたとなったらヨシオに連絡をとり、逃げるよう指示するかもしれない。

「でも、具体的には、どのように」

九条も小さく首を傾げる。

「そうですね……ああ、金子さんの車の修理状況について、というのでどうでしょう。軽く当て逃げの人身事故を疑っている、といった体で」

「了解です」

サカエ自動車までは十分とかからなかった。

工場の真向かいでタクシーを降り、まず敷地全体を見渡した。社屋ビルは三階建てで、一階正面の間口が広く開いている。左隣は屋外駐車場になっており、塗装途中の乗用車や、バンパーのはずれたワゴン車などが所狭しと詰め込まれている。

町田街道を渡り、九条を先頭に工場に向かった。

「ごめんください」

まず「はい」とこちらに気づいたのは、入ってすぐのところにいた若そうな従業員だった。水色のツナギを着て乗用車の右横にしゃがみ、手には金槌のような工具を握っている。

体格は、わりとガッチリして見える。少なくとも金子のいう「ひょろひょろ」という表現にはそぐわない。

「失礼いたします。警視庁の者ですが」

二人同時に警察手帳を提示したが、彼の顔色に特段の変化はなかった。この、表情の変化を見分けるのが警察官には何より重要で、だからこそ新米の警察官は闇雲でも当てずっぽうでも、とにかく職務質問を数多くこなすことを求められる。それによって後ろめたいことがある人間と、そうではない人間の違いを学ぶのだ。

その例に照らしてみると、この男は「シロ」ということになる。少なくとも島本の経験則では。

男は工具を置いて立ち上がった。やはり「ひょろひょろ」という体格ではない。

「はい……何か」

今一度、九条が頭を下げる。

「こちらの工場で、金子徹子さんという方のお車を、修理したことはございますでしょうか」

男は一瞬だけ、両目を宙に泳がせた。

「金子さん……ああ、はい、金子さん。ありますよ、何度も」

「その、修理というのは、担当する方が決まっているものなのでしょうか」

「いえ、特には決まってないですけどね。そのときどきで、空いてる者が担当する感じです」

「では、一番最近、修理を担当されたのはどなたでしょう」

「一番最近、ですか。ちょっと待ってください。……社長ォ」

男は声をかけたが、一回では反応がなかった。だが二度、三度と大声で呼ぶと、オウッ、と威勢のいい返事が返ってきた。

まもなく、作業場の奥にある華奢《きやしや》な鉄骨階段から別の男が下りてきた。歳の頃は五十代といったところか。痩せ型ではあるが、半袖のツナギから出た褐色の腕は、馬の前脚を思わせる引き締まった筋肉に覆われている。

すぐさま、若い彼が社長に説明してくれた。

「こちら、警察の方。なんか、金子さんの車のことで」

「金子さん？　金子さんって……」

「ほら、木曽の。いつも、代車はタダでしょ、っていうオバさんですよ」

「ああ、あの金子さんか」

ようやく社長がこっちに目を向ける。

「……その金子さんが、何か」

「ええ。一番最近修理されたのは、いつ頃でしたでしょうか」

「最近、最近は……ああ、先月だったか、エアコンの修理を頼まれたのが、あったんじゃなかったかな」

「それの、ご担当の方は」

「担当は……お前だろ」

いわれた若い男が、違う違うと扇ぐように手を振る。

「俺じゃないっすよ」

「ああ、分かった。シンゴだ」

するとさきほどの彼と同様、社長が奥に向かって怒鳴る。

「オオォーイッ、シンゴォォーッ」

いや、社長の方が数倍ドスが利いていた。

すぐに「はぁーい」と返事があり、何か調べものでもしていたのか、ファイルを持ったままの男が奥から出てきた。

二人と同じ水色のツナギ。歳は、若い。「ひょろひょろ」といわれれば、そんなふうにも見える。目も、細い。だが鋭いというのとは少し違う。むしろ人懐っこい感じに見える。

「こちら、警察の方。金子さんの軽のエアコンの修理、担当したのお前だったよな」

にわかに訪れた、勝負の瞬間——。社長が「警察」といったときの男の表情、その変化を、島本は見逃さなかった。おそらく九条も見たはずである。

一瞬、両眉が無防備に浮き上がり、だが次の瞬間、それを打ち消そうとするように元の位置に引き戻す。しかし人間の表情とは、そこまで精密にミリ単位の制御ができるものではない。眉を戻すのに力が入り過ぎ、逆にひそめたような、怪訝そうな表情になってしまっている。

この男は、何か知っている。少なくとも、警察には知られたくない何かを、抱えている。

そう、島本は読んだ。

19

いま振り返れば、自分は当時、明らかに取り憑《つ》かれていたのだと分かる。

三郎という男の影に。あの男の放つ、負の引力に。

「ごーちゃん、どこいくの」

「んん……ちょっと、歩いてくる」

夕食を終え、それまでならなんとなくテレビでも観て、眠くなる前に風呂に入って、聖子と二人でベッドに入る。そんな至福の時間を、辰吾は当てもない捜索に割くようになっていた。

「またぁ？　ちょっとってどんくらいよ」

「一時間くらい、かな」

いつものスニーカーをつっかけ、急いで玄関を出る。夜八時頃に出る日もあれば、十時、十一時という日もあった。ただ一時間で戻るのは稀で、たいていは一時間半から二時間くらいになった。

まず向かうのは例のマンション、サンコート町田だった。直接向かえば歩いて六、七分の距離だ。

外観は赤茶色をしたレンガ調。明るいうちに見る分には、どうということはない。ただ夜になると、違った。建物は周囲の闇を味方につけ、ひどく禍々しい、毒々しい黒の塊に変貌した。濃い赤が、やがて黒に――あの、血のしょう油入れを連想せずにはいられなかった。

夜だから、窓にはそれなりに明かりがある。二階と三階は明るい部屋が多い。反して一階と四階は暗い方が多い。時間帯によっては、ほぼ全戸に点いていることもあるが、四階の一番手前、あのスーパー「ライフ・オン」から見える部屋の窓だけは、明るくなっているのを見たことがない。こっちから見ると建物の頭に当たる部分。そこだけが、いつも暗い。

黒い頭巾をかぶった、巨大な化け物――。

どこかしら、あの黒いナイロンバッグにも通ずるものがある。

マンション前にどれくらいいるかは決めていなかった。五分のときもあれば、三十分のときもあった。書類鞄を持ったスーツ姿の男や、パンパンに膨らんだスポーツバッグを担いだ高校生、OL風の女性が入っていくのは見たことがあった。だが辰吾が見ている間に出かけていく住人は、まずいなかった。

特にきっかけもなくマンション前を離れ、次の場所を目指す。三郎が女を尾けて入ったあの公園のときもあれば、別の公園を見にいくこともあった。「ライフ・オン」にいくこともあったし、住宅街をぐるぐる歩き回ることもあった。知り合いと鉢合わせしたことは一度もなかった。そう考えるとあの夜、金子夫人に声をかけられたのはかなりの偶然というか、不運だったことになる。そもそもこの街に、辰吾の顔見知りなど数えるほどしかいない。

あの夜以来、三郎の姿は見ていない。聖子に訊いても、ここ数日は帰ってきていないようだという。だがそれより問題なのは、血のしょう油入れだった。あれが、なくなっていた。聖子がいないときにバッグの中身を全部出して調べたので間違いない。封筒ごと消えていた。いつ持ち出したのかは分からない。ひょっとしたら最後に会った夜だったのかもしれないし、その後、密かにとりにきたのかもしれないが、とにかくなくなっていた。

三郎は、あれを持って消えた。

姿を見ないのはいい。何か真っ当な仕事でも見つけたのなら、そのまま消えてくれて一向にかまわない。だがそうではないのだとしたら、辰吾たち以外に寄生する相手を定め、しかもそれが、あの血のしょう油入れと関係しているのだとしたら、大いに問題ありだ。でもそれは社会正義だとか、倫理の問題ではない。聖子だ。仮にも聖子の親なのだから、聖子に迷惑がかかるような真似だけはしてほしくない。ただそれだけだった。その想いだけで辰吾は、夜の街を歩き続けた。

むろん、なんの手掛かりもなく三郎を発見することなど簡単にはできない。ただ一、二時間、歩き回って帰ってくるだけだ。

そしてアパートに戻れば、機嫌を損ねた聖子と顔を合わせることになる。

「ちょっとぉ。全然一時間じゃないじゃんよォ」

その夜も、気づけば二時間ほど経っていた。

「ごめん……なんか、変なとこまでいっちゃって」

「変なとこってどこよ」

「なんか、あっち……あの、川の方」

「境川？　全然変じゃないじゃん。普通じゃん」

「ああ、まあ、ね……普通か」

ははは、と笑いを添えてみても、聖子の目は尖ったままだ。

「なんか怪しい。ごーちゃん、なんかあたしに隠し事してるでしょう」

「してないよ。なんだよ、隠し事って。浮気とか、そういうこと疑ってんのかよ」

「んーん、それはない。あたし、鼻いいから分かるもん」

そういって、聖子が鼻を近づけてくる。くんくんと、辰吾の胸から脇、肩、首の辺りを嗅ぎ回る。

「セックスしたときのごーちゃん、もっとエッチなニオイするもん。今のごーちゃん……普通に汗臭い」

そんなふうに漠然と疑われ、ないないと誤魔化せているうちはまだよかった。だが夜歩きが長引き、しかもその回数がかさむと、さすがに聖子の機嫌も取り返しがつかないほど悪くなっていった。

「ちょっと、ほんとにどこいってんのよッ」

「ただの散歩だって……そう、いってんじゃん」

「明日はあたしも一緒にいくからねッ」

「分かった分かった」

さらに聖子が風呂に入っている隙、洗い物で手が離せないときを狙って出かけたりすると、帰ってきたときはもう修羅場だ。

「んもう、ほんといい加減にしてよッ。どうして勝手にいなくなっちゃうのよッ」

「ごめんごめん、ちょっと、コンビニいこうと思っただけなんだ」

「コンビニだったらそういえばいいでしょッ」

「そうだね。ワリいワリい」

「やだ……あたし、もうやだよ……」

聖子に泣かれると、そのときだけは、もうこんな不毛なことはやめようかと思う。だが一日経つと、夜の闇が迫ってくると、どうにも不安で仕方がなくなる。三郎が黒い魔物に化け、この街の暗がりのどこかに身をひそめ、これと定めた獲物を物陰に引きずり込み、その血をすする。そんな妄想が頭をもたげてくる。しかし、その妄想の根拠を聖子に示すことはできない。血のしょう油入れはすでにない。女を尾けていたことも、女性用便所に入っていったことも、確固たる理由にはなり得ない。

ただ思うのだ。あの男はまともじゃない。聖子が辰吾の隠し事を疑うのが女の勘だとしたら、辰吾が三郎を疑うのは男の勘だ。

三郎は、絶対に何かやっている。


自分でも変だとは思うが、聖子がバイトで遅くなる日は少し気が楽だった。聖子に嫌な思いをさせずに三郎捜しに出られる。そもそも三郎捜しをするのは聖子のためなのだが、その辺を突き詰めると悲しくなるので考えないようにした。

サンコート町田から、周辺の公園へ。さらに住宅街を回り、ある程度巡回したら、またサンコート町田へ。ふと、夜の街を徘徊する自分自身が魔物であるかのような、そんな錯覚を覚えた。魔物を狩るために、自らが魔物になる。そんなことも、あるのかもしれない。

八時、九時という帰宅時間を過ぎると、通りに人の数はめっきり少なくなる。十時にもなるとたまに自転車とすれ違うくらいで、裏通りに入るとぱったりと人通りはなくなる。街灯もまばらな川沿いの道ともなればなおさらだ。

一方で、むしろ三郎ならこういう場所を好むのではないかという勘も働いた。すでに、三郎は暗がりにひそんで女を襲おうとしていると決めつけているところがあり、それも根拠のない妄想といえばそうなのだが、疑い始めるとそこから抜け出すのは容易ではなかった。

車道より一・五メートルくらい低い位置にある、川沿いの歩道。ガードレールがあるので、そう簡単にこっちに自動車が落ちてくることはないはずだが、目線に近い高さをタイヤが通過していくのを見るのは、あまり気分のいいものではない。自分が地面を這う虫か、野良猫にでもなったような気分になる。車に轢かれる瞬間までリアルに想像してしまう。

左手を流れる境川とは背の高いフェンスで仕切られている。二メートルくらいはあるだろうか。なので、いくら川岸が身をひそめるのに恰好の暗がりであっても、一瞬にしてそれを跳び越えてくることは考えられない。そこに三郎の姿を重ねてみても、ガシャガシャと不恰好によじ登ってくる様しか想像できない。それ以前に、川面は三、四メートルも下方にある。人が立てる地面そのものが、フェンス際にはない。

こんなとこに、いるわけないか――。

一回の捜索のうちに何度となく訪れる馬鹿馬鹿しさをやり過ごし、視線を前方に向けた、そんなときだった。

誰かいる――。

向こう岸にある、人工的に設けられた、小さな船着場のような場所。そういえば、あそこには前に一度いったことがある。公園というほどではないが小さな緑地があり、そこから丸太の手摺付き階段を下りていくと、船着場のようなコンクリート敷きの陸地に出られる。川に面した個所にはさらに五つ六つ段があり、そこから直接、川に入れるようになっている。子供に水遊びなんかをさせるのにちょうどいい造りだった。

その水際の段差に、人がいる。緑地の外灯に照らされて、白い上半身がぼんやりと浮かび上がって見えている。

どう見ても三郎ではない。というか女だ。それはひと目で分かった。ただ、誰かに似ていた。あまりよくは知らないけれど、でも見たことのある女。強く印象に残っている、赤の他人——。

まもなく思い当たった。あの女ではないか。サンコート町田から出てきて、公園の女性用便所に入っていった女。三郎が尾けていた、ひどく痩せこけた女。そういえば今日も髪を後ろで結って、ポニーテイルにしている。

思わず左右を見回した。近くに橋はない。すぐには向こう側に渡れない。女は、下から二段目辺りに腰掛けてじっとしている。いや、何かしている。手に持った何かを、川面に向けて——ビンか。ペットボトルとか、そういうものの中身を川に流しているのか。そういえば、あの夜も女は何か持っていた。その後に、公園の便所に入り——ひょっとして、あそこでも同じことをしていたのか。女性用の便所に、ペットボトルに詰めてきた何かを捨てていたのか。

フェンス際に植えられた木の陰に身を隠し、辰吾は女の様子を窺った。やはり何かの液体を川に捨てている。両手に持ったボトルが空になったら、また二本取り出してフタを開け、逆さまにしてジョボジョボと川に流す。だがその二本が最後だったようだ。女は軽くボトルを振って水気を切り、それを傍らに置いていたレジ袋か何かに戻すと、両手で膝を押すようにして立ち上がった。

マズい。このままでは見失う。でも向こう側にはいかれない。フェンスを越え、歩いて川を渡るか。いや、それはいくらなんでも危険過ぎる。女は川に背を向け、上の緑地に戻る階段へと歩いていく。すたすた、というよりは、とぼとぼ。階段にたどり着くと、丸太の手摺に摑まりながら上っていく。少し疲れているのだろうか、ゆっくりと、一段一段。

そのまま川から離れる方向に歩き出されたら、どう考えても追うのは不可能だった。しかし幸か不幸か、女が選んだのは川沿いの歩道だった。辰吾がいるこっち側とほぼ同じ造りの道を、左に境川、右に二階家の並ぶ住宅街を見ながら、一丁目の方に歩いていく。方角でいったらほぼ南。女がその先にある橋を渡り、なお真っ直ぐ進めば木曽西五丁目、サンコート町田方面に戻ることになる。だとしたら尾行は決して難しくない。

案の定、そのようだった。

女は南に進んで最初の橋をこっち側に渡り、そのまま真っ直ぐ歩き続けた。辰吾は橋の手前で少し待ち、女をやり過ごしてからその後ろについた。身長は百六十センチ台半ばだろうか。白いシャツに黒っぽいロングスカートという出で立ち。体型はやはり、やや病的といえるほど痩せている。この前は気づかなかったが、少し脚が悪いのか、左右の歩幅にバラつきがあった。右か。重心が右側にある時間が極端に短くて、左側がその分長い。ただ、そうやって歩くのにも慣れている感じはあった。決して速くはないが、歩調は一定している。ある意味、安定した歩きだ。

片側一車線、対向二車線の道路。それに沿った歩道を女は進む。一転してこの辺りは住宅が少ない。中学校がある他は、会社の倉庫や配送所のような建物が多い。たまに大きな空き地があり、車道も広いため景色は開けているが、どこもかしこも暗いことに変わりはない。夜、女が一人歩きをするような環境では決してない。それも片脚が不自由な、見るからにひ弱そうな女性が。

女は「忠生公園入口」という交差点を右に曲がり、町田街道を南下し始めた。もう間違いないだろう。女はサンコート町田に戻ろうとしているのだ。

町田街道はファミレスやチェーンのラーメン店、ハンバーガーショップなどがあるため、さっきの道よりはかなり雰囲気が明るい。サンコート町田に戻るなら次の、潰れた洋菓子店の角を左に曲がるはず――予想通りだった。女は片脚を引きずりながら左へと曲がっていった。右側が雑木林になっている寂しい道だ。

これまで女が振り返ることはなかったが、それでも辰吾はいつでも身を隠せるよう、物陰から物陰へと渡りながら尾行した。

女は住宅街に入ると、疲れが出てきたのか、二度も脚をもつれさせた。転びこそしなかったが、電柱に手をついて、少し右脚を気にするような素振りも見せた。

ようやくサンコート町田に着いた。

女はレジ袋を下げたまま玄関を入っていく。見上げると、三階の一ヶ所に明かりがあるだけで、その他はすべて消灯していた。

辰吾は迷った。このまま下から見ていて、直後に明かりの点く窓を確認しようか。それとも女を尾けていって、どの部屋に入るかを直接確かめようか。なんにせよ、エレベーターに乗ってどの階で降りるかくらいは見ておいた方がいいだろう。そう思い、マンションの玄関に向かった。だが、いざ中に入ってみると、意外なことにサンコート町田にはエレベーターがないことが分かった。女は右手、集合郵便受の向こうにある階段を上り始めていた。白い手が、コンクリート壁と一体になった手摺の上を、ぺたん、ぺたん、と移動していく。

意を決し、少し間を置いてから辰吾も上り始めた。靴はスニーカーなので、足音を殺すのは難しくなかった。むしろ、早く上り過ぎて女に追いつかないようにする方がまどろっこしかった。女は相当疲れているようだった。階段の途中で何度となく足を止める。息が上がっているのとは違うようだった。聞こえてくるのは、何か衣擦れのような音だ。痛む脚をさすっているのかもしれない。

女は三階も通過し、なんと四階まで上りきった。ぺたん、ぺたんと壁を触りながら、履物を床にこすりつけながら、女の影が四階の内廊下に消えていく。

辰吾も階段を上りきり、内廊下に顔を出した。つるつるとしたPタイルのような床、青白い蛍光灯の明かり、間遠に並んだ三つのドア。女は二番目のドア前を通過し、一番奥のそれへと向かっていく。向きからすると、あそこだ。一度も明かりが点かない、「ライフ・オン」から窓が見える、あの部屋だ。

ここまできて、また辰吾は迷った。三郎に尾けられていた女が、サンコート町田の住人であろうことは確認できた。部屋番号は、一番手前が四〇一号なのだから、奥のあそこは四〇三号ということになる。だがそこに三郎がいるかどうかは分からない。仮にいるとして、しかしなんといって呼び出せばいいのか。その方法も思いつかない。

だが、予想外のことが目の前で起こった。

女が、転んだのだ。

痩せた体がぐらりと傾ぎ、そのまま廊下の床に倒れ込む。本人も、あっと思っただろう。床に手をつこうとしたが、手にはレジ袋を握っている。床に思いきり、その袋を叩き付けるような恰好になった。

ガンガラッ――。

軽くて硬い、それでいて空虚な音が内廊下に響き渡った。取り落とした袋の中身がバラけ、その一本がカラカラと辰吾のいる方に転がってきた。白いフタの、よくある細長いタイプの、おそらく五百ミリリットルのペットボトルだ。ラベルは剝がしてあり、中がよく見えるようになっている。ただ、なぜだろう、完全には透き通っていない。落としたときは空っぽの音がしたのに、実物はやけに濁って見える。

拾おうか、どうしようか。迷っているうちに、廊下の先で物音がした。

コチン、とロックがはずれ、ドアノブが回り、蝶番を軋ませながら鉄の扉が開き始めた。その隙間から、のっそりと誰かが顔を覗かせた。

あっ――。

そう思ったが、不思議と声に出すことはなかった。ただ辰吾は、あえて身を隠すこともしなかった。むしろ一歩前に踏み出し、四〇三号に正面を切って姿を晒した。四〇三号から顔を覗かせた男は、床に倒れた女を見て、声をかけようとしたのか手を伸べようとしたのか、ドアから半分体を出した。だがそこで、廊下の先にいる辰吾に気づいたようだった。

ゆっくりと顔を上げる。どこを見ているのかも分からない細い目、口の周りには無精ヒゲ、ずんぐりとした体型。見間違いでもなんでもない。四〇三号から出てきたのは、まさしく三郎、本人だった。

辰吾は足元に落ちているペットボトルを拾った。中身がなんだったのかは分からないが、わりとドロドロした液体が入っていたのは間違いなさそうだ。色は灰色、いや、薄茶色か。スープかシチューのようなものを入れ、空っぽにしたらこんな汚れ具合になるのではないか。

そのペットボトルを持って、廊下を進む。

「……三郎さん」

三郎も、逃げはしなかった。女に手を貸し、立ち上がる手助けをする。女も辰吾に気づき、ちらちらと三郎の顔と見比べている。片手を三郎に預け、片手を壁について、なんとか立ち上がる。

女と並ぶと、三郎が余計にずんぐりとして見えた。直立したまま、こくんと一つ頭を下げる。

辰吾は、拾ったペットボトルを三郎に差し出した。

「落としましたよ」

「……どうも」

受け取る三郎。その手には、外科医が手術で使うような、薄手のゴム手袋がはめられている。何かしていたのか。何をしていたのか。

だが、それよりも気になることがあった。

何か臭う。異臭がする。

生臭さと、饐《す》えたような臭いと、鼻を衝くような刺激臭。それに少し、煮物のような甘辛い匂いも混じっている。

なんだ、このニオイは。

三郎が女に耳打ちする。

「先に、入っていなさい」

「……はい」

女は頷いてみせ、辰吾にも会釈をして、玄関に入っていった。

三郎が静かにドアを閉め、その前に立ち塞がる。

しばしの沈黙。どんなに待っても、三郎から何か釈明が聞ける気はしなかった。

辰吾は、真っ直ぐ三郎の目を見た。

「……三郎さん。前に俺、三郎さんがマンションに入っていくのを見たといったら、あなた、それは人違いだといいましたよね」

三郎は頷きも、かぶりを振りもしない。

「でも、いるじゃないですか。きっちり入り込んでんじゃないっすか。なんでそんな、下手な嘘つくんですか。……それだけじゃない。ほんと偶然なんですけど、俺、今の人が、川に何か流してるの見ちゃったんですよ。そのペットボトルの中身を、ドボドボドボッて、捨ててるのを」

辰吾が拾ったボトルは、まだ三郎の手にある。

「ひょっとして、あの晩もそうだったんじゃないんですか。あの人、何か持って公園のトイレにいきましたよね。あそこでも、同じようにペットボトルの中身を捨ててたんじゃないんですか」

依然、三郎は無反応のままだ。

「……ねえ、三郎さん。あなた一体、何をやってるんですか。娘のアパートに転がり込んできたと思ったら、近所に女作って、今度はそっちに居候ですか。それならね、それでもいいですよ。でもあそこは、俺の家でもあるんですからね。俺にだって、説明を受ける権利はありますからね。それと……」

　辰吾は、三郎の持つペットボトルを目で示した。

「それの中身が何かは知りませんけど、他にもありますよね、謎の液体が。……三郎さん、うちに置いてる荷物の中に、封筒隠してましたよね。あん中に、弁当に付いてるようなしょう油入れがあって、そん中に、妙な液体、入れてましたよね。今はもう、ないようですけど……あれ、なんだったんですか」

　さすがの三郎も怒るだろうと思っていた。少なくとも顔色を変えるくらいの反応はあると思っていた。だが、なかった。三郎は伏し目がち、辰吾の胸辺りに視線を据えたまま無表情、無言を貫いている。

　馬鹿にしてんのか、この野郎――。

　ふいにメラリと、辰吾の神経が怒りに捲れ上がった。

「おいよォ、黙ってりゃ、そのうち俺が諦めてスッ込むとでも思ってんのかよッ」

　アイロンのかかっていない、だいぶヨレたストライプのシャツの胸座《むなぐら》を摑む。

「アアッ？　あんたがいえねえんなら俺がいってやろうか。血だろうがよッ。あんたは、いくつもちっちゃなボトルに人間の血を詰めて、溜め込んで……」

だが、最後まで言い切ることはできなかった。

「……んなっ」

いきなり三郎が、正面から辰吾の首に腕を回し、巻き込むように、辰吾の体ごと絡め取ったのだ。

何すんだ——。

そんな台詞も声にはならなかった。口は三郎の肩口に押し付けられ、完全に塞がれていた。むろん、両手は空いているから殴ることはできたと思う。でも、できなかった。呆気にとられていたのかもしれないし、そこまでの覚悟がなかったのかもしれないし、三郎の腕力が予想外に強かったというのもあったかもしれない。

ただ、ドアが開くのは見えた。三郎が開けたのか、中の女が開けたのかは分からなかった。すぐさま辰吾はその中に引っ張り込まれた。というより、巻き込まれた。呑み込まれた。

玄関は暗かった。でも廊下の先、リビングのようなスペースには明かりがあった。実際の四〇三号には、ちゃんと明かりが点いていた。

しかし、そのリビングもなんだか変だった。明るさ自体に、妙な違和感がある。そう、色だ。床が、真っ青なのだ。おそらくブルーシート。建築現場や花見のときに利用する、あの防水ビニールシートが床に敷かれているのだ。

そこに、誰か現われた。あの痩せた女とは、また違う誰かだ。

まるっきり、状況が読めなかった。

頭には白っぽいシャワーキャップ、水中眼鏡に、口元をすっぽりと覆う大判のマスク。上半身と下半身は半透明のレインスーツ。さらに、室内なのに長靴。両手にはゴム手袋のようなものをはめている。まるで映画に出てくる、化学防護服に身を包んだ救助隊員のようだった。

しかし異様なのは、その出で立ちだけではなかった。

その防護服もどきは、何かに濡れそぼっていた。それが水によるものでないことは、手と足を見れば明らかだった。おそらく元は白かったのであろうゴム手袋と、長靴。それが斑ではあるが、鮮やかな真紅に、染まっているのだ。

血――。

その、血塗れの防護服に身を包んだ誰かが、ひと声発した。

「……タオルを、貸してください。眼鏡、拭きたいんで」

信じられないほど澄んだ、高い、細い声だった。

子供？　女の子？

20

「木曽西五丁目マンション内　親子殺傷事件特別捜査本部」は七月三十一日午後一時、原田幸枝を死体損壊・遺棄の容疑で再逮捕した。これによって幸枝は、香田麻耶に対する暴行・傷害から、本格的に香田靖之の遺体をどのように処理したのかという調べを受けることになるが、それはあくまでも表向きの話である。

木和田が行う取調べ自体はこれまでと大きくは変わらない。強いて変わった点を挙げるとすれば、香田靖之の遺体に関する追及が正面からできるようになることくらい。それ以外の話を聞く場合は、幸枝が自発的に喋るよう誘導しなければならないのも、被疑事実以外の話は「供述調書」ではなく「上申書」という形で書面化しなければならないのもこれまでと同じだ。

とはいえ、木和田もただ漫然と幸枝の話を聞いているばかりではない。喫緊の課題はやはり、サンコート町田四〇三号室内で日々何が起こっていたのか、主犯格である梅木ヨシオは今どこにいるのか、この二点を明らかにすることだ。それに関する質問は、被疑事実がどうあれ、しなければならない。

特に梅木ヨシオの行方については、日に何度となく尋ねる。

「何か、ヨシオに関して思い出したことはないかい」

これまで、サンコート町田の近くにあるスーパーマーケット「ライフ・オン」に関する情報は、幸枝から引き出せていない。そればかりか、ヨシオに関する質問に対し幸枝は、このところ首を傾げるだけでまともな供述をしない。

「たとえば……ビール以外の酒は、何が好きだったとか。日本酒とか焼酎とか、そういうのの銘柄だとか」

地酒などの銘柄から、出身地が割れる可能性もないではない。

「お酒、ですか……いえ、普通に、スーパーで売っているようなのを、飲んでいました。特に何が好き、というのは、なかったと思います」

「じゃあ、食べ物は？　ワンタンスープが好物だというのは聞いたけど、その他にはなかったかな」

しかもヨシオが好んだのは、カップラーメンのようにお湯を注いで戻すタイプの、全国で流通しているありふれた銘柄だ。それではなんの特定材料にもならない。

「食べ物……ああ、一度だけヨシオさんが、パイナップルが食べたいと言い出して、父が、真夜中に買いにいかされたことがありました。缶詰の、シロップに浸けてある、あれです」

今度は缶詰、か。

もうちょっとマシな食の趣味はないのか。

＊

お尻に、コテをやられてから、父は極端に脚が不自由になりました。筋肉とか、腱みたいなものを、傷つけてしまったのだと思います。金策は疎か、ちょっとしたお使いにも、いかれなくなりました。浴室に閉じ込められても、立っていることもできませんでした。それから、便、です……ペットボトルにすることも、もちろんトイレにも間に合わなくなりました。特にトイレは、入るのに許可が要りましたし、南京錠も掛かっているので、頼んだからといってすぐに入れてもらえるわけではありません。なので何度も、浴槽で、そのまましてしまって……当然、怒られます。浴槽は、普通に入浴にも使いますから、ヨシオさんの怒りは相当なものでした。お前が便所にした場所に、俺に入れっていうのか、と。……そのときは、通電、だったと思います。コテは、さすがにヨシオさんもやり過ぎたと思ったのではないでしょうか。

それからは、オムツを穿かせるようになりました。香田さんのときで、ヨシオさんも懲りたのだと思います。自分ではやらないにせよ、麻耶ちゃんなり私なりに、毎回掃除させなければならないので。そのたびにお風呂が使えなくなるので……ヨシオさんは綺麗好きですから、お風呂は絶対、毎日入る人なので。

オムツを替えるのは、私か母の仕事でした。姉はその頃、父に代わって金策に連れ出されることが多くなっていました。……銀行も、いったと思いますが、むしろ、サラ金とかではないでしょうか。限度額がどうとか、酒盛りのときに聞いたので。

することがなくなった父は、急激に衰弱していきました。おかしいな、と思ったのは、酒盛りのときです。直前の話題とは関係ない昔話を、急にするようになりました。碌に食べもせず、一所懸命、唾を飛ばして喋り続けました。ワカバヤシくん、そうじゃないよ、とか……それも、ヨシオさんに向かってです。ワカバヤシというのはたぶん、市議時代の知人だと思います。工事の発注がどうだとか、道幅がどうだとか、総合病院を誘致するとか……そういうときヨシオさんは、不思議と怒りませんでした。逆に調子を合わせて、話を膨らませて、もっともっと聞き出そうとしました。昔の関係者で、金蔓にできそうな人物の情報でも得るつもりだったのか、それとも、父がおかしくなっていく様が、単純に面白かったのか……そこは、分かりません。

父はベランダで息を引き取りました。お風呂の掃除をしているときに、居場所がなくて、じゃあベランダに出しておけとヨシオさんがいうので……ただ、大声を出されても困るので、口に雑巾を詰め込んで、猿轡《さるぐつわ》をして、両手両足を縛って、コンクリートのところに、転がしておきました。

ご覧になったと思いますが、あの部屋の窓には暗幕が張ってあったので、外の様子は基本的に分かりません。なので私たちも、雨が降り出していることにしばらく気づきませんでした。……そのとき父は、確かランニングシャツに、オムツという恰好だったと思います。しかも運悪く、父のお尻が、排水口を塞いでいて、私たちが気づいたときにはもう、ベランダに水溜まりができていました。父はそこに顔を浸けるようにして、窒息死していました。……溺死、ということでしょうか。オムツもパンパンに水を吸って、大きな枕みたいになっていました。

ヨシオさんにいわせれば、その責任は当然、私たちにあることになります。口の、雑巾の詰め方が悪かったとか、猿轡がきつ過ぎたんだとか、どうして排水口が塞がるような位置に座らせたんだとか、どうしてもっとこまめに様子を見てやらなかったんだとか、私たちが散々責められ……そのときは、通電とかのお仕置きはありませんでした。でも、考えろと。お前ら家族で考えろと、話し合いをさせられました。……はい、父の死体をどうするか、ということです。香田さんの死体について、私と麻耶ちゃんで話し合ったときと、基本的には同じです。ヨシオさんに迷惑がかからない方法で、処理しなければなりませんでした。

……私、だったと思います。解体して、細かくして、とにかく火を通して、最終的にはミキサーで、ドロドロにして流すんだと、母と姉に説明しました。……二人は、納得というのではありませんけど、最終的には、仕方ないだろうと……まあ、納得してました。ヨシオさんは、お前らがそう決めたんなら、仕方がない。道具を揃える金は貸してやると、またヨシオさんから借金をしました。……ノコギリとか、ミキサーとかの道具一式、全部です。前回の、香田さんのときに使った道具は、すでに処分してしまっていたので。……確かそれも、分解して、砕いたりして細かくして、少しずつ、ゴミに出したんだと思います。

作業をしたのは、麻耶ちゃんも入れた女四人です。でも四人いっぺんに浴室に入ったら、かえって作業しづらいので、台所の床とか、リビングの方までビニールを敷いて……そうです。青い、ビニールシートです。大きく切り分けるのは浴室でやって、あとの作業はキッチンやリビングでもやりました。

弘夢くんは、離れた部屋に閉じ込めてありました。ゲームか何かやらせてたんじゃないでしょうか。弘夢くんのことは、私には分かりません。麻耶ちゃんの方が詳しいと思います。

その、解体作業中から、母も様子が変になっていきました。お父さん、ごめんね、ごめんね、と謝りながら、首を切断したり、腕をもぎ取ったりしていたんですが……切り取った頭を抱えて、いい子ね、泣かないのね、とあやすように撫でたり……チンチンを、いつまでも手で弄っていたり。頭の皮を剝いで、頭蓋骨が出てきた辺りで、ケラケラ笑い始めて。お父さんが、禿げちゃった、禿げちゃった、と……私語は禁止なので、ヨシオさんに聞かれたら普通は通電なんですが、そのときも、お仕置きはなかったです。やっぱり、人の頭がおかしくなっていくのを見るのが、ヨシオさんは好きなんだと思います。

私と姉が、ヨシオさんに呼び出されて……春実は完全に気が狂《ふ》れてしまっている、もう限界だろう、という話をされました。確かに、おかしくなってからの母には手を焼きました。ヨシオさんの命令は聞かないし、通電や指潰しをすると、あとあとまでギャーギャー喚いてうるさいし。ドスンドスン床を踏み鳴らしたり、壁を叩いたりもするので、ヨシオさんは苛立っていました。

いま春実をなんとかしないと、そのうち警察が踏み込んできて大変なことになるぞ、香田を殺したことも、親父を死なせたことも、その死体を処理したことも、全部バレるぞ、それでもいいのか、と。よくないんだったら、何か方法を考えろと。

姉は、施設に入れてしまうというのはどうでしょう、と提案しました。でもそんなの、ヨシオさんが許すはずありません。もし正気に戻って、それまでにあったことを全部喋り始めたらどうするんだ、俺も困るけど、一番マズいのはお前たちなんだぞ、香田を殺し、父親を殺し、その死体をドロドロにして流して……ヨシオさんが喋る内容は、そのときどきで少しずつ変わっていくのですが、反論は絶対にできませんでした。こうだろう、こうだったろうと、繰り返しいわれていると、そうだったのかな、ああ、そうだったかもと、警察に話しても、ヨシオさんの言い分の方が通ってしまうんだろうなと、私自身、思いましたし……父を殺したのは、実際には私たちではないんですけど、でも、そうだったともいえるかな、と、いつのまにか思わされていました。

結論は、最初から一つしかないんですが、結局、それを誰が言い出すのかという問題でした。ヨシオさんからは、絶対に言い出さないので、私か、姉ということになります。麻耶ちゃんも途中から話し合いに加わりましたが、黙っていました。肉親ではないので、自分には関係ない、という考えだったのだと思います。

最終的には、姉と、目で頷き合って……姉が、ヨシオさんにいいました。母を、殺します、と……。

ヨシオさんは、パッと表情を明るくして、そうか、やるか、じゃあいつやる、どうやってやる、と、話を進めようとしました。血が出る方法は駄目だ、後処理が面倒だから、それ以外の方法を考えろといわれました。じゃあ通電で、と私がいうと、通電じゃ死なないだろうと否定されました。長く強めに、ともいいましたが、バタバタ痙攣《けいれん》してるのを見るのは、あんたたちもつらいだろうと……要するにヨシオさんは、絞め殺してほしかったわけで、徐々に私たちは、そっちに誘導されていって……はい、じゃあ、ロープを貸してください、と。そういうことに、なりました。いつやるかというのも、日が経てば決心は鈍るぞ、余計な情が湧くぞ、今よりもっとつらくなるぞ、といわれ……すぐにやりますと、いわされました。

リビングにビニールシートを敷いて、体を拭いてあげるからといって、仰向けにさせて、姉が素早く首にロープを掛けて……両側から、二人で引っ張りました。すぐに顔が真っ赤になって、グエッって、サツマイモみたいになった舌が突き出してきて、母はロープを解こうと、自分の喉を、血が出るまでかき毟りました。……足も、凄い勢いでバタバタさせるんで、ヨシオさんが麻耶ちゃんに、押さえてやれよと命じて……とても、長い時間に感じましたが、でも、実際は、ほんの数分だったのだと思います。

解体は、残った女三人でやりました。

私たちの中で、お金を作れるのはもう姉だけでした。でも、姉にももう、あまり当てはなかったと思います。友人も、もう借り尽くしていたと思います。酒盛りの時間になると、その話題ばかりでした。何かないのか、お前たちの作った借金だ、このままってわけにはいかないんだぞ、いくらあると思ってるんだ、どうするんだ、まさか踏み倒す気じゃないだろうな、と……三千万とか、それくらいだったと思います。

とにかくアイデアを出せと、出せなければ通電だと。むろん、デタラメをいったところでお金が作れなければ意味がないので、軽はずみな提案はできませんでした。なので、結局は通電されて……どんなに通電されても、ないものはないんですが、そんなことでヨシオさんが勘弁してくれるはずもなく、お前らで駄目なら弘夢だと、弘夢を連れてこいと、麻耶ちゃんに命じました。弘夢くんが通電を受けたのは、このときが初めてだったと思います。

スイッチは、栄子、お前がやれと……。

カチカチッと、極力短くやっても、ビリリッときますから、弘夢くんは火がついたように泣きます。痛いよ、痛いよ、ママ、やめてよ、と……でもヨシオさんは、お前がやらなくてどうするんだと。他の誰かにやらせるのか、アッコか、麻耶か。いや、やっぱりお前だろう。それが嫌なら金を作れ、と……。

姉は泣きながら、苦し紛れに、昔の会社の上司とか、塾の講師をしてた人の名前を挙げました。あと、同級生とか、従姉妹とか……実際にどうだったかは、私には分かりません。何しろ、買い物以外は、ほとんど外出させてもらえなかったので。

弘夢くんは、毎回泣いていましたが、それでも慣れますから、少しずつ泣き方は静かになっていきました。そうなれば、当然もっと長くやれと、ヨシオさんは命じます。一度、心臓が止まりかけたこともありました。私と麻耶ちゃんで、心臓マッサージみたいなことをしたら、数分でまた動き始めましたが……あのとき死なせてあげた方がよかったのかなと、あとから何度も思いました。

姉がお金を作れない、というのが、その頃の最大の問題点でした。お前が作れないなら作れる人間を連れてこい、お前らが作った借金なんだから、お前らが考えてなんとかしろと、毎日毎日、そうヨシオさんに責め立てられました。最終的には、こんなに何人も俺には養えないぞ、と……口減らし、とまでヨシオさんはいいませんでしたが、でも、そういう意味でした。

……弘夢くん、ということです。今週中に百万作れなかったら、そろそろ弘夢をどうにかしてもらわんとね、とヨシオさんはいいました。姉は泣いてすがって、弘夢だけは助けてやってくださいと、額を床に打ちつけるようにしてヨシオさんに頼んでいました。……そういうことをしても、あまり意味はありません。そんなことをしても、ヨシオさんを喜ばせるだけです。そんなに弘夢を助けたければ、自分で自分に通電をしろという、無茶なお仕置きを言い渡されました。それも、弘夢くんの前で、です。全裸になって……性器に電極をつけて、自分で、バリバリッと。弘夢くんが狂ったように泣いて、それを麻耶ちゃんが必死でなだめて、それを見たヨシオさんは、大笑いしていました。涙を流して、ヒーヒーいって、面白え、面白えと。弘夢くんは、僕がママの代わりになります、ともいっていました。……覚えていません。そうしたことも、あったのかもしれません。

姉は三回とか五回とかいわれていましたが、むろんそんなに何回も、自分で自分に通電できるはずもなく……ほとんど一回で、気力も体力も萎えていましたから。結局は、弘夢くんをどうにかしなければいけなくなるわけです。……方法は、母のときと一緒、というふうに決まりました。……私も手伝うと、約束させられました。

地獄だな、と思いました。

その日だけは、姉が弘夢くんを抱っこしてあげたり、そういう時間が少し、与えられました。姉は弘夢くんに、お祖父ちゃんとお祖母ちゃんのところにいこうね、と説明していました。姉はそれまで塾があったので、弘夢くんの世話をわりと両親に任せていたんだと思います。……はい。弘夢くんは、お祖父ちゃん、お祖母ちゃん子でした。二人のところにいくと聞いた弘夢くんは、ちょっと嬉しそうでした。ここじゃないところ？お祖父ちゃんたちがいるところ？と、繰り返し姉に訊いていました。あと、ママも一緒？と。

またリビングにビニールシートを敷いて、仰向けに寝かせて、ロープを首に掛けて、両側から、一気に……不思議と、弘夢くんは苦しみませんでした。眠るように、すっ、と……麻耶ちゃんが足を押さえることも、なかったです。

私には、なんとなく分かっていました。姉は、弘夢くんの解体をしているときから、心に決めていたんだと思います。もう、自分も死のうと……。ヨシオさんの命令とはいえ、我が子を自らの手に掛けたわけですから、姉は何もいいませんでしたが、相当自分を責めていたと思います。

ただ、もうあの段階までできたら、早く楽にしてあげてよかったんだと思います。姉の力で、どうにかできる状況でもありませんでしたし。弘夢くんを残して死ぬよりは、先に楽にしてあげてから、あとから自分がいくと。そういう順番で、正しかったと思います。ヨシオさんは……さあ、どうだったんでしょう。私には分かりません。確かに、弘夢くんを死なせてしまったのは、得策ではなかったと思います。少なくとも、ヨシオさんにとっては。姉が自ら死を選ぶことは、私ですら想像できたわけですから。ヨシオさんがそれを考えなかったとは思えません。そうしたら、ますます金策が難しくなるのは目に見えていたんですが……。

ひょっとしたら、ヨシオさんは、飽きてしまったのかもしれません。……なんと、いっていいのか……姉に、なのか、原田の家族に、なのか……でも、たぶん、そういうことなのだと思います。金策が難しくなってきたので、この一家はもういいや、という、諦めみたいな……そういう気持ちだったのでは、ないでしょうか。

刑事さんみたいな、頭のいい方は違うのかもしれませんが、私みたいな頭の悪い人間に、ヨシオさんをきちんと理解することはできないと思います。パターンは分かります。ヨシオさんなりの理屈とか、決まりみたいなものは分かるんです……分かるというか、知っている……そうですね、覚え込まされた、ということです。ただ、なぜそうなるのか、どうしてそういうことをするのかという理由は、結局、よく分かりませんでした。

姉は、リビングの隣の洋室の、クローゼットの中で、首を吊って死んでいました。その日穿いていたパンツを、クローゼットのポールに引っ掛けて、そこに首も通して、ということでした。……いえ、見つけたのは麻耶ちゃんです。ヨシオさんは、死体からいろいろ漏れていたので、早く片付けろと、それだけいって出ていきました。……もう悲しいとか、そういう感情も、湧いてきませんでした。なんか、肩の力が抜けたというか……安心といったら、変ですけれど、私が引きずり込んで、家族全員に、苦しい思いをさせてしまったわけですから、それがすべて終わって……ほっとしたのとは、違うと思いますが……でも、そうかもしれません。

解体は、麻耶ちゃんに手伝ってもらって、なんとかやり遂げました。作業中はなんとなく、次は私なんだろうなと、思っていました。……そうですね。運よくというか、どういうあれか、分かりませんけど、死なずに……。

あの部屋で起こったことは、これで全部です。少なくとも、私の知っていることは、すべてお話しいたしました。

＊

幸枝が時間を計っていたはずはないのだが、そこでちょうど時間切れになり、この日の取調べは終了せざるを得なくなった。

だが、これがすべてであろうはずがない。幸枝はまだヨシオについて、ほとんど明かしていないに等しい。

ヨシオはどこにいったのか。今どこで、何をしているのか。それらを明らかにしない限り、幸枝を起訴することなどできない。

絶対に、してはならない。

21

島本と九条の調べにより、ふた月ほど前、梅木ヨシオらしき男と夜の路上で接触していたと思われる青年は「有限会社サカエ自動車」の従業員、横内辰吾であることが分かった。

初回の面接ではあえて、金子徹子の軽自動車に接触事故を起こしたような痕跡はなかったか、という嘘の質問で様子を見た。それに対し横内は「特にありませんでした」と平板に答えただけだった。普段の横内がどういう青年なのかは分からない。だが表情に乏しく、感情を表に出そうとしない態度に、島本は少なからず違和感を覚えた。それは九条も同じだったと思う。

その質問と氏名の確認をし、九条は聴取を切り上げた。

「ありがとうございました。また何かお伺いすることもあるかと思いますが、その際はご協力をお願いいたします」

島本も隣で頭を下げ、共に工場を出た。

町田街道を左に進み、数十メートルいったところで九条が呟いた。

「……横内、何か知ってますね」

「ええ。その感触は、ありましたね」

横内に関しては、早速その夜の会議で報告した。特捜幹部もこれに興味を示し、早急に横内の身辺を洗うことになった。ただし、九条と島本は横内の行動確認。住民票や戸籍、税務関係の確認は別の組が行うことになった。

翌日。九条組は朝九時からサカエ自動車付近で張り込みを始めた。場所は町田街道をはさんで向かいにある住宅街。土地が高くなっており、こちらからだとサカエ自動車の作業場出入り口を見下ろす恰好になる。直線距離にして三十メートルほど。作業場奥で何をやっているかまでは分からないが、少なくとも横内の出入りは確認可能だった。九時の時点ですでに表のシャッターは開いており、従業員数名が忙しなく出入りをしていた。周囲にはいくらか店舗もあるので、十時を過ぎたらときどきそういう場所に入ってもいいだろう。

それくらいしないと、熱中症で死んでしまいそうだ。

横内を最初に確認したのは九時十五分頃。昨日と同じ水色のツナギを着た横内は、向かって左手の駐車場にある車数台を出し入れし、最終的にはメタリックブルーのスポーツカーを作業場出入り口付近に納めた。車体左側面にパテを塗った個所があり、そのペーパーがけをするようだった。その作業は三十分ほど続いた。

十時過ぎ。近くにちょうどいい木陰を見つけ、そこでコンビニで買ってきたアイスキャンディを齧っていたら、九条の携帯が鳴った。特捜からのようだった。

「……はい、ちょっと待ってください」

九条が島本に、ペンを持つ仕草をしてみせる。メモをとれということだ。

島本は鞄からメモ帳を出し、ペンを構えてから頷いた。九条が「お願いします」と電話の相手に告げる。

「……はい、宇都宮……二十九歳……木曽東四丁目、△の◎、ベルコーポ、二〇五号……」

おそらく横内の現住所だろう。

「はい……小さいのショウに、倉庫のクラ、聖徳太子のショウ、子供のコ、小倉聖子。……二十四歳。了解しました。失礼します」

携帯をポケットにしまいながら、九条が島本のメモ帳を覗き込む。

「……横内、その小倉って女と同居しているそうです。五歳差ですから、まあ、釣り合いのとれた感じですかね」

小倉聖子、二十四歳か。

「女の仕事とかは、まだ？」

「でしょうね。いま別班が、役所の税務課をついてる頃でしょう。ちなみに横内は犯歴なしです。出身は栃木県宇都宮市。昼頃には、女についてももう少し詳しく分かってくるでしょう」

その後も引き続き、横内の行確《こうかく》（行動確認）を行った。

仕事中の横内は、昨日の面接時とは別人のように快活な青年に見えた。十時半頃から仲間たちと休憩をとり、そのときは作業場前で缶飲料を飲みながら談笑する様子も見られた。一緒にいた三人のうち二人はタバコを吸っていたが、横内は吸わなかった。

休憩後はまた車を入れ替え、今度はシルバーのセダンの後部を修理し始めた。車体の頭がこちらに向いていたため、修理の内容までは分からなかった。

昼休みには仲間二人と近所の蕎麦屋に食事に出た。ついて入るわけにもいかないので、島本たちはまたコンビニでお握りを買い、それを食べながら出てくるのを待った。

食事を終えると、横内は仲間と別れて一人郵便局にいき、ATMで何かしてからサカエ自動車に戻った。奥に入っていき、以後は二十分ほど姿を見せなかったが、十三時を五分ほど過ぎた頃また出てきて、セダンの修理を再開した。

島本たちにとっては好都合なことだが、横内の仕事は主に、出入り口付近での板金作業のようだった。塗装はおそらく、作業場奥で別の者が担当するのだろう。横内がペーパーをかけていたメタリックブルーのスポーツカーは、午後二時頃になって奥の方に運び込まれた。

計五台の板金修理をし、今日の横内の仕事は終わりのようだった。

辺りも暗くなりかけた、十八時半。麻のシャツにハーフパンツという涼しげな私服に着替えた横内が作業場から出てきた。だが歩道までは出ず、左手の駐車場に向かうのを見て、島本たちは慌てた。

「あいつ、バス通勤じゃないのか」

「車……いや、自転車ですね」

事前に横内の自宅住所が割れていて、本当によかった。一日張り込んで、退社と同時に見失ったのでは目も当てられない。みっともなくて会議で報告もできない。

自転車に跨った横内は、スーッと町田街道を右に走り去った。

「島本さん」

「はい」

急いで町田街道を渡ってタクシーを拾った。横内の自転車はすでに見えないので、運転手には島本が控えた住所を告げて走らせた。下手をすると先回りすることになるかもしれないが、それならそれでかまわない。

タクシーは町田街道を真っ直ぐ、駅方面に走っていく。

島本は改めて自分のメモ帳を見た。

「木曽東四丁目、ってことは、西五丁目の、一つ向こうのブロックですよね」

「そうなりますね」

だとしたら、横内の自宅とサンコート町田はさして離れていないことになる。これが単なる偶然とは思えない。

実際、タクシーはサンコート町田の一本手前の道を通り、目的地へと向かった。周囲は二階家の多い住宅街だ。

スピードをゆるめ、運転手が辺りを見回す。

「……どの辺で、停めましょうか。さっきの住所ですと、この左側が、そうなんだと思いますが」

九条が身を乗り出して前方を指差す。

「そこの角、左に曲がったところで停めてください」

あえて目的のベルコーポより先まで走らせ、タクシーを降りた。料金は九条が払った。何回か信号に引っかかったので、おそらく横内の方が先に着いているものと思われる。

周囲に人影がないのを確かめながら、きた道を戻る。ベルコーポは二階建てのアパートだった。道に面して自転車置き場と集合郵便受があり、そこに庇を作るように二階への階段が掛かっている。外壁は一階部分を焦げ茶に、二階をベージュに塗り分けてある。いかにも二十代のカップルが好みそうな、洒落た外観だ。

一階の通路を見るとドアは五つ。一番手前が一〇一号室。郵便受は十戸分。必然的に、横内と小倉の部屋は二階の一番奥ということになる。

九条が置き場にある、スポーツタイプの自転車のサドルに手を置いた。

「これでしたよね。横内が乗ってたのは」

「ああ、そう……でしたっけ」

一瞬のことだったので、島本は自転車の型まで覚えていなかった。

通路側ではない、バルコニーが並ぶ側に回ってみる。案の定二階の、一番奥の窓は明るくなっている。横内か小倉聖子が帰っているのは間違いなさそうだ。

一方、天気は夕方から下り坂。夜には雨になると予報ではいっていた。

「九条さん。ここで、車なしで朝までって、ちょっとつらくないですか。雨も降るみたいですし」

「そうですね。特捜に、頼んでみましょうか」

九条が電話で交渉すると、運よく町田署の捜査用PC（覆面パトカー）を押さえることができた。とはいえ誰かが乗ってきてくれるわけではないので、島本がとりにいくことになった。


島本が町田署に着いたのが十九時頃。特捜に上がり、会議には出られないので管理官に口頭で簡単な報告をし、特捜デスクで受け取った書類を署の配車係に持っていって車のキーに替え、現場に戻ってきたのが十九時半を少し過ぎた頃。幸い、まだ雨は降ってきていなかった。

島本がベルコーポ前を通過したときは姿が見えなかったが、さっきタクシーが曲がった角までくると、向かいの空き地の塀際から九条が出てきた。

そのまま助手席に乗り込んでくる。

「……お疲れさま」

「すみません、遅くなりました」

「ここじゃなんなんで、そこ、もうちょっと真っ直ぐいったところに停めましょう」

九条の指示通り車を進めると、ちょうど民家の植え込みの切れ目から二〇五号の窓が見えるポイントにきた。振り返れば、五十メートルほど後方にベルコーポの出入りも確認できる。しばらくはそこから横内の行動を見張った。

二十一時を過ぎた頃、島本がコンビニに弁当とノンアルコール・ビールを買いにいき、それで夕食を済ませた。その頃からちょうど雨が降り始め、リアウィンドウからではベルコーポの出入りが見えづらくなったので、正面を向くように車を停め直した。現在は島本が運転席、九条が後部座席という位置に落ち着いている。

フロントウィンドウ越し。いくつか灯った民家の明かりと、ベルコーポ出入り口のそれが、雨垂れに歪んでは流れ落ちていく。

島本は前を向いたまま話しかけた。

「……原田幸枝と違って、香田麻耶は最近、あんまり喋ってないみたいですね」

うん、と九条が漏らすように相槌を打つ。

「父親に関することまでは、わりと喋ってたようですけどね。原田家の家族が入ってきてからは、主に弘夢くんの面倒を見ていたので、それ以外は分からないってことなんでしょう」

「でも、学校にはいかせてもらってたわけですよね」

当然、麻耶が通っていた都立町田中央高校にも捜査員は出向いて話を聞いている。成績は、同学年約三百人の中で下から二十番前後、出席日数は進級ギリギリ、クラスでは大人しく目立たず、進路についてもなんら明確な希望は持っていなかったという。

九条が真後ろで、短く溜め息をつく。

「……そこ、不思議なところですよね。外に出せば事件が発覚する可能性は高くなる。実際、幸枝たちは厳格に管理、隔離、監禁されていたわけですし、事件の発覚だって、麻耶の保護からだったわけですから、ヨシオがその危険性を認識していなかったはずはない。それなのに、麻耶だけは比較的自由にさせていた……ヨシオは、よほど麻耶のことを信用していたのか。あるいは幸枝や栄子に対するのとは違う、特別な感情があったのか……」

香田靖之が死亡するまで、麻耶は、父親が何をされるか分からないので迂闊な行動はできなかった。死亡後は、死なせたのはお前たちだ、遺体を解体したのもだ、それが発覚してもいいのか、という脅しが効いていた。だから麻耶は、たとえ自由を与えられても逃げることができなかった。現状、特捜内ではそのように解釈されている。ただ島本も九条同様、なぜ麻耶だけは自由を与えられたのか、という点には疑問を覚える。船村の提示したような、ヨシオは自分を頂点とする家族がほしかったのではないか、という仮説だけですべてが説明可能だとは思えない。

九条が続ける。

「供述も、いろいろ辻褄が合わないところがありますし、結局、幸枝の言い分が正しいのか、麻耶の言い分が正しいのか……そこら辺は、裁判になるまではっきりしないかもしれませんね」

いや、裁判でもはっきりしない可能性が高いのではないかと、島本は思っている。

交代で仮眠をとり、朝まで張り込みを続けた。その間に出入りをしたのはいずれも男性で、小倉聖子と見られる女性の存在を確認することはできなかった。雨は、夜明け前には上がった。

七時半過ぎには横内が自転車で出勤。サカエ自動車にはすでに別の組が向かっているので、島本たちは引き続きベルコーポを担当した。

「そういえば九条さん、小倉聖子に関する情報、何か会議で出なかったんですかね」

「ああ、ちょっと訊いてみましょう」

九時半。朝の会議が終わった頃に九条が連絡を入れると、小倉聖子はここ一年ほど市内のファミリーレストランでウェイトレスをしていたが、そこも六月いっぱいで辞めているとのことだった。以後何をしているかは、今のところ分からないという。

「写真、送るそうです……あ、きました。意外と早いな」

九条の携帯に送られてきたのは、履歴書に添付するような証明写真だった。

見た瞬間、島本は思わず「あっ」と漏らしてしまった。

「……けっこう、可愛くないですか」

タヌキ顔というのだろうか、ちょっと垂れ気味のクリッとした目が印象的だった。メールには身体的特徴も記されており、九条が読み上げる。

「身長、百五十センチ台半ば、中肉……まあ、見るからに小柄な感じではありますよね」

「そうですか、こういう感じですか……自分、わりと好きなタイプかもしれないです」

それに対する九条の反応は、なし。

「六月で仕事を辞め、外に出てこないということは、家事手伝いということでしょうかね。あるいは、おめでたとか」

確かに、その可能性はあるかもしれない。

「でも、別班が調べて、小倉姓ってことは、まだ籍は入れてないってことですよね」

「これから入れるのかもしれないですよ」

「できちゃった結婚、ですか」

あの横内辰吾と、この写真の女が結婚か。悔しいことに、わりとお似合いな気がする。

そのまま張り込みを続行したが、夕方になっても小倉聖子と思しき女性の出入りは確認できなかった。十七時半になると特捜から連絡があり、交代要員を出すから会議に戻ってこいと命じられた。

実際に交代要員がきたのは十八時過ぎ。「ライフ・オン」で一緒にチラシ配りをやった、多摩中央署と高尾署のデカ長コンビだった。

「……ご苦労さまです。会議、今日は早めに始めるみたいなんで、急いで戻ってください」

「了解しました」

すっかり汗臭くなったPCを二人に明け渡し、島本たちはタクシーで町田署に戻った。

「何か重大な発表でもあるんですかね」

「さあ……でも、何かあるんでしょうね」

特捜のある講堂に入ると、早くも捜査員の半数以上が席に着いていた。みな、島本たちと同様の連絡を受けて早上がりしてきたようだった。

会議は十八時五十分から始まった。

「気をつけ……敬礼……休め」

全員が着席し、パイプ椅子の音が落ち着くと、まず捜査一課の藤石管理官がマイクをとった。

「ええ、本日……捜査に大きく進展があったので、こちらから報告する。まず、スーパーマーケット『ライフ・オン』の利用客、金子徹子の供述から、六月初め頃、梅木ヨシオ似の男と接触していたとされる男性、『有限会社サカエ自動車』従業員、横内辰吾の身辺を捜査したところ、横内は今年一月から、木曽東四丁目△の◎、ベルコーポ二〇五号において、小倉聖子という二十四歳の女性と同居していることが分かった。この、小倉聖子についても身元等を調べたところ、本籍は埼玉県熊谷市、実家には両親と兄夫婦がいるが、聖子は養女であり、これらとは血縁がないことが分かった。聖子の旧姓はナカモト。実父はナカモトサブロウ、現在五十一歳。実母はナカモトフユミ、享年三十二……フユミは、十七年前に殺害されている」

上座の黒板にはすでに「中本三郎」「中本冬美」と書かれている。

「この、妻である冬美を殺害したのが、中本三郎だ」

怖気のようなざわめきが講堂中に伝播していく。

横内辰吾の交際相手、小倉聖子の父親は、殺人犯。しかも、妻殺し——。

「その中本三郎の、逮捕時の写真があるので、各自見てもらいたい」

特捜のデスク要員が、最後列の捜査員に写真の束を配り始める。受け取った者は自分の分を一枚ずつ抜き、前列に残りの束を渡す。

束は徐々に嵩を減らしながら、後ろから島本たちの列に近づいてくる。やがて、

「どうぞ」

「……どうも」

手元にきたそれから九条の分も抜き取り、残りを前に渡す。もう、束を受け取った瞬間から、島本は手が震えそうになっていた。

「九条さん……」

「はい」

一枚を九条に渡し、手元に残った一枚に、じっくりと目を凝らす。

額の広い丸顔。細く垂れ気味の目。眉はやや太め。唇も、どちらかというと太めだろうか。

今まで、似顔絵でしか見たことのなかった顔。逮捕時の写真なので、当たり前だが五十一歳という年齢よりはだいぶ若く写っている。だが人の顔は、十年や二十年で根本から変

わるものではない。むしろ、この男に関しては変化が少ない方だといっていい。

こいつが、そうなのか——。

中本三郎。こいつが、梅木ヨシオの正体なのか。

22

暗い廊下の先。

明るいリビングに入って、すぐのところ。

タオルを貸してください。そういったのは、全身を防護服で覆ったような——。

「……辰吾さん」

隣にいる三郎が、いつにも増して低い声で話しかけてくる。

「あなたには、ずいぶんとご迷惑をおかけしました。お世話にもなりました。それは、申し訳なかったと思っておりますし、感謝もしております。しかし……だからこそ、あなたには、知ってほしくなかった。……居候の分際で、勝手をいっているのは百も承知ですが、そう思うからこそ、私のことは放っておいてほしかった」

聞こえてはいた。でも言葉の意味はすべて、脳を素通りして霧散していった。

辰吾の目は、血塗れの防護服少女に釘付けになっていた。

首筋が、ざわざわと冷たい。

「ただ、ここまで突き止められてしまっては、もう、なかったことにはできないです。このままお帰りいただくのは、私たちにとっては、都合が悪い。あとで騒ぎになるのは、もっと都合が悪い。……どう、いたしましょうか。可能な限りご説明しますので、それで黙っておいていただくわけには、いきませんか」

ゴーグルに血が跳ねてよく見えないのだろう。少女は辺りを見回しながら、すみません、タオル、と繰り返している。

「辰吾さん」

軽く肩に触れられ、辰吾はハッとなって三郎を見た。

左半面だけ白く浮かび上がった、無精ヒゲの丸顔。最初は熊のようだと思ったそれも、今は、人里離れた林道に立つ、苔《こけ》の生《む》した地蔵のように見える。冷たく固まった表情。切り傷のように細い目からも、一文字に結ばれた口からも、読み取れるものは何一つない。あまり長く見ていると、祟《たた》られる。呪われる——。

石の口が、薄く開く。

「私だって、本当はこのまま、お帰りいただきたい。今まで私に関して見知ったこと……

お世話いただいたことも、私がここにいたことも、私の荷物のことも……あの子のことも」

三郎が指差したのは防護服の少女だ。ようやく通じたのか、例の痩せた女がタオルを持ってきて少女に手渡している。白ではない。使い古した雑巾のような灰色をしている。

「すべて忘れて、誰にもいわない、二度と口には出さない、思い出しもしない……そう約束していただけるなら、辰吾さんには、今すぐここから、お帰りいただきたい。ただ残念ながら、あなたにそうお約束いただいたところで、私がそれを信用できない。あなたは、とても好奇心旺盛な方だ。何も見ずにここから帰ったら、あの子は一体なんだったのだろう、なぜあんな恰好をしていたのだろう、あの女は誰だったのだろう、川に何を流していたのだろう、私とはどういう関係だったのだろう……そういう疑問が、ずっと頭の中に残ってしまうでしょう。違いますか」

語尾だけが、眉間の辺りをぐるぐると旋回していた。

違いますか——。

何と、何が、違うのか。

「……辰吾さん。ちゃんと聞いてください。あなたは私について、いろいろ知ろうとした。実際に、断片的にではあっても、私についていくつか知ってしまったことがある。それを、口外されては困るんです。それは、絶対にしてもらっては困る。あなたの中では辻褄の合わない、奇妙なパズルのピースでも、出るところに出れば、それは意味のある、大きな絵の一部になる可能性がある。それは、とても不幸なことです……私にとっても、そこにいる二人にとっても、もちろん……辰吾さん、あなたにとっても」

防護服の少女と痩せた女がこっちを見ている。少女はゴーグルを上にずらし、直に辰吾を見ている。どんな目をしているかまでは分からない。

「これ以上、何をいっても無意味でしょう……どうぞ、辰吾さん。上がってください」

言葉が分かったというよりは、三郎の動作で意味を悟った。

「え、いや……」

「見ればいい。ここであったことを、知ればいい。そうしたら、あなただっておいそれとは口外できなくなる。ぜひ、そうしてください」

来客に勧めるとしたら、普通はスリッパだ。しかし三郎が用意したのは、小さなシャワーキャップのようなものだった。どこから出したのかは分からなかった。

「これを、履いてください」

要はビニール製の靴下だ。そういえば、少女は長靴を履いている。そうしないと足が汚れるからだろう。

足が、汚れる？　何で？　血で？

「い、いや、い、いいです」

中腰に屈んだ三郎を、図らずも押し退けるような恰好になってしまった。だが三郎はビクともしない。ビニール靴下を持ったまま、のっそりと上半身を起こす。

「……いいです、じゃないんですよ。辰吾さん」

「い、いや、本当に、俺、いいですから」

「あなたがよくても、私がよくないといっているんです」

「いや、でも、マジで、大丈夫なんで」

「辰吾さん。もう遅いんですよ」

ふいに腰を押され、よろめき、廊下につんのめった。辰吾が床に両手をついたとき、もう左足首は三郎に摑まれていた。スポンとスニーカーの感触が失せ、靴下越しに外気を感じ、瞬間的に、不安が股間まで伝い上がってきた。

「な、な、なに」

「いいから、これに履き替えてくれといっているんです」

右も同様にスニーカーを脱がされ、無理やり両足にビニール靴下をかぶせられた。

「立ってください」

「だ、だって」

「いいから立ちなさい」

腕をとられ、ベルトを持たれ、立たされた。

そのまま、腰のところで吊るされるようにして廊下を歩かされた。青いビニールシートが敷き詰められたリビングの方に連行された。大量の生ゴミが腐ったようなニオイと、強酸性の刺激臭と、甘辛い煮物のそれが次第に濃くなっていく。

向こうにいる女と少女が、怯《おび》えたように後退りする。青いシートの床は、足元まで近づいてきている。真正面にはキッチンカウンターらしきものが見える。その左側が調理スペースで、右側がリビングとして広く開けている。

シートはリビングまで全面的に敷かれていた。見ると、方々に黒っぽい汚れがある。青に、何色かが重なってできた黒ずみ。それが血の赤なのだとしたら、一体、どれほどの——。

「ほら、しっかり立ってください」

摑んでいた辰吾の腕、ベルトを、三郎は離した。辰吾も、なぜ黒ずんでいるのか見当もつかないシートに手をつくのは嫌だった。ならば自力で、自分の脚で立つしかないのだが、本当は足の裏をつくのも嫌だった。爪先立ちか、せめて土踏まずを浮かせるくらいはしたい。

「いいですか、辰吾さん。私は正直に、全部見せますからね。ありのままをお見せしますから、ですから、このことは誰にもいわないでください。あなたがもし、これについて口外するようなことがあれば、聖子だって、ただでは済まないんですからね」

聖子、と聞いて、急に何か、スイッチが入った気がした。

「……聖子が、ただじゃ済まないって、どういうことですか」

「ですから、それはおいおい、ご説明いたします」

さあ、と促され、左の方に進んだ。シートはキッチンの床にも敷かれており、そこには、いくつかバケツが置かれていた。薄汚れた青や赤のポリ製、ステンレスっぽい銀色のものもある。銀色のそれには、何か大きな、丸いものが入っている。

「……ん」

一瞬、意味が分からなかった。

丸いものは、まるで人の頭のように、毛髪状の黒いもので覆われていた。その下にはちょうど額のように、白っぽい肌も覗いている。横棒のようになっているそれは、眉毛か。

さらにその下には、半開きの、目のようなものが――。

「……ひっ」

間違いない。顔だ。床に置かれたバケツから、人の顔が半分覗いている。マジックショーでなら似たものを見たことがある。人の入った箱が、次々と部位を切り分けるように分解されていく、あれだ。でもいま辰吾が見ているのは、それとは明らかに違う。

バケツの中は真っ赤な液体で満たされており、そこに人間の顔が、いや頭が、丸ごと一つ、浸されているのだ。

「……んぶ……ぼえぇ……」

冷たい熱が全身を駆け巡った。生ぬるいものが、口から鼻から勢いよく抜け出ていった。茶色っぽいそれは、辰吾の足元にびしゃびしゃと繁吹きながら広がった。同時に溢れてきた涙で視界も歪んだ。だが溜まった涙が流れ落ちると、一瞬だけまた周りが見えた。銀色の隣にある赤いバケツからは、手が生えていた。その奥にある青いバケツにも、何かグチャグチャとした赤黒いものが溜め込んである。

地獄か、ここは——。

「……失礼します」

女の声がし、いきなり横から何かが差し込まれてきた。チリトリだった。それと柄の短いホウキ。前屈みになった辰吾の真下で、女が、辰吾の吐いたものをテキパキと片付けていく。手には三郎と同じようなゴム手袋、足には少女のと似た長靴。見ると、いつのまにか三郎も長靴を履いていた。

あっというまに、辰吾の足元が綺麗になっていく。

三郎に、背中をさすられた。

「もう、吐く物はありませんか」

果たして、それに対する返事はできただろうか。辰吾自身、よく覚えていない。

「辰吾さん、こっちです」

またベルトを持たれて立たされ、さらに左奥の部屋へと連れていかれた。

引き戸が開いており、そっちの床にもシートは続いていた。左奥には洗面台がある。かなりせまい部屋だ。脱衣場を兼ねた洗面所のようだった。

入って右手が、浴室になっている。

「……んぼぉ……」

もう、自分の意思ではどうにもならなかった。体の中心で胃が収縮と膨張を繰り返し、内臓という内臓をすべて体内から追い出そうとしていた。喉の底を削るような長いゲップ、溢れ続ける苦くて酸っぱい唾。でも出てくるのはそれだけ。胃が空っぽなのは明らかだった。いや、腹にはまだ悪霊がいて、それがどうにかして口から出ていこうとしている——。

浴室もまた、地獄だった。

浴槽周りは完全なる血塗れ。しかも壁には、助けを求めるような手形がベタベタと無数についている。手前の洗い場には、頭部を失い、両腕の肘から先を失い、胸から腹を割られて内臓を取り出された挙句、下半身もない胴体があった。そんな状態でもなぜだろう、人間の胴体であることは分かった。両肩と、二の腕へ繋がる感じは、間違いなく人間のそれだった。

よく見ると、浴槽からは脚が二本突き出していた。血塗れの足の裏が見える。爪先の向きからしたらうつ伏せだが、その向きで、そんな体勢で浴槽に入れるはずがない。つまり、その脚の先には、胴体がない。

三郎さん、これは、なんなんですか――。

たったそれだけの質問が、どうしてもできない。

ふいに後ろから声がした。

「……あの、続きは、どうしましょう」

防護服の少女だった。

三郎が体の向きを変える。

「ああ。ちょっと、他をやっててもらえますか」

「でも……内臓は、できるだけ早く処理した方がいいと思います。一番、腐りやすいんで」

「どこにあります」

「その、浴槽の中です」

思いきり叫んで、この場から走って逃げ出したかった。でも、そうできないことは自分でよく分かっていた。脚に、まったく力が入らない。さっきの嘔吐で、運動能力まですべて吐き出してしまったかのようだった。

「そうですか。じゃあ、続けてください」

「はい……ちょっと、失礼します」

少女が、辰吾の横を通って浴室に入っていく。腹が空っぽの上半身を跨いで、さらに数十センチの立ち上がりも越えて、血塗れの浴槽に入る。お湯は入っていないようだった。少女は丁寧に二本の脚を持ち、浴槽の中に収めた。手にはゴム手袋の上から、さらに軍手のようなものをはめている。ゴーグルもちゃんと掛け直していた。

その場にしゃがみ込み、ガシャガシャと何かを弄り始める。かと思うと、ひょいと顔を上げ、三郎の方を向く。

「……あの、すみません。アッコさんに、バケツを一つ持ってきてくださいって、いってください」

「分かりました」

だが、すぐそこにいたのだろう。三郎が伝えるまでもなく、はい分かりました、と女の声が応えた。

少女は再び下を向き、何か作業を始めた。何かといっても、さっきの会話からすると、内臓の処理、ということになるのだろう。

まさに、そうだった。

「……ぼげぇ……」

少女は、ずるずると長いものを下から引っ張り上げた。かなりヌルヌルするのだろう。ウナギを摑むパントマイムのように、手から逃げそうになるそれを捕まえようとする。血の絡んだピンク、あるいは灰色にも見える、長い長い臓器——どう考えても、腸だ。

「ちょっと、すみません。通ります」

銀色のバケツを持った女が、辰吾の横を通って浴室に入っていく。

「ここでいい？」

「はい、そこでいいです」

「私も手伝う？　あっち、先にやってていい？」

「はい、あっちを先に、お願いします」

話し終えると、やけに礼儀正しく頭を下げ、女は出ていった。

またガチャガチャと、浴槽の方で音がした。

ここから少女の手元は見えないが、彼女が何をやっているのかはおおむね想像がついた。ショキ、ショキ、と聞こえ、すぐに左手で摘んだ何かを、さっき女が持ってきたバケツの中にぽとりと落とす。「入れる」というよりは「捨てる」に近い。ショキ、ショキ、ぽとり。それを繰り返す。いうまでもなく、腸を細切れにしているのだ。使っている道具は、おそらくハサミだ。

かと思うと、もっと大きな、黒っぽい塊を持ち上げる。つるっとした、丸っこい臓器——肝臓、だろうか。これも同様に、ショキショキと細かくし、バケツに溜め込んでいく。

辰吾はもう、息をするたびに吐きそうになった。そういえば、ここは玄関よりも数段ニオイがキツい。血と内臓の腐敗臭に加え、糞尿のニオイが噎せ返るほど充満している。腸を細切れにしているのだから、当然そういったモノも出てくるということか。

バケツに肝臓を捨てる、そのついでのように、少女はいった。

「すみません。ちょっとシャワー、お願いしていいですか」

「ああ、はいはい」

三郎がこともなげに応じる。洗い場に入り、手にとったシャワーノズルを浴槽内に向け、コックを捻る。その水音は耳慣れたものだったが、同時に巻き上げられる腐敗臭、糞尿のそれは、単に「臭う」というレベルのものではなかった。鼻から入って脳に直接刻み込まれる、手や顔の皮膚からも染み込んでくる、どんなに繰り返し洗っても、一生染み付いて落ちない——。

そういうレベルだというのに、三郎は相変わらず平然としている。少し流しては様子を見、また少し流しては様子を見る。相当この作業に慣れているとしか思えなかった。

「はい、もう大丈夫です」

少女にいわれ、頷いた三郎はコックを閉め、シャワーノズルをフックに戻した。その間も、当たり前だが辰吾は洗い場には入らなかった。ずっと脱衣場から見ていた。ふと、今なら逃げられるのでは、とも思ったが、足を動かそうとした途端、バランスを崩した。後ろにあった洗濯機に、したたか背中を打ちつけた。

「……大丈夫ですか、辰吾さん」

大丈夫なわけないだろう、と怒鳴る気力もない。三郎を睨みつけることも、ましてや胸座に手を伸べることなど至難のわざに思えた。

「そんなわけ、ないですよね」

三郎が、また辰吾の腕をとり、ベルトを摑む。

ようやく、ここから出られる。悪夢は終わりだ——。

しかし戻ってみると、キッチンはキッチンで、さっきとは様相が一変していた。到底安堵などできる状況ではなかった。

まず、さっきバケツに入っていた頭が、キッチンのシンクに出されていた。髪まで血でずぶ濡れ。左耳を上、向こうを向いているので顔は見えないが、代わりに首の切断面はよく見えた。骨の断面らしき丸い突起と、その周りに渦を巻く肉の層、捲れ上がったぶよぶよの皮膚。それが、ごろりとシンクの中に転がっている。

その向こうには、女が青いバケツを抱えて立っている。コンロには大きな寸胴鍋が載っており、火が点いている。女は抱えたバケツの中からひと摑み、中身をすくい出しては丁寧に鍋に入れていく。手はむろん真っ赤だ。換気扇の音がやかましい。

なんだ。こいつら、一体、何をやっているんだ——。

いや、待て。ここまで見せられて、知ってしまって、自分はどうなるんだ。無事で済むのか。ここまで知られたら生かして帰すわけにはいかない。死んでもらうしかない。普通、そういう展開になるのではないのか。

とはいえ辰吾には、もはや戦う気力も逃げる体力も残っていない。いま解体されている誰かが、なぜそうされるに至ったのか。そんなことは知る由もないが、もし殺されたのだとしたら、三郎がそうしたのだとしたら、自分だって同じ末路をたどるだけではないのか。殺されるのか、自分も、ここで――。

そう思ったら、急に声が出た。

「アァ……」

しかし、その叫び声も瞬時に遮られた。三郎の分厚い手によって、口は完全に塞がれていた。

「……びっくりするじゃないですか、辰吾さん。いきなり大声出さないでください。近所に聞こえたらどうするんですか」

自分でもよく分からなくなっていた。叫んで、大暴れをして、壁に頭でもぶつけて、それでこの悪夢が覚めるならそうしたかった。だがそれすらも許されなかった。三郎の腕力が、辰吾のあらゆる抵抗を封じていた。

「辰吾さん、落ち着いてください。大丈夫ですから。最初から私はいっているでしょう。ここで見知ったことは、他言しないでください、口外しないでくださいと。それがあなたのためなんです。あなたと、聖子のためなんですよ」

まったく理解不能だった。なぜこんなものを見せられて、それを黙っていることが、自分と聖子のためになるのか。

「……辰吾さん、辰吾さん。お願いですから、大人しくしてください。いいですか。分かったら、ゆっくり頷いてください。そうしたら、私は手を離します。でもまた急に声を出されたら、次は私にも分かりません。あなたに危害は加えたくないですが、聖子の恋人であるあなたに、乱暴な真似などしたくはないですが、でも、騒がれたらそうもいってられなくなる。とっさに、何をしてしまうか……それは、私にも分からない」

辰吾は必死で頷いた。三郎が危害を加えたくないといっているのだから、それを信じたかった。これまで散々怪しんできた相手なのに、自分でも辻褄が合わないとは思いつつも、このときだけは三郎が嘘つきでないことを心の底から願った。今までのことはすべて何かの間違いで、自分の勘違いで、三郎は悪い事など何一つしていない、しごく真っ当な人間であると思いたかった。いま解体されているのも実は人間ではなく、それによく似た何か――もはやそんなことはあり得ないのだが、作り物でも悪夢でも手の込んだドッキリでもなんでもいいから、とにかく自分に害の及ばない、別世界の出来事にしてしまいたかった。自分と聖子。二人にはなんの関係もない、どこか遠い、異次元の作り話――。

三郎の手がゆっくりと、辰吾の顔から剝がれていく。辰吾は、大丈夫、声は出さないという意味で、もう一度頷いてみせた。

そのときだった。

ピンポーンと、よくある玄関チャイムの音がし、三郎が廊下の方に目をやった。キッチンにいる女も、なんだろうという目で同じ方を向いた。

誰かきた。助けか。ひょっとして警察か。しかし、三郎の仲間という可能性だってある。むしろ確率としてはそっちの方が高い。ここで慌てて玄関を飛び出し、助けてくださいとすがったところで、それが三郎の仲間だったら状況を一層悪くするだけだ。あんなに静かにしてくださいといったのに、どうしてあなたは守れないんですかと、三郎に自分を殺す理由を与えるだけだ。

「……ちょっと、待っていてください」

辰吾を置いて、三郎が玄関の方に歩いていく。引き戸の手前で長靴を脱いでから、フローリングの廊下に出ていく。

三郎の背中が少しずつ、薄暗い闇に染まっていく。

ぼんやりとなった後ろ姿は廊下の先でいったん止まり、何かを履いてからタタキに下りた。

少し前屈みになったのは、ドアスコープを覗くためだろう。

誰だ。ドアの向こうには、誰がいるんだ——。

無言のままロックを解除し、ドアを押し開けると、内廊下の明かりが射し込み、三郎の姿が浮かび上がった。

その懐に、小さな人影が飛び込んできた。

途端、その人影がこっちを向く。顔が見えた。目が合った。

「あ……」

「ごーちゃんッ」

聖子、どうして、お前が――。

23

私の知っていることは、すべてお話しいたしました。

そう宣言して以降、幸枝は急に言葉数を少なくした。

まったく会話に応じなくなったわけではない。今まで通り、体調について訊けば問題ないと答えるし、これまでの供述に関する確認程度であれば、はい、いいえといった反応はある。だが明らかに、新しい情報は出さなくなった。

木和田自身、もう幸枝に梅木ヨシオの行方を尋ねても無駄だろうと思い始めていた。

「何かヨシオについて、思い出したことはありませんか」

調べを始めるとき、あるいは話題の合間合間に、挨拶や繋ぎ程度の意味合いで訊いてはみるものの、幸枝はただかぶりを振るばかり。これなら、まだ首を傾げて考える振りをしていただけ以前の方がマシだった。

しかし幸枝に確認したいことは、ヨシオの行方以外にも山ほどある。

「サンコート町田、四〇三号室だけどね」

もはや、この程度の問いかけではこっちを見もしない。

「我々が丹念に調べたところ、七人分のDNAが、これまでに採取されてるんですね。もっともっと細かく、それこそ部屋の隅々まで調べたら、まだ他にも出てくるのかもしれない。でも今のところ、七人分……まあ七人でも、相当な数だと思うけどね」

調室はデカ部屋の一角にある。窓はなく、三方を囲っているのは薄っぺらな間仕切り壁だ。当然、外で刑組課係員が喋っている声は聞こえる。電話や無線の呼び出し音も、耳を澄ませば無線の内容も聞き取れるかもしれない。

おそらく幸枝は、そんな外の音に意識を集中させることで、木和田の言葉を聞き流そうとしているのだろう。言葉が耳に入れば、普通は感情が顔に出る。だが言葉が聞こえても、理解しなければ顔には出ない。心は動かない。そういうことなのだろう。

「DNA鑑定というのは、なかなか時間のかかる作業でね。何しろ細かいし、分析方法も、いろいろあるらしいんだ。私は専門家じゃないから、詳しくは分からないけど……。当初、五人分のDNAが採取されて、わりと早い段階で、その内の四人は血縁関係にあることが分かってね。それはどういうことだって、最初は驚いたけども、あなたにいろいろ聞かせてもらったお陰でね、今ならその意味も分かります。その四人というのが、誰と誰なのか……あなたのお父さん、原田茂文さん。お母さんの、春実さん。お姉さんの栄子さんに、その息子の弘夢くん。そして、さらに捜査を進めるともう二人分出てきて、その一方も四人の血縁者であると分かった。それは幸枝さん、あなたね。留置場に入る前に、綿棒で口の中をクリクリッとやったでしょう。あれで採取したDNAと照合したところ、七人の内の一人があなただと分かりました」

引き続き思考を遮断しているのだろう。幸枝は、瞬きと呼吸以外の動きを一切見せない。

「あなたのDNAを採取したんですから、我々は当然、香田麻耶のDNAも採取しています。少なくとも彼女には、死体損壊の疑いがあるわけだから。その他にも暴行、傷害の疑いがある。一連の事件における立場は、あなたとほぼ変わらない。未成年ということ以外はね」

殺人幇助の容疑もないではないが、いま付け加える必要はないだろう。

壁のすぐ外で内線のコール音が鳴り、はいもしもし、と係員が応じるのが聞こえた。

「最初はね、我々も、あなた方原田家の家族が五人、香田親子が二人、合計すると七人でピッタリだ。そんなふうに、簡単に考えていたんです。ところが、どういうわけかそうはならなかった。原田家の五人を除いた二人、その内の一人は確かに香田麻耶だった。ということは、残りの一人は香田靖之さんで、二つのＤＮＡは親子関係になければならない。仮に、二人が実の親子ではないのだとしたら、それはまた話が違ってくるけども、どうもそういうことではないらしい。香田親子の過去をたどっていっても、靖之さんが養女をもらったとか、そういう話はどこからも出てこない」

これについては特捜の捜査員が入念に調べた。靖之の元妻、有村緑に会って直に確認もとっている。麻耶の実父は香田靖之。その点は間違いないらしい。

「生前の、靖之さんのＤＮＡが手に入れられればね、一番確実なんだけども、前の住居はもう別の人が住んじゃってるしね。以前の勤め先っていったって、現実問題それは難しい。だから、比べることは厳密にはできないけれども、でも少なくとも、残り一つがね、麻耶とはまったく関係のない、赤の他人のＤＮＡであることは確かなんですよ。それが何を意味するのか。可能性は二つしかない。一つは、非常に考えづらいけれども、やはり、靖之さんと麻耶が実の親子というのが間違いだった、ということ。もう一つは……靖之さんでもなく、警視庁のデータベースにもない、まったく別の誰かのＤＮＡであるということ」

ここで木和田は、意識的にひと呼吸置いた。

依然、幸枝はなんの反応も示さない。

「……と、ここまでひと括りに、DNA、DNAといってきたけれども、DNAは何も、血液や唾液からしか採れないものではない。抜け落ちた髪の毛からだって、ちょっとした汗からだって、指紋からだって採取できる。あなたは再三再四、ヨシオは綺麗好きだといってきたけれども、確かにそうなんだろうね。亡くなられた原田家の四人。彼らの毛髪や指紋は結局、四〇三号からは出てこなかった。あの部屋を徹底的に清掃したのは、実際にはあなたたちなのかもしれないけど、今までの流れからすると、それを命じたのはヨシオということになるんでしょう。それは、いいです……誰であっても」

ぱちぱちと、幸枝が目を瞬く。

「簡単にいうと、四人のDNAは血痕から採取したものです。それも浴室内からね。それはそうですよね。四人は主に浴室で解体されてるんだから。出るとしたらそこが一番可能性が高い。実に分かりやすい話だ……そして、あなた方二人。あなたと麻耶のDNAは、抜け落ちた毛髪や、部屋に残っていた衣類などから採取しました。あの、段ボールに入っていた、シャツとかジャージですよ。これも実に分かりやすい。最後まであそこにいたのはあなたと麻耶なんだから、出てきて当然だよね……一方で、浴室からあなたたちの血痕は出てこなかった。あなたたちはまだ生きていて、解体されていないんだから、これも当然といえば当然だ」

厳密にいったら、殺されて解体されなくても血痕が残る可能性はあると思うが、今それはさて置く。

「本当はシャワーを浴びたりね、そういうことであなたたちの皮膚が剝がれ落ちたり、髪の毛がどこかに張り付いていたりね、そういうこともあるはずなんだけど、残念ながらそれはなかった。まあ、細胞が採取できたところで、分析できないほどDNAが壊れている場合も少なくないというから、それに関しては……うん。そういうことなんでしょう」

何かあったのか、外が少し騒がしくなってきたが、所轄署の業務は木和田には関係ない。話を続ける。

「でもね、そうなるといくつか、分からない部分が出てくるんです。あなたは主に、浴室に閉じ込められることが多かったんですよね。だとしたら、麻耶はともかく、少なくともあなたの毛髪や皮膚片は、浴室から採取されてもいい……確認のために伺いますが、最後に解体したのは栄子さんのご遺体ということで、間違いないですよね？」

反応、なし。

「幸枝さん。これはいいじゃないですか、確認なんだから。上申書にも書いてもらったし、あなたが自発的にしてくれた話なんだから。……間違い、ありませんよね？　初めに靖之さんが亡くなられ、彼の遺体を解体した。次に茂文さんが衰弱死し、これも解体した。春実さんと弘夢くんは絞殺でしたが、栄子さんは首吊り自殺。いずれも風呂場で解体した……ね。順番としては、栄子さんを解体したのが一番最後ということで、間違いないですよね。ね？」

幸枝は完全に「石」になっている。こうなると、呼吸音もよほど耳を澄まさないと聞こえてこない。

「ちょっと、幸枝さん……おかしいじゃないですか。今までは、いろいろ私に話してくれたじゃないですか。伺ってるのは同じことですよ。それをもう一度、そうでしたよね、って訊いているだけじゃないですか。そこは、はいって、認めてくださいよ」

するとようやくだ。小さく幸枝の頭が上下する。

「……はい」

「最後に解体したのは栄子さん、ということで、間違いないですね？」

「はい」

「うん、ありがとう。……そうだよね。あなたが勇気を持って、正直に話してくれたことだもの。私だって間違って覚えたり、調書を書き間違えたりはしないですよ……うん、そこは問題ない。でも、ヨシオは綺麗好きだから、当然解体した直後の風呂になんか、そのまま入ったりはしないんですよね。あなたたちが綺麗に掃除して、それから入るんだよね」

数秒待ってみるが、応えはない。

「幸枝さん、これだって今まで出てる話じゃないですか。そのね、解体作業をしたあとの風呂場ってのは、直接は見てないから私には分からないけれども、相当な惨状なわけでしょう？　想像でしかないけど、周りに血がベタベタ付いててさ、内臓だってなんだって、そこでやったわけでしょう。だとしたら、削ぎ落とした脂肪とかで、物凄くヌルヌルしちゃうんでしょう？　そういってましたよね、脂肪はヌルヌルするから、それを掴むのは凄く疲れるって。だから軍手を使うんだって……ね。私だって、そんな風呂に入るのは嫌ですよ。ヨシオじゃなくたって、掃除してからじゃなきゃ入る気にはならない」

幸枝の喉元。見て分かるほどの動きはない。

「栄子さんを解体して、その後、風呂を使うのに掃除をした。ヨシオが入るんだから、当然だよね。隅々まで綺麗にした……ひょっとして、その後もまた、風呂を掃除する機会はあったのかな……あったんでしょうね。だから、あなたの毛髪や皮膚片が出てこない。ヨシオと思しき男のも、麻耶のも出てこない。つまり、麻耶が警察に保護を求めて、あなたが連行される、その直前にもあなたたちは風呂を掃除した。あるいは、あなたが一人で掃除した。そういうことに、なりますよね？」

ここは、無反応でも仕方ないか。

「そもそも、麻耶はどうやってあのマンションから逃げ出したんだろうか。そりゃ、中から玄関の鍵を開ければ外に出ることはできただろうけど、ヨシオがいたら、怖くて逃げられなかったんじゃないのかな。仮に、ヨシオがちょっと留守をした隙に逃げ出したんだとして、だったら、あなたはどうやって浴室から出たの？ あそこには外から南京錠が掛かっていたでしょう。私たちが入った時点でもそれは残っていて、施錠可能な状態だった。内側から壊して脱出したとか、そういうことじゃないんだよね。じゃあ、誰が南京錠を開けてくれたの？」

これまでの長い長い調べの間に、木和田はいくつか、幸枝の癖らしきものを発見していた。

幸枝には、何かを思い出そうとするとき、黒目を左に動かす癖がある。反対に嘘をつこうとするとき、あるいは誤魔化そうとするときは右に動くことが多い。これを確かめるために、木和田は答えの分かっている質問を何度もし、幸枝の目がどちらに動くかを見てきた。たとえば、朝食のメニュー。こういう質問では左。ヨシオと出会った店の場所。この場合は右だった。むろん動かないときもあるし、木和田が見逃してしまうことも、動きが微細過ぎて判別できないこともある。

ただ、誰が南京錠を開けたのかという質問に対し、今さっき幸枝の黒目は、ほんの微かにだが右に揺れた。

風呂の扉が開いたことについて、幸枝は何か嘘をいおうとしている。あるいは、分かっているのに「分からない」と誤魔化そうとしている。本当は誰が開けたのか。それを明かしたくないがために。

「……幸枝さん。あなたは手品師じゃないんだから。鍵を壊さないで出てくるなんて、できないでしょう？　それができるくらいだったら、あなたはもっと早くあの部屋から逃げてこられたはずだし、さらにいえば、もっと早くそうしていたら、原田家の家族だって皆殺しに遭うことはなかった。違いますか」

思わず、といったふうに、幸枝の口が開いた。

「それは……」

一度口を開くと、幸枝は続けて話をする傾向がある。そもそも細やかな性格なのだ。堂々と見え透いた嘘をつけるような人間ではない。辻褄の合わない話を延々繰り返せるタイプではない。自分の話には一定の筋道をつけようとする。いま木和田が攻めようとしているのは、幸枝のそういうところだ。

「うん、それは？」

だが用心深い一面もある。これまでの調べで、慌てて次を続けなくても大丈夫、ゆっくり考えてから喋ってもさして不自然ではない、そういうことを学習してしまってもいる。

木和田がいま見極めるべきは、幸枝がどっちを見て考え、それを喋るのかということ。嘘なら嘘でもいい。その嘘に木和田も乗っかって、話を続けてやればいい。そのうち辻褄が合わなくなり、幸枝自身が苦しくなってくる。ただそれで、完全に黙らせてはいけない。適当なところで助け船を出し、軌道修正してやることもときには必要だ。そうしないと、再び口を開くまでにまた時間を浪費することになる。しかし、今はいくときだ。幸枝は喋り始めたのだから、この流れを止めてはならない。

重ねて訊く。

「それは、なに？」

「それは……香田さんのこととか、いろいろあったから……だから、逃げられなかったわけで……鍵が掛かってるとか、それだけの問題では、ありません」

「ああ、そうだったね。……うん、ごめんごめん。そういうふうに脅されてたから、逃げられないっていうのが、あったんだよね。そりゃそうだ。それは、麻耶だって同じだもんね……でも、最終的に麻耶はあの部屋から逃げた。携帯電話で警察に助けを求め、部屋番号はいわなかったけれど、サンコート町田四〇三号であろうことを示す、供述はした」

あとから考えると、麻耶は一人で学校にもいっていたのだから、最初からあの場所を「サンコート町田四〇三号」と明言することもできたと思うのだが、その点はいまだ曖昧なままだ。

「なぜだろうね。なぜあのときに限って、麻耶は逃げることにしたんだろう」

これには、小さくかぶりを振る。

「……分かりません。麻耶ちゃんとは、もうずいぶん、話をしていないので」

本当だろうか。微かに、黒目は右に動いたように見えたが。

「麻耶が出ていったとき、ヨシオはどこにいたんだろう」

「それも……分かりません」

「麻耶が出ていったことは、あなたは知ってた？」

「……分かりません。覚えて、いません」

「そのとき、あなたはどこにいたの」

「ずっと、浴室にいましたから……そのときも、浴室だったと、思います。だから……外のことは、分かりません」

「じゃあ、またさっきの話に戻っちゃうけど、あなたはどうやって、あの浴室から出てきたの？」

右だ。いま確かに、目は右に動いた。

幸枝はこれから、嘘をつく――。

「……知らない間に、鍵は、開いていました」

「それまで、鍵が掛かってるか掛かってないか、頻繁に確かめることはあったの？」

これに対する応答は、なし。また思考を遮断しようとしているのだとしたら、マズい。

「それは、できないよね。日中はずっと立ってるのがルールだし、私語も、歩き回るのも禁止なんだから、鍵が掛かってるかどうか、ガチャガチャやって確かめるなんて、できないよね。怖くて」

嘘でもいい。白を切ってもいい。何か反応してくれ。

「……でも、あれか。ずっと外が静かだったら、さすがに気になるか。誰の気配もしなかったら」

幸枝。どうした。これなら頷いても差し支えないだろう。

「どうだろう。気配は、あったのかな。なかったのかな」

頼む、幸枝。扉を開けてくれ。

「浴室の外、脱衣場、その向こうはキッチン……で、リビングか。壁に耳をつければ、物音は聞こえるって、前にいってたよね。それくらいは、こっそりやってみたでしょう」

ころりと、幸枝の喉仏が上下する。普段、人間はわざわざ唾を飲み込んだりしない。そうなってしまうのは、緊張しているせいだ。

幸枝は、明らかに緊張している。なぜか。嘘か真実か、そのどちらかをいおうとしているからだ。

色を失くした幸枝の唇が、ゆっくりと上下に開く。

「……気配は、ありませんでした」

「そう。それで、どうしたの？」

「ドアが開くかどうか、試して……みました」

嘘だ。今お前は、想像でものをいっている。架空の自分がしたかもしれない動作を、頭の中で作り上げて描写しているだけだ。

でも、それでもいい。

「そう。それで、ドアは開いた？」

「……はい」

「いつのまにか、鍵は開いていたと」

「……そう、だと、思います」

「誰が開けたのかな。ヨシオ？　それとも麻耶？」

「……分かりません」

「でも、どっちだと思う？」

目はどっちだ。どっちに動く。嘘か、真実か。

「……麻耶ちゃんだと、思います」

駄目だ。動かなかった。

「そう、だよね。開けてくれるとしたら、麻耶の方だよね……それで、出てみたら、どうだったの。麻耶は、いたの？　ヨシオは？」

「二人とも……いませんでした」

「ということは、ヨシオが出かけている隙に、麻耶が浴室の南京錠をはずして、でもあなたには何もいわずに出ていき、外で警察に助けを求めた。そういうことかな？」

これには、わりとはっきりとかぶりを振った。

「……分かりません。とにかく、二人はいませんでした」

「いつから、いなかったの」

「それも、分かりません」

「ヨシオと最後に顔を合わせたのは？」

「覚えて、いません」

「そう。要するに、あなた一人が、あの部屋に取り残されていた、ってことなの？」

短く、こくんと頷く。

「そっか。分かった……それでしばらくしたら、警察がきたんだよね。そういう、ことだよね？」

これにも、同じように頷いて応える。

「うん、そう……そういうことになるよね。じゃあ、これをちょっと、見てもらえるかな」

木和田が斜め後ろに手を伸べると、打ち合わせ通り、立会いの松嶋巡査部長がコピー紙を一枚差し出してくる。木和田はそれを、いったん自分で見てから幸枝に向けた。

「……覚えてるよね。麻耶の証言に沿って作成した、ヨシオの似顔絵。あなたにも確認してもらって、そのときあなたは、はっきりと、これはヨシオだと、いってくれたよね」

また、固まってしまった。

「これ、ヨシオだよね？　そう、前にいってくれたよね？」

視線は似顔絵に向いたまま、微動だにしない。

「いやいや、今さら違うっていわれても、困っちゃうんだよね。我々は、あなたと麻耶が、これがヨシオだっていうから、今日まで一所懸命この男を捜してきたんだ。何十人もの捜査員がだよ、この暑い中、ね？　汗びっしょりになって街中を歩き回ってさ、いろんな人を呼び止めてさ、この人知りませんか、見たことありませんかってね、訊いて回ってきたわけだよ。熱中症でさ、みんな体調おかしくしてるよ。実際、聞き込み中に倒れた捜査員だっている。でも入院なんてできないから、点滴打ってさ、フラつきながらも、今日もまた、みんな炎天下の街に出ていってるんだよ。私みたいにね、エアコンの効いた取調室で椅子に座って、あなたと話してるのだけが捜査じゃないの。そんなのは、ほんのこれっくらい。大多数の捜査員は、ぶっ倒れても這いつくばっても、この似顔絵握り締めてね、知りませんか、見たことないですかって、思い出したら教えてください、お願いしますって、頭下げて訊いて回ってんの」

机に置いた似顔絵を、さらに幸枝の方に押し出す。

「……これ、梅木ヨシオなんだよね。そうだよね？」

ぎこちなく、幸枝の顔が上下する。

よし、もらった——。

「ありがとう。そうだよね。これは、ヨシオの顔だ」

木和田はもう一度松嶋に手を出した。しかし、今度受け取ったのは写真だ。これも幸枝に確認してもらう。

「じゃあ、次はこれを見てください。これは、誰ですか」

幸枝の目が、写真に釘付けになる。

顔面が強張り、変に大きく息を吸い込む。

反応ありだ。大ありだ。

「……これは、誰ですか」

答えられない、というよりは、驚きが大き過ぎて言葉にならないといった様子だ。

「私なんかには、似顔絵とそっくりに見えるけどね。この写真の男と似顔絵の男は同一人物。つまり、この写真の男こそ、梅木ヨシオ。そういうふうに、私には見えるな。いや、私だけじゃない。他の捜査員たちだってそう見てるし、これは誰に見せたって同一人物だっていうよ。だってそっくりだもん……そこで、幸枝さん。一応あなたにも、確認しておきたいんだ。あなたには、どう見えるかな。あなたの知っている梅木ヨシオは、この写真の男で、間違いないかな」

あまりに驚き過ぎて、目が釘付けになり過ぎて、逆に木和田には反応が読めない。

「幸枝さん。どうなの。これが梅木ヨシオなの？　違うの？」

何度か繰り返して訊くと、幸枝の目は似顔絵と写真の間を、忙しなく行ったり来たりし始めた。そんなにしなければ分からないほど難しい比較ではない。むしろ一目瞭然だ。これを同一人物と認めないのだとしたら、それ自体が嘘というほかない。

それは、幸枝にも分かったのだろう。

「……はい。これは、ヨシオさん、です」

しかし、認めたら認めたで、それも問題だ。

「うん、そうだよね。これは間違いなく、あなた方がいうところの、梅木ヨシオだ。……で、もう一つ確認なんだけど、あなたがヨシオと出会ったのは、七年くらい前ってことで、よかったよね？」

幸枝が、ハッとしたように木和田を見る。でも、言葉は出てこない。

「そう、いってたよね。調書にもそう書いて、あなたにも読んで聞かせて、指印も押してもらったよね。あなたとヨシオが出会ったのは七年ほど前。そこは、間違いないよね？」

幸枝が、浅く息を吸い込む。

「いえ、正確に七年前、だったかは……」

「正確にじゃなくてもいいんだ。大体、七年くらい前ってことなら、それでいいの」

「いえ、ですから……」

「違うの？」

はらはらと、幸枝の視線が舞い落ちていく。

「……たぶん、その頃、ということしか」

「うん。それでいいよ。たぶん七年くらい前、なんだよね？」

「……はい。たぶん」

しかし、これも問題だ。

「幸枝さん。あなたはヨシオの本名を知らないといったけど、我々は突き止めましたよ。この写真の男はね、中本三郎というんです。福井県出身で、五十一歳。……しかしね、梅木ヨシオの正体がこの中本三郎であるとすると、大変おかしなことになってしまう」

幸枝の目は、再び写真——中本三郎の顔を凝視している。

「この男はね、自分の女房を殺しているんです。今から十七年前にね。それも、実の娘の目の前でだ。中本は逮捕され、裁判で実刑判決を受け、服役した。……仮出所してきたのは、五年前です」

あっ、と幸枝が漏らす。

「あの……ちょっと、数え間違って、いたかもしれません。五年前、くらいだったかも、しれません」

「幸枝さん。いい加減なことをいってもらっちゃ困るよ。あなたはヨシオと付き合うようになって、ヨシオにそう求められて実家を出たんでしょう。その後ご家族はあなたと連絡がとれなくなったものだから、心配して捜索願を出している。その捜索願が大宮署に出されたのは六年前ですよ。これだって辻褄が合わないじゃないですか。当時刑務所にいた中本とあなたが出会うはずがないし、ましてや実家を出て、俺と暮らそうなんてことにはなり得ないはずだ」

パッ、と幸枝の手が机の上に出てくる。その平面に、必死にしがみつこうとする。

「ち、違うんです」

「何が違うの」

「だから、実家を出たのは、ヨシオさんにいわれたからではなくて、私が、勝手に……」

思わず、だった。

思わず中腰に立ち上がり、木和田は大きく振り上げた拳を、思いきり、机に叩きつけていた。

「いい加減なことをいうんじゃないッ」

似顔絵が揺れ、写真がすべり、怯えた顔の幸枝が手を引っ込め、急に辺りが静かになった。

「そもそもこの似顔絵は梅木ヨシオじゃない、中本三郎だッ。そして中本三郎は梅木ヨシオではない。あんたが七年前に中本三郎と知り合うことは不可能だし、関係を持つことも一緒に暮らすことも不可能だ。つまり麻耶は、意図的に中本三郎をヨシオであるかのようにいって我々にこの似顔絵を作らせ、あんたもこれがヨシオであると嘘の供述をした。なぜだッ。なぜ中本三郎がヨシオであるかのように装った。中本とあんたたちはどういう関係なんだ。そして、本当のヨシオは今どこにいるんだ。本当のヨシオは、一体どんな顔をしているんだ」

幸枝の目が、グルグルとさ迷い始める。

嘘と真実。空想と現実。善意と悪意。正気と、狂気――。

本来相反するはずのものが、幸枝の中でその境界を失くし、互いを侵しながら斑《まだら》に混じり合い、濁り、穢れていくのが見えるようだった。

木和田は尻を椅子に戻した。

「本当のヨシオは、どんな顔をしているんだ」

幸枝の目は、もうほとんど焦点を失っている。

「……それが、ヨシオさん……です」

「嘘をいうなよ。七年も自分を苦しめてきた男の顔だ。間違うはずがないだろう」

「本当です……本当に、それが……」

木和田はかぶりを振ってみせた。

「幸枝さん、もうさ、そういう段階じゃないんだって、分かってよ……あのスナック『舞子』の、よしこママね。覚えてるでしょ？　あの人に確認してもらったら、似顔絵だと似てるように見えたけど、この写真の男は違うって、そういったよ。髪形と、ちょっと垂れ目なのと、丸顔がね、絵だと近い雰囲気に感じたけど、写真で見ちゃうと明らかに別人だって、この写真の男はヨシオじゃないって、そうはっきりいってるんだよ」

幸枝は「でも」と反論しかけたが、それに続く言葉はいくら待っても出てこない。

「……じゃあ、いいよ。これは置いとくとして、だ。じゃあ行方はどうなの。中本三郎じゃないよ。あんたや麻耶を虐《いじ》め抜き、靖之さんを、茂文さんを死に至らしめ、春実さん、弘夢くんの殺害を命じ、栄子さんを自殺に追いやった、あんたたちが梅木ヨシオと呼んできた男は今、一体どこにいるんだ」

今までは、決してそれだけはすまいと、木和田は思ってきた。

幸枝に喋らせるために、自らが怪物になる。

木和田自身が、梅木ヨシオになる。

だがもう、意識してその禁を破らなければならないところまで、自分たちはきてしまったようだ。

「黙ってたら分かんねえだろうがッ」

似顔絵を、中本三郎の写真を、机から払い落とす。

幸枝の胸座を摑む、まではしない。しかし、机の縁を摑み、上半身を乗り出して幸枝に顔を近づける。

「アァッ？　野郎はどこにいったんだって訊いてんだよ。鍵は麻耶が開けてくれた？　外に出てみたらヨシオはいなかった？　フザケるな。そんな言い逃れで俺の調べが終わるとでも思ってんのか。お前にはな、まだ複数の殺人の容疑だってあるんだ。再々逮捕、再々々逮捕、お前が洗いざらい喋るまで、俺は何度だってお前を逮捕してやるからな。なあ、おい、聞いてんのかよ。俺は、ヨシオがどこにいったか訊いてるんだよ、オラァッ」

机の片側を少し浮かせ、すぐに体重を掛けて床に打ち落とす。せまい調室内に、耳の痛くなるような破壊音が乱反響する。

幸枝の目は、まるで失神寸前のように、ぐにゃりと溶けかかっていた。

木和田はその、意思を失くしかけた目の奥を覗いた。

「まさか、ヨシオはもうこの世にいない……なんてことは、ねえだろうな」

そこまで、言い終えたときだった。

幸枝に、急に別の人格が宿ったかのように、木和田には見えた。

目に強い意思が表われ、対抗するように、木和田を真っ直ぐに見据える。

誰だ。今そこにいる、この女の魂を支配しているお前は、一体、誰なんだ。

24

特捜本部は、九条・島本組を始めとする三組のペアに、横内辰吾の住むベルコーポ周辺の聞き込みを命じた。

まず、横内の部屋を除く九戸の住民全員に話を聞いた。管理人はおらず、住民は二十代から三十代の男女二人、及び一人暮らしが多かった。それもあってか隣近所に対する関心は薄く、サンコート町田の事件との関連も伏せていたため、初めは「なんの話ですか」という顔をされたが、似顔絵や写真を見せるとそれなりに応じてくれるようにはなった。

島本たちが当たった二〇四号の賃借人、イラストレーターの西岡彩子《にしおかあやこ》、三十四歳もそうだった。彼女は日中部屋にいることが多く、仕事の都合によっては何日も出歩かないことがあるというが、小倉聖子の写真を見せると「ああ」とこともなげに頷いてみせた。

「何度か話したことありますけど、むっちゃ可愛いですよね、この娘。ゴミ捨てるときに会っても、おはようございますぅ、みたいな感じで。あっかるい娘で」

関西出身のようだが、それはこの際どうでもいい。

「最近、お会いになったことはありますか」

「ん、最近……うん、会ったんちゃうかな」

ほう、と九条が質問を続ける。

「いつ頃お会いになりました？」

「うーん、いつ頃やったかな……んん……ちょっと、思い出せないですけど」

「そのときに着ていた服とか、何かご記憶ではないですか」

「着てた服、ですか……ふわっとしたスカートを、よく穿いてたイメージはありますけど。あと、薄いグレーのパーカかな。ここに、イルカかなんかのワンポイントがついたやつ」

パーカか。だとすると、会ったのは暑くなる前かもしれない。

次に九条は、例の似顔絵を見せた。

「じゃあ、この男はどうでしょう。見覚えありませんか」

「ん……誰？　このオッサン」

「ご存じない？」

「うん。知らん……と、思いますけど」

「じゃあ、これならどうでしょう」

似顔絵を写真に替える。すると、

「……あ」

彼女は分かりやすく目を見開いた。

「このオッサンか。この人なら見たことあります。どこの住人かは知らんけど、階段の辺りですれ違ったことはあります」

こういう反応は決して珍しくない。島本たち警察官は似顔絵の出来を信じ、のちに本人の写真が出てくれば、目が似ている、輪郭なんてそっくりだと肯定的に見たがるが、一般人がそうとは限らない。金子徹子のように似顔絵だけで鋭く勘を働かせてくれる人もいるにはいるが、やはり普通は、似顔絵よりも写真の方が思い当たる確率は高い。

九条が西岡の顔を覗き込む。

「この男、ここに住んでるんですか？」

「いや、知りませんけど、何回かは見かけましたよ。ゆうても二、三回ですけど。でも、二回も三回も見かけるんやから住人でしょう、普通は……まあ、挨拶しても返してきぃひんから、無愛想なやっちゃな、とは思ってましたけど」

「どんな恰好をしていたか、覚えてませんか」

「うーん、どうやろ。ごく普通の、オッサンルックでしたけど」

「ごく普通というと」

「だから、こう、シャツにスラックス、みたいな」

「上着は着てなかったですか」

「着てた……かもしれんし、着てなかったかも」

「最近も見かけますか」

「そういえば、最近は見ぃひんかな……なに、このオッサン、なんかやりよったんですか？」

彼女の他に中本三郎らしき人物を目撃した住民は三名。だがその全員が、それ以上のことは知らないという。管理人を置かないアパートやマンションにはありがちな結果だが、気になるのは小倉聖子に関してだ。

聖子のことは住民のほぼ全員が認知していた。「二〇五号に住んでいる若い女性」「明るくて可愛い娘」「小柄な美人さん」「よく挨拶をしてくれる」とその評判も上々だったが、一方で「最近見かけない」「そういえば会わない」という証言が相継いだ。

これを会議で報告すると、特捜の幹部も顔をしかめた。

藤石管理官の独り言が、マイクに乗って響く。

「まさか、小倉聖子まで……なんてことは、ないだろうな」

隣にいる中島警部も渋い顔で首を捻る。

「中本三郎と、幸枝、麻耶、ヨシオの接点が不明である以上……ないとは、言い切れませんな」

藤石管理官が木和田の方を向く。

「聖子に関して、幸枝には訊いてみたか」

木和田はもう、立ち上がりながらかぶりを振っていた。

「……いえ、まだです。何しろ、似顔絵の男は梅木ヨシオではなく、中本三郎という別人だろうと、そうぶつけた段階ですので。その娘の聖子のことまでは、切り出すタイミングがありませんでした」

「そうか。できれば、そこは明日にでも詰めてみてくれ。仮にサンコート町田以外にも拠点があり、そこでも同じようなことが起こっているとしたら、早いに越したことはないからな……じゃあ、次」

しかし木和田は座ろうとせず、「あの」と手を挙げた。

再び藤石管理官が指名する。

「なんだ、まだ何かあるのか」

「はい。栄子の遺体解体まで、幸枝の供述が整ったところで、やはり私は、気になって仕方ないんですが……浴室から幸枝や麻耶、ヨシオの毛髪や皮膚片が出てこないにも拘わらず、原田家の四人に加え、もう一人分のDNAは出てきているわけです。しかもその多くは、血痕から採取されている。むろん、浴室にはあれだけのルミノール反応があったわけですから、血痕が出てもなんら不思議はないんですが、そのわりには、最後までいたはずの三人の細胞は採取されていない。幸枝、麻耶、ヨシオの痕跡は消えているのに、五人分の細胞は残っていた……これはやはり、相当不自然なことではないでしょうか」

中島係長がマイクを使わずに訊く。

「あんたは、その残りの一人が、ヨシオじゃないかと疑ってるんだろう?」

「いえ、まだそこまでの断定は……むろん、ヨシオである可能性はありますが、現状、行方が分からないのは中本三郎も同じです。ということは、残りの一人が中本という可能性も、捨てきれないわけで。あるいは、その二人とも違う、誰か……しかし、それとこれとはまた別問題でして。幸枝の供述通り、ヨシオは確かに綺麗好きで、幸枝たちに徹底して四〇三号の清掃を命じていたとは思うんです。それはおそらく、嘘ではない……しかし、だったらなおさら、原田家の四人の血痕は出てきたらおかしいんじゃないでしょうか。仮に血痕が残っていたとこ田家の四人は、ある程度時間を置いて死亡、解体されている。仮に血痕が残っていたところで、混じり合ったり、その都度の清掃で流されてしまっていてもおかしくないはずです。ところが、綺麗に四人分、血痕が採取された……血痕が採取された個所を確認しますと」

木和田が手元のファイルに目を落とす。

「ええと……一つ目の女性の血痕が、シャワーのフックの接合部分から。二つ目の女性の血痕は、天井板の継ぎ目から。男性の一人目は、出入り口の折れ戸のレールから。二人目はその取っ手から。身元の分からない三人目は、浴槽の、取りはずした排水菅のトラップ部分から。これは血痕ではなく、肉片ですが……いずれも汚れが溜まりやすい場所で、清掃が行き届かなかったのだろうと鑑識の報告にはありますが、それにしてもデータが綺麗に出過ぎではないでしょうか。しかも、DNA鑑定によって四人は血縁関係にあり、それぞれが親、子、孫であると特定可能な状態だった。逆にいえば、それほど細胞は綺麗に残っていた……」

藤石管理官が訊く。

「綺麗に出過ぎる、つまり、誰かが意図して残したと、そういう読みか」

「んん……まあ、どうでしょう」

「なんのために」

「それは、分かりません」

「田村、それに関して、麻耶はどういっている」

田村は香田麻耶担当の取調官。しかしこのところ、新しい報告は何一つできないでいる。

「……すみません。浴室内のことは、よく分からないと、その一点張りで……申し訳ありません」

麻耶の取調官になった当初、田村は毎晩のように意気揚々と会議で取調べ結果を発表していた。しかし、勾留を延長した頃から麻耶の口は目に見えて重くなったという。幸枝担当の木和田は変わらず報告を上げているが、このところの田村は麻耶に対し、その裏をとることすら満足にできていない。つらいだろうが、本人もどうしようもないのだろう。立会いを務める広田巡査長も「見ていて可哀相」と島本に漏らしていた。

藤石が「もういい」と田村を座らせる。

「それに関しては、木和田さん。あんたがじっくり攻めてくれ」

「……分かりました」

報告は次の、サンコート町田周辺の聞き込みに移った。

しかしそこから、思わぬ情報が上がってきた。

報告に立ったのは多摩中央署の巡査部長だ。

「本日、サンコート町田の四軒隣の住民、ノグチヒロシ、三十六歳から、先月……七月の初め頃ですが、サンコート町田前の路上で、横内辰吾とよく似た男を、二度目撃したとの証言を得ました」

麻耶が保護されたのが七月八日。以後、サンコート町田にはヨシオが現われることを期待した捜査員が連日張り付いていたので、もしその話が本当だとしたら、横内が目撃されたのは麻耶の保護以前である可能性が高い。

まさか、横内も事件に関わっていたのか。

「ノグチによりますと、その男はサンコート町田の玄関付近を路上からじっと見ており、ノグチと目が合うと、急にその場から立ち去ったということでした。そのときはノグチも気に留めなかったようですが、本日、横内辰吾の写真を見せたところ、似た男性を見かけたことを思い出した、ということです。一度目は気にしなかったが、さすがに同じくらいの時間……夜の十一時頃、これはノグチが平日、会社から帰宅する時間だそうですが、同じ場所で見かけたので印象に残っていたと。ちなみに、サンコート町田で事件が起こったこともノグチは知っていましたし、捜査員がノグチ宅を訪れるのも初めてではありませんが、今までは梅木ヨシオの似顔絵や原田幸枝、香田麻耶の写真しか見せられなかったので、思い出さなかったということです」

よし、と藤石がひと声発する。

「そろそろ、横内辰吾に聴取してみるか。……九条、いけるか」

九条は、座っていた椅子の背もたれが後ろの机にぶち当たり、自分の机も腿で押し上げ、前に倒しそうになるくらい勢いよく立ち上がった。

「はい、いけます」

「これまで通り、澤田《さわだ》組と平松《ひらまつ》組を付けるが、とりあえずお前の組で当たってみろ」

「はい」

澤田組、平松組は共にベルコーポ周辺の聞き込みをしたペアだ。

「時間はどうする」

「はい。逃げる口実を与えないためには、サカエ自動車の終業時間直後が狙い目だと思います」

「いや、終業直後はマズい。いったん帰宅させて、部屋に入ったところで接触しろ。それで自宅内を検めて、小倉聖子の安否を確認しろ。自宅内にいればいいが、いないとなると……それについても横内に訊かなければならなくなる」

相反する二つの熱が、島本の胸に湧き上がっていた。

一つは、九条のオマケとはいえ、事件解決に大きく貢献するかもしれない役回りにありつけたこと。これで横内から事件の核心に迫るような供述が得られれば大きな手柄になる。

手柄を立てれば、本部の捜査一課に異動、なんてことも、ひょっとしたら現実味を帯びてくるかもしれない。九条の上着の襟にある、捜査一課の赤バッジ。あれが自分の胸にもつくかと思うと、自然と熱いものが込み上げてくる。

しかし、小倉聖子の件はまったく逆だ。横内に事情を訊き、もしそこで、小倉聖子がすでに殺されていることが分かったら——。この事件の闇は、また一層深くなることになる。想像するだけで、血が凍りそうになる。

翌日、サカエ自動車における横内の行確は澤田組、平松組に委ね、島本たちはベルコーポ近くでの待機に回った。その間に小倉聖子が現われてくれれば、それはそれでいい。横内に要らぬ容疑を掛けずに済む。

しかし、小倉聖子が現われなかったら——。

島本はその懸念を振り払おうと、コンビニ袋を片手に、軽い足取りでベルコーポに入っていく聖子の姿を幾度となく思い浮かべた。逆に旅疲れした様子で、だるそうにキャリーバッグを引きずってくるパターンも考えた。キャミソールにショートパンツという恰好でゴミ出しに出てくる。新しいバイトの面接を受けるため、ちょっとお洒落をして出かけていく――。

だが、そんな妄想は路面から立ち昇る陽炎に弄ばれ、吹き抜ける熱風にさらわれ、いとも容易くかき消されていった。

一応、捜査用ＰＣは与えられているものの、この夏場の日中ではほとんど無用の長物だった。エンジンを長時間掛けっ放しにはできないので、必然的にエアコンは点けたり消したりの繰り返しになる。いったん消したら、車中はものの十分でサウナ状態になる。そうなったら窓を開け、それにも耐えられなくなったらまたエンジンを掛け、エアコンを点け――やがて、そんな繰り返し自体が煩わしくなり、島本たちは車を降り、ベルコーポの出入り口が見える日陰を探し、適当に移動しながら見張るようになった。

特捜本部は最近、パック型の保冷剤を大量購入し、それを署の冷蔵庫で凍らせ、外回りの捜査員に三つずつ持たせるようになった。捜査員はそれをハンカチや小さなタオルに包み、着衣の適当なところに仕込んで体温を調節する。だがそんなものは二時間と保ちはしない。あとはもう、自動販売機で冷えた水を購入し、それを脇の下などにはさんで凌ぐくらいしか手立てはない。ぬるくなった水は飲まず、そのまま道端に流して捨てる。一々飲んでいたら、水っ腹で身動きがとれなくなってしまう。

あとは、ひたすら耐えるのみだ。

「……聖子、現われませんね」

ときおり島本が呟くと、九条は決まって苦笑いを浮かべた。

「島本さん、かなりそこ、気になるみたいですね」

「そりゃ、なりますよ……万が一ってことも、あるわけですし」

「ちょっと、好みのタイプでしたしね」

「まあ……それも、ないとはいいませんけど」

交わす会話も、せいぜいそんな程度。日中はベルコーポを見張る以外、特にすることはない。二、三時間置きに交代で休憩はとるものの、夕方まで時間を潰すのには本当に苦労した。

そして、十八時を二十分ほど過ぎた頃。ようやくサカエ自動車担当のペアから九条の携帯に連絡が入った。

「……分かりました。じゃあ、待ってます」

携帯をベルトのホルダーに収めながら、九条が頷いてみせる。

「横内、いつも通り自転車で出たそうです」

「じゃあ、あと十分くらいですね」

横内の行動パターンはこれまでの行確でおおむね摑めている。仕事帰りに買い物をすることは稀で、たいていは真っ直ぐ帰ってくる。今日も、まさにそのパターンだった。

まだ暗くなりきらない、十八時三十二分。スポーツタイプの自転車が一台、ベルコーポの駐輪場に停まった。

「いきましょう」

「はい」

九条と連れ立って曲がり角から出る。

横内はちらりと郵便受を見ただけで、すぐに階段を上り始めた。心なしか、足取りが重いようにも見える。島本たちも、足音を殺してベルコーポに近づいていった。

横内が二階に上りきったタイミングで、乗用車が一台、一つ先の角に現われた。澤田組、平松組が乗った捜査用PCだ。そこでライトを消し、エンジンも切り、四人全員が車から降りてくる。

九条は彼らに「下で待て」と手で示した。

四人の先頭にいる、澤田デカ長が無言で頷く。自分たちが二階で声をかけた途端、横内が外廊下から飛び下りて逃走を試みることも考えられる。彼らにはあらかじめ、その際の確保を担当してもらう手筈になっていた。

島本たちが階段を上がり、二階の廊下に立ったとき、横内はまだ二〇五号のドア前にいた。鍵を開け、ちょうどドアを引こうとしたところだった。

「横内さん」

九条が声をかけると、横内はひゅっと肩をすくめ、怯えたような顔でこっちを見た。だがすぐに、一度会ったことのある刑事だと思い出したのだろう。姿勢を正し、小さく会釈した。

「……どうも」

九条と共に、会話ができるところまで距離を詰める。

「先日は、突然お伺いし、失礼いたしました。今日も少し、横内さんにお尋ねしたいことがあるのですが、今、よろしいですか」

横内は、九条、島本と、順番に顔を見比べている。

「金子さんの、車のことでしたら……」

「いえ、今日はそうではなくて、まったく別の話です」

すると、不安げに目を伏せる。

「別、って……どういうお話、ですか」

「立ち話もなんですから、差し支えなければ、中に入れていただきたいのですが。玄関でけっこうですので」

言葉自体は丁寧だが、九条の口調には相手に有無をいわせない押しの強さがある。拒否すれば、すかさずその理由を訊く。返ってきた答えに納得できなければ、さらに突っ込んでその点について訊く。ふた言み言で、そこまで相手に悟らせる。そういう強さだ。硬さ、と言い替えてもいい。

横内が、諦めたようにドアを開ける。

「……どうぞ。なんのお構いもできませんが」

自ら玄関に入り、照明のスイッチを入れ、スニーカーを脱ぐ。明るくなったタタキには、他にサンダルが二足。ライトブルーの、クロックスタイプのが一足。オレンジの革ベルトが可愛らしい、女性物が一足。他に履物はない。

横内が、廊下に上がったところで振り返る。島本たちを奥に通す気はないらしい。閉め切っていたので、玄関は当然の如く蒸し暑い。

「どういった、ご用件でしょうか」

「ええ……ちょっと、こちらを見ていただけますか」

もう似顔絵で様子を見るなどという、回りくどいことはしない。いきなり九条は、中本三郎の写真を横内に向けた。

「この男性、ご存じですよね」

島本は、横内の表情の変化をじっと見ていた。動くものは眉毛一本見逃さないつもりだった。

だが、

「いえ」

まったくといっていいほど、そこに変化は見られなかった。

九条が首を傾げる。

「おかしいですね。この近隣の方は、よく見かけると仰ってるんですが」

「私は知りません」

同じだ。サカエ自動車で、金子徹子の車について訊いたときと、まったく同じ調子だ。

普段の横内は、もっと明るい青年のはずなのに。

「小倉聖子さんから、何かお聞きではないですか」

「いえ、何も」

「そうですか。この男性、実は、小倉聖子さんの、実のお父さんなんですが」

「そうなんですか。知りませんでした」

「小倉さんは、今こちらに？」

「今はいません」

「どちらかに、お出かけですか」

「それは、捜査ですか」

依然、横内の表情に変化はない。

「捜査かといわれれば、捜査です」

「なんの捜査ですか」

「それが分からないと、お答えいただけませんか」

伏し目がちになり、横内が黙る。

その視線をすくい取ろうとするように、九条が覗き込む。

「横内さん。小倉聖子さんは、いつからお出かけですか」

怒ったのだろうか。横内の口に、微かに力がこもる。

九条が続けて訊く。

「……いつから、小倉さんは、いないんですか」

奥歯を嚙み締めているのだろう。横内の顎の筋肉が、硬く締まるのが分かった。

「横内さん。小倉さんが一ヶ月以上前にバイトを辞められていることは、我々も知っています。最近、近所の方もすっかり姿を見なくなったといっている。もし、どこかにお引っ越しされたとか、何かの事情で長期間不在にしているとか、そういうことでしたら、そう仰ってください。我々も、そうであってくれた方がいいんです。しかし、不在の理由が分からないとなると……別の言い方をしますと、安否が確認できないとなると、我々も見過ごすことはできなくなる。なので、その点だけでも、お答えいただけませんか」

横内の、少し尖らせた唇が震え始める。でも、まだ黙っている。

「本当に小倉さんは、今ここに、いらっしゃらないんですか」

答えはない。

「横内さん。念のため、お部屋の中を、見せていただくわけにはいきませんか」

それにも答えない。

「……横内さん。あなた、何かご存じなんじゃないですか？」

横内は心を失くしたように、ただ立ち尽くすのみだ。

「何もお答えいただけないとなると、我々としては、最悪の状況を想定せざるを得なくなる。新聞等で横内さんもご存じでしょうが、近所であんな事件があったわけですから、万が一ということだって、ないとは限らない。しかし、そんなことはないと、我々も思いたい。小倉さんは無事だと、我々だってそういう確証がほしいんです。……横内さん。ご迷惑でしょうが、室内を検めさせてください」

ここまでいっても、なんの反応も示さない。拒否の意思表示すらない。

「横内さん。よろしいですね？　少しだけ、中を見させていただいても、いいですね？」

合法的なやり方でないのは九条も承知の上だろうが、ここは仕方ないと島本も思った。靴を脱ぎ、半ば強引に上がり込み、横内を押し退け、蒸し暑い廊下を二人で進む。

突き当たりを左に曲がったところがリビングだった。入ってさらに左奥には窓があり、カーテンが開いているので多少は外の明かりも入ってきている。だがさすがに、それだけでは状況が分からない。照明のスイッチを探し、島本が押した。

電球色の蛍光灯が瞬き、パッと開けたように、辺りの様子が目に飛び込んできた。

すぐには、何もいえなかった。

九条が、二、三度見回してから漏らした。

「これは……」

ただひたすら、ひどい有様としか言い様がなかった。

リビングのほぼ中央にあるオレンジ色のソファ。その周りには、枕や布団、女性物の下着や衣類、靴、化粧品の瓶や手鏡、酒瓶などが散乱している。ソファにも掛け布団が載っており、そこには人一人分のスペースがぽっかりと空いている。

だいぶ掃除をしていないようだった。どこもかしこも埃だらけ。ダイニングテーブルには汚れたままの皿、茶碗や箸、フォーク、スプーン、タオルなどが放置されている。それでいて、ゴミ臭さや生臭さはない。むしろ気になるのは埃臭さだ。

まるで廃墟だった。とてもではないが、若い男女が快適に暮らせる環境ではない。

横内はここで、一人で、一体どういう生活をしているのだ。

振り返ると、彼もすぐ後ろまできていた。

思わず、島本は訊いてしまった。

「横内さん、これは……」

だが、それ以上は続けられなかった。

横内は、顔をクシャクシャにして、泣いていた。

「……分かりません。自分は、何も、知りません……」

背後の壁にもたれ、そのままズルズルと、崩れ落ちていく。

「聖子は、もう、ここには、いません……たぶん、戻ってくることも、ありません……どこにいったかも、分かりません……連絡も、とれません……もう、会うことも、ないと、思います……もう、聖子には、会えないんです……会えないんです……」

なんだ。二人に一体、何が起こったのだ。

25

正直、自分があの部屋からどうやって帰ってきたのか、辰吾自身、ほとんど記憶にない。ただ「ごーちゃん、ごめん、ごめんね、ごーちゃん」と、聖子が泣きながら繰り返していたのだけは、耳に残っている。聖子と三郎に両側から支えられるようにして夜道を歩いたのも、たぶんあの夜のことだ。

アパートに着き、ソファに突っ伏し、しばらく聖子に頭を撫でられていた辺りからは、わりとはっきりと記憶にある。三郎も近くにいた。ローテーブルの脇に正座していたのか、ダイニングテーブルの椅子を持ってきて座っていたのか。たぶん、そんな感じだった。

三郎を直視したくなかった。存在を意識することすら耐え難かった。聖子にしがみついて、何も見えないようにして、その柔らかな感触と、体温と、優しい匂いに包まれていたかった。ここにいるのは自分と聖子だけ。そういうことにしてしまいたかった。

だがそれは、許されなかった。

耳まで塞ぐことはできない。三郎の言葉は、否が応でも耳に入ってくる。

「辰吾さん、申し訳ありませんでした。結果的に、あなたまで巻き込むような形になってしまいました」

　ぐっと、聖子の体に力がこもるのが分かった。

「お父ちゃん……だからあたし、いったじゃない。最後は警察に任せようって」

「それで済むなら、私だってそうしていた。だがタケイは……奴がしたことは、警察にだって立証できるかどうか分からない。そういう奴なんだ。自分の手は汚さず、最終判断も下さず、すべて周りの人間にやらせて、それを離れたところで見て、奴はただ笑ってるだけだ。あんな奴には、裁判を受ける資格すらない。死刑でも甘過ぎる。それは、お前が一番よく分かってるだろう」

　タケイというのは初めて聞く名前だったが、それについて尋ねる気力も、そのときはなかった。

　徐々に大きく、速くなっていく、聖子の鼓動――。

「分かってる。分かってるけど……あいつがどうなるかより、今いる周りの人のことだよ。あの人たちはどうなるの。あたしは？　ごーちゃんはどうなるの。あんなもの見せられたら、とてもじゃないけど、まともでなんていらんないよ」

「だから、それはすまないと思ってる。だから、こうやって謝ってる」

「謝って済む問題じゃないでしょッ」

「それも分かってる。でも、あの場に踏み込まれて、いきなり騒がれたらすべてが台無しだ。それで警察でもきてみろ。その方がよほど最悪の結果になる。なんの言い訳もできなくなる。とにかく、時間が必要だったんだ。あとほんの少しなんだ。あとほんの何日か、黙っていてさえくれればすべて終わるんだ」

ぎゅっと、聖子に抱き締められた。

「ごーちゃん、ごめん。全部あたしが悪いの。全部、あたしのせいなの……」

頭の中は疑問符だらけだった。ブルーシートが敷き詰められた部屋。血だらけの浴室。バラバラにされた死体。防護服の少女。内臓を茹《ゆ》でる女。突如そこに現われた、聖子。

その聖子が、なぜ謝るのだ——。

小さな手が、辰吾の背中を労るようにさすっている。

「ごーちゃんには、黙ってたけど、本当はね……」

「よせ、聖子」

「お父ちゃんは黙ってて」

聞きたくない。でも、それを拒否することもできない。

「ごーちゃん、あたしね……今、初めて話すけど……小さい頃、母親から……虐待、されてたことがあって」

そういうこともあったのではないかと、薄々感じてはいた。聖子の体のあちこちには、古い傷痕がある。でも、辰吾はそれについて深くは訊かなかった。聖子にしてみたら、触れられたくないことかもしれないし、辰吾は今の聖子が好きなのだから、明るくて、可愛くて、甘えん坊の聖子が大好きだから、そこに暗いものは見たくない。無意識のうちにそう思っているところも、あったかもしれない。

今となっては、最初からちゃんと訊いておけばよかったようにも思う。

「お父ちゃんは単身赴任で、家にいないことが多かった。そんなの、なんの理由にも言い訳にもならないけど……その、母親が、浮気してね。ある男を、家に連れ込むようになったの。それが、タケイ。タケイノブオって男だった」

何者かは知らないが、そのタケイノブオという男がすべての元凶なのだろうことだけは、なんとなく察しがついた。

「七歳になったばかりだった。あたしもちっちゃかったから、そのときはよく分からなかったけど、今から考えると、母親はタケイに命じられて、あたしを虐待してたんだと思う。たぶんそうしないと、自分がタケイに暴力を振るわれるから。実際、顔が痣だらけだったり、足を引きずったりしてたこともあったし……それが怖かったんだと思う。二人であたしに、タバコの火を押し付けたり、カッターで切り付けたり……そういうのであたしが泣き叫ぶのを見て、タケイはゲラゲラ笑ってた。あの顔だけは、一生忘れない。もちろん今も、はっきり覚えてる」

目を閉じていることすら、次第に怖くなってきた。

自分が、深い深い闇の底に落ちていくような錯覚に陥る。

「母親は、どうだったんだろう……元からそういう部分があって、それがタケイによって表面化したのか、それともタケイにやらされてるうちに、次第に、虐待の味を覚えていったのか……分からないけど、もう母親は、タケイがいようといまいと、あたしを虐待するようになってた。ぶったり蹴ったり、踏み付けたりするのは当たり前。裸にされて、電気コードを首に巻かれて、犬みたいに這いつくばって、ご飯を食べさせられたこともあった。それも、何日も何日も。他にもある……水風呂に入れられて、頭まで浸かれっていわれて、母親は縫い針を持って、湯船の外で待ってて。息が続かなくなって顔を上げると、頭に、その針が刺さって。血が出て……やめてよ、赦してよっていっても、母親は笑ってるだけ。全然やめてくれなかった」

同じことを、辰吾も心の中で叫んだ。

俺の聖子を、それ以上、壊さないでくれ──。

「……正直、そのときはお父ちゃんも恨んだ。なんで家にいてくれないの、あたしを助けにきてくれないの、って……電話は、たまにかかってきてた。そういうときはもちろん、タケイは静かにして、いない振りをしてたし、母親も、なんでもないふうを装ってた。あたしは、電話に出してもらえなかった。でも、お父ちゃんもあたしの声が聞きたかっただろうし、ずっと電話に出ないのを、変に思ってたんだと思う……ね？　そういうことだよね。だから聖子を出せって、あのとき、強くいってくれたんだよね」

それに三郎がどう反応したかは、見えなかったので分からない。

「それで一度だけ、出られたの。母親に睨み付けられながら、元気だっていいな、って、受話器を渡された。あたしは、チャンスだって思った。あとのことなんて考えてなかった。とにかく受話器を摑んで、お父ちゃん助けて、お母ちゃんにぶたれる、知らないオジサンがあたしを虐めるって、とにかくそれだけ伝えた。バカッ、て殴られて、受話器を取り上げられて、すぐ切られた。……そのあとはもう、地獄だった。死ぬかと思った。タケイはすぐに出ていったけど、母親はあたしを朝までいたぶり続けた。虐め抜いた。よく死ななかったと思う。……案外、丈夫なんだね。あたし」

辰吾は恐る恐る、上半身を起こしていった。聖子の顔が見たかった。今までと変わらない聖子がそこにいることを、目で見て確かめたかった。

「明るくなった頃、ようやくお父ちゃんがきてくれた。あれ、どうやって帰ってきたの？

タクシー?」

それも見ていなかったが、たぶん三郎は頷いたのだと思う。

「まあ、母親も馬鹿だよね。浮気相手連れ込んで、子供を虐待して、それが旦那に知れたっていうのに、それでも朝まで、娘をいたぶるのに夢中だったんだから……そっからは、修羅場。あたしは裸にされて、なんだこれは、ってなって。最初は母親も言い訳してたけど、徐々に本性を現わしてきて、お父ちゃんに摑み掛かって、殴ったり、嚙み付いたり……でも力で敵うわけないから、最後は包丁を持ち出して……当然、お父ちゃんはそれを取り上げようとして、でも揉み合ってるうちに、なんか静かになって……そうしたら、シャパァーッて……母親の首から、噴水みたいに、血が噴き上がって」

えっ、と思わず口から漏れた。聖子から体を離していた。

「それじゃ……」

「すぐ救急車は呼んだけど、助からなかった。お父ちゃんは即逮捕されて……今から考えると、けっこう重かったよね。求刑十五年で、十四年の実刑だっけ」

調べたのか、と三郎が訊く。

「うん、便利な世の中だからね。ネットでちょっと調べれば、それくらいすぐ分かるよ。……あれでしょ、警察でも裁判でも、あんまり言い訳しなかったんでしょ? あたしのために」

場違いといえばそうなのだろうが、聖子の様子がさほど変わらなかったのが、辰吾にとっては唯一の救いだった。

「ごめんね、お父ちゃん……それと、ありがとう。今までそういうこと、ちゃんといわなかったもんね。ほんと、ありがとう……お父ちゃんに助けてもらわなかったら、あたし、あの日に死んでた。そしたら、こうして、ごーちゃんと出会うこともなかった。……そのあと、あたしは養護施設に入って、小倉の養女になって……気持ちも、体も縮こまってたあたしを、小倉の両親は根気よく、優しく、愛情深く育ててくれた。幸せってどういうことなのか、人を思うってどういうことなのか、一つひとつ、諦めずに教えてくれた。少し大きくなって、お父ちゃんのこと、なんであんなことになったのか、本当の理由を話したら、それもちゃんと理解してくれた。だから仮出所のことも、連絡先も、ちゃんと教えてもらえた。小倉の両親にも、ほんと……心から感謝してる」

聖子が、辰吾と向かい合う形に座り直す。

「ごーちゃん、ほんとごめん。ごめんなさい……お父ちゃんがここに転がり込んできたの、たまたまじゃないの。あたしが、お父ちゃんを呼び寄せたの」

言葉にはならなかったが、辰吾の疑問は顔に出ていたと思う。

「んーん、それだけじゃない……このアパートを選んだの、ここにしようってあたしがいったのにも、実はちゃんと、理由があるの」

ぞっとした。

この話は一体、どこから始まっているんだ。

「あたし、ここにくる前、新横浜のコンビニで働いてたじゃない。そのときに、偶然見かけたの……タケイを。何回かきたから、絶対に近所に住んでるって思って、あとを尾けてって、そしたら、やっぱり女と住んでて。その人、あちこち怪我してるみたいだった。その、新横浜のアパートはすぐに引き払われちゃったんだけど、あたし、女の働いてるスナックは突き止めてたから。……それが、町田だった。町田駅近くの『まいこ』って店だった。だから、あたしも町田でバイトを始めたの。ガソリンスタンド、ファミレス、ビルの清掃……で、タバコの販促のバイトで、ナナミちゃんと知り合って、合コンに誘われて」

ナナミというのは、辰吾の同僚である新田の、高校時代の同級生だ。

先の疑問が、ようやく口元まで出てきた。

「……じゃあ、俺と付き合ったのは」

そう訊くと、聖子は眉間に皺を寄せ、激しくかぶりを振った。

「違う、それは別。あたし、最初からごーちゃんのこと気になってたし、すぐ好きになったし、一緒に暮らしたいっていわれたとき、すっごい嬉しかった。それは嘘じゃない。そこだけは信じて。アパートをここにしようっていったのは、ごめん。あのマンション……サンコート町田に近いから、あそこの様子を見るのに都合がいいからってのは確かにあったけど、でもごーちゃんが好きなのは本当なの。それは絶対に嘘じゃないの。利用したみたいになっちゃったのは悪いと思ってる。こんなことに巻き込んじゃったのも、ほんと、なんていって謝っていいのか分からない。でも、あたしの気持ちまで疑わないで。それは絶対に本当なの。ごーちゃんのこと、ほんとに大好きなの」

うん、と頷いてはみたものの、それですべての疑念が晴れたわけではない。

「でも、三郎さんを、ここに……」

聖子が、すまなそうに頭を下げる。

「ごめん。それは、そう……お父ちゃんに、タケイの居場所を突き止めた、一緒にいる女、きっとあたしと同じような目に遭ってる、他にも何人か出入りしてて、中には高校生くらいの女の子もいる、そのうち、きっととんでもないことになるっていったら、お父ちゃん、分かったって。俺が調べるって……」

三郎が視界に入ってきた。聖子と辰吾が座っているソファの近くまできて、三郎が正座をする。

「辰吾さん、悪いのは聖子じゃないんです」

当たり前だ、とは思ったが、口には出さなかった。

「全部、私がしたことです……私から、説明させてください」

もはや、聞かないという選択肢すら自分にはないのだと、辰吾は悟った。

「……はい」

いったん背筋を伸ばした三郎が、話し始める。

「すみません。ちょっと、長くなりますが……タケイの居場所がサンコート町田、四〇三号室であるというところまで突き止めたのは、確かに聖子です。一緒に三十代くらいの女性と、高校生くらいの女の子、他にも何人かいるというのも、聖子から聞きました。でもそこから先は、私が調べました。ここを拠点のようにしてしまったのは、大変申し訳ありませんでしたが、何しろ、私は前科者ですから。それでもありがたいことに、雇ってくれた工場があったのですが、そこも辞めて、こっちにきてしまったものですから、当然、収入はゼロだったわけで……それで、つい、聖子を頼ってしまいました。再燃した怒りと、恨みで、周りが見えなくなっていた部分は、あったと思います……辰吾さんにも、ご迷惑をおかけして」

それはもういいです、と辰吾は遮った。

「すみません……いい歳をした大人が、一日中、何をブラブラしているんだと、ご不快に思われたでしょうが、つまり、そういうことです……サンコート町田の出入りを見張り、まずタケイと、その餌食になっている人たちを特定することから始めました。不思議なことに、高校生くらいの女の子……マヤという名前ですが、彼女は学校に通うことを許されていました。毎日ではありませんが、多ければ週に三日くらい、登校していました。私はまず、彼女の行動を把握することにしました」

あの日、公園で通りを見ていたのも、その一環だったのだろうか。

「彼女は寄り道もせず、最短時間での登下校をしていました。さらにタケイは、マヤちゃんが寄り道をしないで登下校しているか、ときおり見張っていました。その道中で、奴が彼女に声をかけたことがありました。私がタケイを目撃したのは、そのときが最初です」

三郎が、ポケットから何やら取り出す。

「……聖子に頼んで、デジタルカメラを買ってもらいました。これでタケイを撮影して、聖子に見せて……似ているといわれましたが、動画も撮ってきてといわれ、動画でも撮影し、それも聖子に見せて、ようやく間違いない、これがタケイノブオだ、ということになりました」

頼めば見せてもらえたのだろうが、むろん辰吾からそんなことはいわなかった。

「私は、とりあえず彼女と接点を持つことを試みました。中の状況がどうなっているか分からないので、探り探り……いつの頃からでしょうか、彼女も私の存在に気づくようになりました。私は通り道で待ち伏せし、わざと目を合わせ、ときには頷いてみせ、私にはあなたの状況が分かっていると、そう伝えようとしました。……ある日彼女は、一枚の紙切れを道端に落としていきました。しばらくしてから拾いにいくと、それには、助けて、と書いてありました。ノートの切れ端を千切ったものでした。シャーペンで、綺麗な字で、ひと言だけ書いてありました」

よほど頭の回転が鈍っていたのだろう。そこまで聞いてようやく、あの防護服の少女がマヤなのだと、辰吾は気づいた。

「夜も見張りました。アツコという女性……さっき、マヤちゃんといいた人ですが、彼女が出かけていくのを尾けたり、昼間は、その他の人が金策に歩き回らされていることも知りました。でも、それだけではまだ不充分でした」

金策。誰が、なんのために。

「私はさらに見張りを続けて、彼らの行動パターンを把握するよう努めました。無策のまま介入して、逆にタケイの罠にはまるようなことになったら元も子もないと思ったからです。でも、やや慎重が過ぎたのかもしれません。私がもたもたしているうちに、一人、また一人と、人が見えなくなっていきました。ようやく私が決心し、タケイが周囲にいないことを確認した上でマヤちゃんに接触したときには……もう、生存者はあの二人だけになっていました。アッコさんと、マヤちゃんです。それまでに殺されたのは、多くはアッコさんの家族でした。殺害後、死体は風呂場で解体し、細かくして茹で、最終的にはミキサーでスープ状の液体にして、公園のトイレや川に流したということでした。その点は、辰吾さんもお分かりかと思います」

思考が、なかなか三郎の話に追いついていかなかった。金策に歩き回らされていた人たちが、なぜ一人ひとり殺されて、「ミキサーでスープ状の液体」にされてしまうのか理解できなかった。

「……もう、私がタケイを、殺すしかないと思いました」

いきなり、話が飛んだ気がした。

「こ、殺す、って……なんで、三郎さんが」

「彼女たちには無理です。彼女たちは、暴力で完全に精神をコントロールされていました。常識からしたら、なんでそんな奴の言いなりになるのか理解できないかもしれませんが、でもそういう男なんです、タケイノブオというのは。……標的にされた人間は、終わりのない暴力、植えつけられた恐怖心、長期間の監禁、逃亡を何度も阻止された絶望、家族ですら信じられなくなるよう猜疑心で雁字搦《がんじがら》めにされ、タケイに従うことしか考えられなくなってしまう……そういうふうに、仕向けられるんです。いわば、マインドコントロールです」

その、タケイという男が具体的に何をしたのかも説明されたが、正直もう、脳が受け付けなくなっていた。理解すること自体を拒否していた。

「……信じられないと思います。いくらなんでも、そこまで惨《むご》いことをする人間はいないだろうと。私だって、以前だったらそんな話は信じなかった。でも、今は違います……私は刑務所で、様々な犯罪者を見てきました。むろん、私自身、元受刑者です。人殺しです。自分の所業を弁護するつもりは毛頭ありませんが、でもいわせてもらえるなら、私が妻を殺したのには理由がありました。聖子を守りたい、聖子をこんなふうにした人間は、たとえ母親だろうと赦せない。そういう思いは実際にありました。怒りがありました。しかし、犯罪者の誰もがそうかというと、そうではないのです」

そこだけは、分かる気がした。理由のある殺人もあれば、理由のない殺人も世の中にはある。それくらいは辰吾にも理解できた。

しかし三郎の話は、それだけに留まらなかった。

「普通、人間は親に育てられ、その中で愛情を知り、まずは親を愛し、次にきょうだいを愛し、やがて他人を愛し、新たに家庭を設け、子供が生まれ、またその子供を愛します。愛情の大小はあっても、ゼロということは、通常はあり得ない。非道を重ねたヤクザ者でさえ、自分の家族は愛しています。親がヤクザだからと、自分の子供が学校で虐められていないか、自分の服役中に子分が不自由をしていないか、女房が誰かに寝取られたりしないか、そういう心配はします。実に身勝手です。歪んでいます。でもそれだって、愛情の一つです。通り魔的な無差別殺人を起こした犯人は、世の中を恨んでいることが多いといいます。いってみれば、それもまた愛情の裏返しです。望んだように愛情が得られなかったから、社会に受け入れられなかったから、だから社会を恨むんです。むろん、そんなのは独りよがりな逆恨みです。決して同情できる話ではない。でもそれも、愛がゼロだったら起こらないんです。愛というものがある、それが分かっていながら、自分だけが得られない。そういう思い込みから、彼らは社会を恨むんです」

なんの話か、また分からなくなっていた。いつのまにか思考が周回遅れになっている。

「愛の大きい小さい、多い少ないは当然あるでしょう。でも完全にゼロというのは、通常は考えられない。考えられないですが、でも現実にはあるんです。いるんです、そういう人間が……それがどういう状態か、お分かりになりますか」

首を傾げてみせたが、もう、自分が何を分かっていないのかも、よく分からない状態だった。

「……さきほどもいいましたが、普通の犯罪には、理由があります。捜査や裁判では、それを『動機』と呼んで、犯行に至るまでの経緯を明らかにしようとします。社会を恨んでいたでも、遊ぶ金ほしさでも、なんでもいい。とにかく犯行に至った理由を解明しようとする。裁判ですらそうなんです。一般的に、犯罪には何かしら理由があると考えられている。同情の余地があるかないかは別にして、それは必ず訊かれます。しかし、彼らの起こす犯罪には……まったく理由がない」

パタンと床がはずれ、ふいに、無重力の闇に放り出されたような、そんな不安を覚えた。

「その手の犯罪者は、最終的には良心がないとか、反社会的人格だとか、そういうふうに判断されるようですが、私には、反社会というより、人間社会というものを、そもそも認知していないように思えてならない。刑務所には、本当にいろいろな悪人がいます。人殺し、詐欺師、泥棒、性犯罪者……何をしでかしたかは様々ですが、そんな中にも、その手の人間は紛れ込んでいます。最初は分かりません。普段は愛想もいいですし、刑務だって一応はこなしています。でもそれは、獲物を油断させるためのカムフラージュ……いわば、擬態です。奴らは、人間ではありません。中身はケモノです。人間に見えるように、化けているだけです」

人間では、ない——。

「奴らは、他の人間を同族とは思っていません。単なる獲物としか見ていない。だから愛しもしないし、哀れむこともない。そんな良心なんて最初から持ち合わせていないし、擬態で相手を騙しはしますが、その後は本性を剝き出しにし、情け容赦ない攻撃を開始します。肉体的、あるいは精神的に痛め付け、富を吐き出させ、まさに骨の髄までしゃぶり尽くし、そして……最悪の場合は、殺して捨てます。それが奴らの生き方なんです。奴らの日常です。さらにタチが悪いことに、奴らは、人間社会のルールは熟知しています。決して頭が悪いわけじゃない。ただ、そのルールに従う気がない。人間社会というジャングルで、人間を獲物にして、自分だけが生き残ればいいと考えている。そういう奴は確実にいるんです。……奴らは、人間の皮をかぶったケモノです。だが悲しいかな、人間社会がそれを認識していない」

依然、話にはついていけていなかったが、三郎が本気で怒り、悲しんでいることだけは感じられた。

「親の顔が見てみたい、という言葉があります。おそらく外国にも、似たような表現はあるんじゃないでしょうか。人間は、個人個人の人間性がなぜそのようになったのか、その理由を育て方に求めがちです。むろん、一般的にはそうなのでしょう。しかし例外もあるんです。奴らは必ずしも、育て方が原因でああなるわけではないらしい。私が刑務所で出会った詐欺師が、まさにそうでした。何不自由なく育てられ、むしろ家庭は裕福だったそうですが、親に対する愛情も、他人に対する愛情もない、社会は獲物で溢れている、それを食い尽くしてやるつもりだったと、真顔で私にいいました。最初は強がりか何かだろうと思っていましたが、どうやらそうではないようでした。その男はまだ服役中です。できることなら、一生刑務所から出さないでほしいです……いや、出してはいけない。奴らを矯正することも、教育することも、現実には不可能です。奴らに対して我々人間ができることは、徹底的に接触を避けること。それができない場合は、もう戦うしかない。同じ人間だと思って油断すると、必ずひどい目に遭います。奴らと共存はできないんです。奴らは人間ではない。それ以外の、まったく別の、凶暴なバケモノなんです」

三郎が、一つ溜め息をつく。

「……少し、話が横道に逸れました。すみません。……私はなんとか、あの二人だけは助けたかった。だからマヤちゃんに接触し、アツコさんにも会い、話をしました。二人の話では、あの部屋で亡くなったのは、マヤちゃんのお父さんと、アツコさんの家族が四人。しかしアツコさんによると、タケイはそれ以前にも同じように、家族を食い物にしては死に至らしめ、死体を完璧に処理し、また別の家族を物色するという行為を繰り返してきたといいます。なんとしても、ここでタケイを止めなければならない……私たちは合図などを決め、計画を練り、そして……実行しました。私が、タケイを殺しました」

なんで、と無意識の内に口から漏れていた。

「タケイの犯行を立証すれば、彼女たちもお咎めなしというわけにはいかなくなる。下手をすれば、タケイの言い分が通って、彼女たちの罪の方が重くなることだって考えられる。しかし、そんなことは絶対にあってはならない。……私はいいんです。もうすでに、一人殺していますから。私が手を汚せば、私がタケイを始末すれば、すべてが終わる。たった一つ、心残りがあるとしたら聖子ですが、それだって、辰吾さん。あなたという素敵な人ができた。もう、何も心配することはない。戸籍上も親子ではないから、私が捕まったところで、さして迷惑はかからないでしょう。勝手な言い草ですが、すみません……聖子を、よろしくお願いします」

お父ちゃん、と呼んだ聖子の声は、震えていた。見ると、すでに目を泣き腫らしていた。

それでもまだ、辰吾の頭の中は疑問符だらけだ。

「三郎さん、本当に、その、タケイという男を……」

殺したんですか、まではいえなかった。

三郎が頷く。

「辰吾さんも、ご覧になったでしょう。上半身と下半身を切り分けられて、内臓を取り出されていた……あれが、タケイノブオです。いや、私たちはそう呼んできましたが、それが本名かどうかは分かりません。あの二人はウメキヨシオと呼んでいました。おそらく両方とも偽名でしょう。奴が何者なのかは分かりません。生まれがどこで、本名はなんといって……そういうことは一切不明ですが、でも、それならそれでいいんです。正体も分からないバケモノが一匹、消えただけです。そもそも社会の裏側、闇から闇へと渡り歩いてきた男です。そんな男が社会から消えても、どうということはないんです」

ずっ、と聖子が洟をすする。

「そんなことして……お父ちゃんはどうなるの。あの二人は、これからどうしたらいいの」

そのときだけは、不思議なほど、三郎の表情が穏やかに見えた。

「俺は……処理が全部終わったら、逃げられるところまで逃げるよ。あの二人がどうするかは、今はまだ分からない。最終的には、彼女たちが決めることだ。とことん逃げるのか、大人しく警察に出頭するのか。ただ逮捕されたら、まったくの無罪というわけにはいかないだろうから、個人的には、二人にも可能な限り逃げてほしいと思ってる……ああ」

三郎が辰吾に向き直る。

「あの、血の入ったしょう油入れですが、あれは、私がマヤちゃんから、一時期預かったものです。まだ、タケイの目が厳しかった頃で、バレたら何をされるか分からないというので……中身は、アツコさんの家族、四人分の血だそうです。あんなふうに処理されて、髪の毛一本残らないんじゃ可哀相だと思って、密かに作ったのだといってましたが、あれをどうするかも、私には分かりません。私は二人が助かって、タケイがいなくなれば、それでいいんです」

他にもいろいろ聞いた気はするが、あとはぼんやりとしか覚えていない。

三郎は夜中の二時か三時頃、彼女たちのところに戻るといい、アパートを出ていった。

嘘のように、明るい朝がやってきた。

気がつくと、裸の聖子が隣にいた。

綺麗な体だった。傷なんて、ほとんど分からなかった。

何度も何度も、求め合った。

何度も何度も、聖子の中で果てた。

包まれていた。聖子はその小さな体で、辰吾を丸ごと包んでくれた。愛してる。心底そう思った。愛してる。何度もそういった。愛してる。聖子もそう返してくれた。愛してる。

疑いの余地はこれっぽっちもなかった。なのに、どうしても涙が止まらなかった。二人とも、泣きながら唇を重ねた。泣きながら頬を寄せ合った。泣きながら互いの匂いを嗅ぎ、泣きながら眠った。

分かっていた。これからの自分たちが、どうなるのか。

諦めなんて、つくはずがなかった。それは聖子も同じだったと思う。だから、辰吾が眠るのを待っていたのだと思う。ちょっとやそっとでは起きないくらい、指一本動かせなくなるまで、辰吾を受け入れ続けたのだと思う。

驚きはなかった。

ダイニングテーブルにあった手紙も、ごく短いものだった。

やっぱり、お父ちゃんを一人でいかせることは、私にはできません。ごめんなさい。ごーちゃん。愛してます――。

それでも今、辰吾は生きている。

どんなに、空っぽでも。

26

もう木和田も、なりふりかまってはいられなかった。

「幸枝さん。じゃあ、あなたの言う通りね、この中本三郎が梅木ヨシオの正体ってことで、それでいいの?」

反応はある。中本三郎の写真を出して以降、幸枝は明らかに苦悩を顔に表わすようになった。これ以上の攻めどころはない。

「だとしたらね、我々はこの男を指名手配するよ。全国指名手配だ。香田靖之を監禁、傷害、死に至らしめ、死体損壊・遺棄を教唆。原田茂文、原田春実、原田栄子、原田弘夢を監禁、傷害、春実と弘夢に至っては殺害、それら四人全員の死体損壊・遺棄、以上を教唆。あなたと麻耶に対しても監禁、傷害を働いている。教唆罪っていうのはね、正犯と同じなんですよ。主犯、共犯でいったら主犯なんだ。いくらヨシオが……いや、中本三郎がね、俺は命じていない、決断したのはあなたであり、麻耶であり、実行したのもそうだと言い張っても、そんな言い逃れは裁判では通用しないよ」

目に見えて息も荒くなっている。

「香田靖之、原田茂文の死亡に関してだって、これはいわば、未必の故意だ。そのままにしていたら二人はいずれ死亡する。そうと分かっていて放置し、また放置することをあなたたちに求めた。これだって立派な犯罪だよ。これらは全部、中本三郎がやったことだと、本当にそれでいいの？　中本には前科がある。今から十七年前、実の娘の目の前で女房を殺したと、前に話したよね。……出所して五年。前科者が懲役を終えてから五年以内に犯罪を犯した場合、これを再犯といってね、量刑はさらに重くなる。中本の場合は微妙なタイミングだから、きちんと調べなければ分からないけど、でも判断材料としては明らかにマイナスだ。それでなくたって、四〇三号での犯行がすべて中本の教唆によるものだとなったら、どう考えたって極刑だ。それ以外の判決はあり得ない」

幸枝が固く目をつぶる。もう一歩か。

「あなたは、ヨシオと出会ったのは七年前だといった。しかし中本の写真が出た途端、五年前と言い直そうとした。それが認められちゃって、本当にいいの？　中本三郎に、梅木ヨシオの罪をすべて背負わせちゃっていいの？」

まだか。まだ落ちないか。

「その、中本が自分の女房を殺した事件ってのは、ちょっと特殊でね。中本は当時、建築関係の仕事をしていて、ゼネコンの下請けだったんだが、仙台に大きなマンションを建てるということで、そっちに単身赴任していた。ところがある朝、中本は急に帰京して、女房を殺している……調べでは、女房が男を連れ込んでいたことが分かり、慌てて家に帰り、口論の末、刃物で首を切り付けて殺したことになっている。刃物を最初に持ち出したのは女房だというから、過剰防衛か殺人かは微妙な線だったが、中本が殺意を認めてしまったんでね。判決は殺人の方に傾いたようなんだ」

木和田も、取り寄せた資料をざっと読んだだけなので、細かいところまでは覚えていない。だがかい摘んでいうと、そういうことになる。

「……裁判での争点が過剰防衛か殺人か、という点にあったのは確かだけど、私が興味を持ったのは、その浮気相手のことなんだ。当時は結局、その男に会って話を聞くことは疎か、身元を特定することすらできなかったようだが、聞き込みから、その頃、女の子がよく大声で泣いていたという、近隣住民の証言は拾えていた。中本の娘……聖子というんだけどね。私にはこの娘が、母親とその間男から虐待を受けていたように読めたんだ。当時の捜査関係者だって、その点は気づいていたと思う」

むろんこれは、木和田の憶測に過ぎない。ただし幸枝には、これを単なる仮説と一笑に付すことはできないはずだ。

「似てないか？　他人の家庭に入り込み、暴力で支配し、寄生する……財産を巻き上げるまでしたかどうかは、分からない。私も、その事件を隅々まで洗ったわけじゃないんでね。でも、それにしては偶然の一致が過ぎやしないか？　中本は間違いなく、この数ヶ月の間に、この町田に現われている。しかも、娘の聖子は町田に住んでいた。それもサンコート町田のすぐ近所にだ。自分の女房を殺した中本と、その娘、聖子と、さらにその女房を誑し込んで逃げた男が、同じ町内に居合わせたとしたら……仮に中本が、ヨシオと、この町田で顔を合わせていたとしたら……家庭崩壊の元凶であり、自分の女房を寝取り、娘を暴行していたかもしれない男が、自分の娘の近くにいるとしたら……中本は、何を思うだろうね」

どうなんだ、幸枝。

「中本は、娘の聖子とその男の関係について、詳しいところは明かしていない。でもその間男が、もし梅木ヨシオだったとしたら……かなりひどいことをされたんじゃないかと、私は想像する。聖子は当時、六歳か七歳。弘夢くんよりちょっとだけ大きいね。しかも女の子だ。ヨシオだったら、手加減したかな。口ではいえないようなひどいことを、ヨシオなら容赦なくやったんじゃないのかな。そんな相手に、父親はどういう気持ちを抱くだろうか……」

まだ駄目か。まだ言う気にならないか。

「……なあ、幸枝さん。本当のことをいってくれよ。ヨシオはどこにいったの？　まだあなたが語っていない死体解体が、実はもう一つあったんじゃないの？　あなたの家族でもない、香田靖之さんでもない死体をあなたたちは、あの部屋の浴室で解体したんじゃないの？　それは誰だったの？」

もう少しだ。もう少しでこの女は、落ちる。

「じゃあ、私の推理を、もう一つ聞かせるよ。私はその死体こそが、梅木ヨシオなのだと思ってる。殺したのは……中本三郎だ。中本三郎は復讐のため、あるいは今現在、被害に遭っているあなたたちを助けるため、ヨシオを殺した。娘の聖子を守るために、女房を殺したときと同じようにね。そして三人で死体を解体し……」

「違いますッ」

ようやく。ようやくだ。

「何が、違うの」

「ヨシオさんを殺したのは、その、中本三郎さんでは、ありません。……私です。私が、ヨシオさんを殺しました」

木和田は机の上で手を組み、幸枝の目を真っ直ぐに見た。

「詳しく、聞かせてもらえるかな」

幸枝は深く息を吐き出し、ゆっくりと頷いた。

＊

その、中本さんと、麻耶ちゃんがどうやって知り合ったのかは、詳しく知りません。ただ、麻耶ちゃんだけは、学校にいくことを許されていたので、外部の人と接触するチャンスも多かったはずなので、そういうときに、知り合ったのだと思います。

最初は、麻耶ちゃんから、助けてくれるという人を見つけた、といわれました。……それは、ヨシオさんが留守のとき、麻耶ちゃんはよく鍵を開けてくれていたので、そういうときです。最初は信じられませんでしたし、また何かの罠だと思いました。中本さんと麻耶ちゃんが示し合わせて、中本さんが部屋にくるようになっても、まだ信じられませんでした。むしろ、こんなことがヨシオさんにバレたら大変なことになると、その方が私には心配でした。……怖かったです。本当に。

中本さんは、あの部屋で何が起こったのか、そのすべてを話してくれといいました。何回部屋にきたかは覚えていませんが、いるときは、大体そういう話をしていました。

……それは、無理です。そのまま私たちが逃げたら、ヨシオさんは必ず追ってきます。

必ずまた捕まるし、そうしたら今まで以上にひどい目に遭わされるし、その手引きをしたと分かったら、中本さんも、その家族も無事では済まない……少なくとも私自身、当時はそういう考えに凝り固まっていましたから、中本さんにいわれても、すぐに逃げるという発想にはなりませんでした。

中本さんは何度も、逃げなさいといってくれました。そのための協力もするし、いろいろ知っているので、いざとなったら、警察にもちゃんと説明すると。でも、やっぱり……私たちは、何人も人を死なせてしまっているし、首を絞めて殺したりも、死体を解体したりもしているわけですから、警察は怖かったです。絶対に死刑になると思っていましたし、また、逃げれば逃げられるという言葉も、とてもではないですが、簡単には信じられませんでした。……外に出ること自体が、怖かったんです。

でも、中本さんに話を聞いてもらっているうちに、徐々に気持ちが変わってきた部分も、あったと思います。ひょっとしたら、生きて外に出られるということも、あるのかもしれない。助かるかもしれない。そういう、希望みたいなものが、ほんの少しですが、見えてきたような……本当に、ほんの少しでしたけど、ありました。

それと……すみません。お風呂場の血痕ですが、あれは、私がわざと残したものです。香田さんが亡くなられて……自分で解体しておいて、こんなことをいう資格はないんですが、こんなふうにされて、髪の毛一本残らないんじゃ、死んだことすら分からないんじゃ、ただ煙みたいに消えちゃうんじゃ、可哀相過ぎると思って……麻耶ちゃんには、本当に申し訳ないんですけど、私がもっと早く思いついていたら、香田さんの血だって……血くらいなら、残しておけたと思うんですけど……麻耶ちゃんには、謝りました。……分かりません。麻耶ちゃんは、黙っていたので。

その血は一時期、中本さんに預けました。……お弁当についている、小さなしょう油入れに入れて、です。お弁当はよく食べていたので、そのときのものを捨てずにとっておいて、よく洗ってから、解体のときに、父の血を吸いとったのが最初でした。そうしたら、母のも、弘夢くんのも、姉のもと……一つずつ、増えていきました。

ただ、それを中本さんに預けたこと自体、急に私が怖くなってしまって、本当に勝手なんですけど、返してくださいとお願いしました。そんなに頻繁に、中本さんも入ってこられるわけではないですから、代わりに麻耶ちゃんが、中本さんから受け取ってくれました。……でもそれが、運悪く、ヨシオさんに見つかってしまいました。

麻耶ちゃんが、死ぬほど通電を受けました。殴られ、蹴られ、爪も剝ぎ取られ、レイプもされました。それは私が作ったものですと、ヨシオさんにはいったんですが、聞いてもらえませんでした。

これじゃ、麻耶ちゃんが殺されてしまうと、本気で思いました。私がどうにかしなきゃ、とも思いました。……ひょっとしたら、中本さんに、何回か話を聞いてもらったというのも、あったのかもしれません。このときだけは、なんというか、瞬間的に、気持ちが強く持てました。あとでちゃんと説明すれば、分かってもらえる、私たちは悪くない、助かるためには仕方ないんだと、自分に言い聞かせて……そういう気持ちだったと、思います。麻耶ちゃんを、レイプしているときにです。ヨシオさんのお尻の穴に、突き刺しました。麻耶爪剝ぎに使ったペンチを、後ろから、ヨシオさん、凄く痛がっていて、正直……思っていたより簡単だな、と思いました。もっと早く、こうしておけばよかったな、と。ヨシオさんって、そんな強くなかったんだな、と。

それからすぐ、通電のコードを首に巻きつけて、それを引っ張りながら、さらに通電しました。……そうです。首を絞めるのと、通電を、同時に……同時というか、交互に、です。

いいえ、麻耶ちゃんは気絶していたので、知らなかったと思います。気がついたら、ヨシオさんは死んでいたと、そういう感じだったと思います。

中本さんがきてくれたのは、次の日とか、それくらいだったと思います。早まったことをしたねと、いわれました。でも、しょうがなかったんだよね、よく我慢したね、ともいってくれました。こんな奴を殺した罪までかぶる必要はない、解体しちゃいなさいと……

いえ、それは命令ではなくて、中本さんとヨシオさんは違うんで、それは違います。命令ではないです。提案とも、違います。中本さんにいわれなくても、私たちはそうしていました。中本さんは何もしていませんし、なんの命令もしていません。ただ、その場に居合わせてしまったと、それだけです。本当です……。

また何日もかけて、ヨシオさんを解体して、ドロドロにして流しました……近所の公園のトイレとか、川にです。……はい、たぶんその川です。境川って、いうんですか。知りませんでした。

それからまた、何日かかけて、部屋の掃除をしました。道具を処分して、部屋に敷いていたビニールシートも、細かく刻んで、いろいろなところに捨てて……コンビニのゴミ箱とか、スーパーとか。普通のゴミに出した分もあったと思います。

床や壁の洗浄も、徹底的にやりました。人の手が届くところは、洗剤で何度も何度も綺麗に拭いて。DNA鑑定とか、そういうことがちゃんと分かっていたわけではないですが、でも、痕跡はない方がいいと考えました。お風呂場も同じです。何事もなかったように、してしまおうと思いました。

中本さんには、全部終わったので、もうこないでくださいとお願いしました。話を聞いてくれて、ありがとうございました、とだけいいました。……いいえ、他にはありません。……いいえ、その後のことは、私たちが自分で考えますといいました。

逃げるか、警察にいくか、そのときはまだ決めていなかったと思います。……はい。麻耶ちゃんが出ていったことは知っていました。……別に、どこにいくとかも、訊きませんでした。どこにもいくなとも、私にはいえませんし。少し、ぼんやりしていました。

終わったな、という気持ちでした。あと、よく生きていたな、と思いました。あれだけの人を死なせてしまったわけですから、自分はいつ死んでも仕方ないと、思っていたので……今も生きていること自体、不思議ですし、まだ、現実味がない部分も、あるように思います。

長い間、通電を受けていたからでしょうか、考えが、違う方にいってしまったり、自分で自分のいいたいことが、よく分からなくなってしまうことがあります。あと、自動的に、従ってしまうというか。自分の意思がなくなって、ただここにいるというか、漂っているような、感じになって……今も、少しあります。すみません。刑事さんにも、よく分からないことを、いろいろいっていたかもしれません。

逮捕されたときも……そうですね。捕まったら、死刑になることは分かっていたんですけど、でも、逃げようとまでは……すみません。自分でも、よく分かりません。

＊

ここまで聞いても、木和田は自分の筋読みを取り下げる気にはなれなかった。

ヨシオを殺したのは、本当に幸枝なのだろうか。やはりヨシオを殺したのは中本三郎で、幸枝は単に、その中本を庇おうとしているだけなのではないか。あるいは、他にもまだ隠しておきたいことがあるのか。

「じゃあね、幸枝さん。もういくつか確認させてもらうけれども、あなたは中本三郎の顔を描いた、あの似顔絵。あれをなんで、ヨシオだと認めたの？　聞けばずいぶん、中本とは繋がりがあったわけじゃない。見間違えたとか、勘違いということじゃないよね。あれは中本三郎だけど、梅木ヨシオだといってしまおう、そう思ったんだよね？　なんで、そんなことといったの。なぜあれを、ヨシオだなんて認めたの」

小さく、幸枝が溜め息をつく。

「それは……ちょっと、混乱していて」

「混乱していて、自分を七年間苦しめてきた男と、その地獄から逃げ出すきっかけを作ってくれた男とを、見間違えるかな。ヨシオって、あなたにとって、そんなに印象の薄い男だったの？　そんなはずないよね。忘れたくても忘れられない、そういう存在のはずだよね。違う？」

ひゅっ、と幸枝が縮こまる感じがし、木和田は慌てた。ここで黙られたら、またあとが面倒になる。

「……まあ、あのときはまだ、警察にきてすぐだったからね。混乱もあったのかな……うん。でも、今ならある程度、冷静に話せるでしょう。そこでさ、ちょっと考えてもらいたいんだけど、なんで麻耶は、ヨシオの似顔絵を作るときに、中本三郎の特徴を話したんだろう。その理由、あなたなら分かるんじゃないかな」

微かに首を傾げる。よかった。まだ反応はある。

「仮に、麻耶が中本を恨む理由があるとしたら、なんだと思う？　思い当たる節はある？　何かそういうことって、考えられる？」

これには小さくかぶりを振る。あの、鼻先を小さく揺らすような、弱々しい否定だ。

「じゃあ、質問を変えようか。さっきの、しょう油入れの話ね。それに入っていた血は、最終的にはどうしたの？」

なんだ。なぜ急に、目を泳がせる。

「……そこ、ちょっと分からないんですよ。あなたはヨシオの解体を終えたあとで、部屋の清掃を徹底してやったといったよね。浴室だって、やったんだよね。そりゃそうだ。最後までいたはずのあなたの髪の毛一本、浴室からは出てこなかったんだから。なのに、だよ。なんであとから家族の血を、浴室に残すような真似をしたの」

右だ。いま幸枝の黒目は、確実に右に動いた。

どういうことだ。この期に及んで、何を隠そうとしている。

「ちょっとさ、その、家族の血をどこに残したか、いってみてよ」

今は左だった。でもそれは、浴室の構造を思い出そうとしただけかもしれない。

「浴室の、どこら辺？」

「ええと……」

「入ったところが洗い場で、向こう側が浴槽になってるよね。浴槽の左手には小さな窓があって、そっち側に蛇口とか、シャワーとかもあるよね」

右、左、右——。

記憶の中の真実と、そこにはない嘘。その両方を行き来して、幸枝は今、何を捻り出そうとしているのか。

「……よく、覚えていません」

何も出てこなかった、ということか。

「いや、それはおかしいでしょう。あんなにいろんなことを覚えてるのに、これって、いわば最後の仕上げでしょう。一番記憶が確かなところでしょう。しかも、もうヨシオがいなくなってからの話だ。解体に費やした日数、清掃に費やした日数、それを経たあとでやったことだ。ヨシオの恐怖も、少しは薄らいでいたでしょう。覚えてるよ。あなたは覚えてるはずだ」

でも、出てこない。だとしたら、答えは一つしかない。

「……うん、分かった。あなた、知らないんでしょう。血痕がどこから出てきたか、分からないんでしょう。なんで分からないのか。それは、あなたがやったことじゃないからだよ。あなたは、浴室から家族の血痕が出たこと自体、凄く意外だったんじゃないの？　あんなに綺麗にしたのに、なんで出てきたんだろう、って。確かに、しょう油入れを使って血を残したのはあなたなのかもしれない。けど、それがどう使われたかは、あなたは知らないんじゃないの？」

もう、この辺にしておこうか。

「……本当は、麻耶なんでしょう。しょう油入れを管理していたのも、浴室にわざと血を残したのも。……ひょっとして」

ひと呼吸、置いてみる。

「……ヨシオを殺したのも、麻耶なんじゃないの？」

否定、しないのか。

「幸枝さん……あなたなに、それで麻耶を、庇ってあげてるつもりなの？　靖之さんを巻き込んでしまって、死なせてしまったことに対する罪悪感？　だからあの娘の犯した罪を、一つでも減らしてあげようとか、そんなふうに思ったの？　それ、ちょっと甘いかもしれないよ」

驚いたように幸枝が視線を上げる。木和田はそこに、強い疑問の色を見て取った。

「麻耶は、我々にヨシオだといって、実際には中本三郎の似顔絵を作らせた。あなたに黙って、浴室に血液を残した。……たぶん、麻耶が残したのはしょう油入れの四人分だけで、残りの一人分が排水管のトラップ部分から出てしまったのは、麻耶にとっては誤算だったんだろうけど……とにかく、そこまでしておいて、以後自分は供述を拒否する。あの娘、一体どういうつもりなんだろうね。十七歳といったって、まだ子供だ。しかも、ここ二年ほどは学校も休みがちで、勉強にもまるでついていけてない。通電を含む拷問で、実際の思考力は十五歳以下なのかもしれない。そんな彼女の、これが最大の悪足掻《わるあが》きだったとしたら……私たちは、多くの点で考え直すべきなのかもしれないよ」

幸枝が大きく目を見開く。

「……どういう、意味ですか」

木和田とて、迂闊なことはいえない。ただ考え得るとしたら、こういうことではないのか。

香田麻耶は梅木ヨシオを殺害し、保管していた血液を浴室に残し、自らは被害者となるため警察に保護を求めた。そしてあの部屋で連続殺人があったことをほのめかし、その罪のすべてを中本三郎にかぶせようとした。脅迫、暴行、傷害致死、殺人、死体損壊・遺棄。梅木ヨシオの犯行はいうに及ばず、麻耶自身がしたこともすべてだ。またヨシオと中本が同一人物であると警察に思わせることができれば、ヨシオを殺したこと自体をなかったことにもできる。

所詮は十七歳の少女の考えること。ひどく稚拙な、穴だらけの隠蔽工作だと思う。それで中本が全国指名手配され、警察に捕まってしまったら、少なくともヨシオの殺害と死体処理に関しては真実が明るみに出てしまう。中本に関する幸枝の供述が事実ならば、彼はそれを証明し得るたった一人の目撃者なのだ。

ただし、麻耶の目論見が成立する条件が一つだけある。

中本三郎も、殺してしまえばいいのだ。むろん疑問はある。実際に殺していたとして、では実行犯は誰なのか。麻耶か、幸枝か、それ以外の誰かなのか。単独犯なのか複数犯なのか。殺害現場はどこで、死体はどうしたのか。

そもそも、麻耶は本気で中本に助けなど求めていたのだろうか。最初はむしろ、原田一家に代わる新しい獲物として、中本を取り込もうとしていたとは考えられないか。幸枝はそのまま協力者として支配下に置き、ヨシオを始末した上で、自らがケモノの群の頂点に立とうとした。

いわば、麻耶の「ヨシオ化」だ。

ヨシオに感染していたのは、幸枝よりもむしろ麻耶だった。だがどこかで歯車が狂い、結局はすべてを投げ出さざるを得なくなった。

そういうことではないのか。

27

公務員って、こういうもんだよな――。

島本は交番の出入り口に立ち、目の前のだだっ広い空き地を見ながら、よくそんなことを思う。

「木曽西五丁目マンション内　親子殺傷事件特別捜査本部」設置から七ヶ月が経った、翌年の二月。捜査の合間を縫って受けた警部補昇任試験に、島本はなぜか合格してしまった。試験勉強などまるでしていなかったので不思議で仕方ないのだが、受かってしまったら研修を受けて異動、というのが警察のルールだ。特捜本部の捜査員とて例外ではない。

島本が合格を真っ先に報告したのは他でもない、相方の九条だった。

「九条さん、すみません……こんな、半端なところで」

これには「お先に警部補になってすみません」という意味も多少はあった。同じ警部補試験に、九条は通らなかったのだ。

「いや、おめでとうございます。正直、特捜も縮小傾向にありますし。むしろ、いいタイミングだと思いますよ」

そう笑顔でいってもらえたのが、唯一の救いだったろうか。

実際に当時、サンコート町田の事件——マスコミがいうところの「町田監禁殺人事件」の捜査は一進一退を繰り返していた。

特捜本部は、原田幸枝の供述から、サンコート町田四〇三号の浴室で採取された血痕は香田麻耶が意図的に残したものである、との見解に至ったが、麻耶はこれを「一切知らない」と否定。梅木ヨシオの似顔絵を作る際、中本三郎の特徴を挙げたことに関しても「そんな人は知らない。たまたま似てしまっただけだと思う」と言い張り、それ以外は供述を拒否。幸枝の供述の裏取りすらままならない状況に陥った。

また幸枝も、自分はヨシオを殺していないと供述を翻し、他にもすでに認めた部分と辻褄の合わない供述をし、木和田を始めとする捜査陣を翻弄し続けた。

一方で、中本三郎の行方も杳《よう》として知れなかった。木和田は中本も殺されている可能性を示唆したが、これを裏付ける供述や物証は何一つ出てこなかった。やがて特捜内では、中本三郎は本当にあの街にいたのかという疑問が囁かれ始めた。特捜が中本三郎と考えた人物こそ、実は梅木ヨシオだったのではないか、麻耶の言う通り、二人は本当によく似た顔をしていたのではないか、という正反対の発想だ。幸枝だけは中本三郎が存在したように語っているが、それとて写真を見せられてから考えついた嘘ではないかと疑われた。幸枝に中本の写真を見せるのが早過ぎたのだと、木和田の責任を追及する声すら幹部の間にはあったという。

さらにいうと、横内辰吾から何も引き出せなかったことも、この「中本三郎不在説」を後押しする要因になった。これに関しては島本と九条にも大いに責任があるのだが、本当に何一つ、横内からは引き出せなかった。任意同行を求め、署の取調室で話を聞いても結果は変わらなかった。

中本三郎なんて知らない。その男が小倉聖子の実父であることも知らなかった。いま聖子がどこにいるかも分からない。何も知らない。

実際にベルコーポ二〇五号に入った島本たちは、ここで何かがあったのだろうことは感じた。犯罪とか、そういうことではないのかもしれないが、横内という男が廃人同然になってしまうような何か。職場では普通に振る舞っていても、あの部屋に戻ると何もする気力がなくなってしまうような何か。それでも、あの部屋を引き払おうとは思わない何か。まもなく三十にもなろうという男が、他人の前で我慢しきれずに泣き崩れてしまうような、そういう何かだ。

結局、原田幸枝と香田麻耶が起訴されたのは、島本が関東管区警察学校で六十日の警部補研修を受けているときだった。その後、島本は警視庁本部で三日間の幹部研修を受け、正式に異動。新しい所属は石神井警察署。地域課第三係担当係長を拝命し、今は北大泉交番の交番所長の任に就いている。

交番の目の前にあるのは雑草生え放題の空き地だが、その下には東京外環自動車道が通っている。少し南にいくと、関越自動車道と接続する大泉ジャンクションがある。そのため、受持区の一部に妙な立体感はあるものの、大半は二階家が立ち並ぶ住宅街だ。殺人事件などまず起こりそうにない、非常に平和な街だ。

それをいったら、町田だって普段は相当平和な街だったが。

「島本係長、昼飯どうします？」

まあ、こんな辺鄙なところの交番勤務でも、係長と呼ばれれば悪い気はしない。訊いてきたのは二つ年下の久保《くぼ》巡査部長だ。

「ああ、もうそんな時間か……君ら、どうするの？」

「二丁目の、新しくできた弁当屋を試してみようかといってたんですが」

「いいね。じゃあ、俺もそうする」

「どんなのがいいですか」

「分かんないよ、食ったことないもん。任せるよ」

「了解です。じゃあ、店のオススメからチョイスってことで……いってきます」

久保は白自転車に跨り、三人分の弁当を買いに出ていった。

今度は奥にいた河島《かわしま》巡査長が声をかけてきた。

「係長、お茶飲みます？」

「いや、俺はあとでいいや」

軽く手を挙げてまた空き地に向き直り、島本は立番《りつばん》を続けた。

そう、町田監禁殺人事件だ——。

香田麻耶の保護からまもなく二年になるが、初公判が開かれたという話はいまだに聞かない。捜査のその後の経緯は詳しく知らないが、おそらく決定的な物証はあれ以上出なかっただろうから、公判は幸枝と麻耶の供述内容に沿って進めていくよりほかにない。あの頃と変わらず二人の供述が喰い違ったままならば、裁判は自ずと長期に及ぶことになるだろう。

ごくありふれたマンションの一室を舞台とした、連続殺傷、死体損壊・遺棄事件。今もヨシオの生死が不明であるならば、生き証人といえるのは幸枝と麻耶の二人だけ。その双方が加害者であると同時に被害者でもある。監禁、分断されていた期間が長いため、あの二人にも分からない部分が多々ある。

あの事件の本質は、まさにそこにあるのだろうと、島本は思う。

拷問から死体処理までのすべてを密室で行い、物証は一切残さない。その点に関してだけいえば、梅木ヨシオの目論見は完全に成功したことになる。しかしその完成された手口が、最終的にはヨシオ自身の仇になった。犯行の実行を第三者に委ねた、という点も大きな要因の一つだろう。誰にでもできる、誰でも消せる。ヨシオは奇しくも、そのことを幸枝と麻耶に証明してみせてしまった。

あるとき、木和田がぼそりといった。

「梅木ヨシオという人格は、何かこう、感染力みたいなものを持っているのかね」

確かにそうかもしれないと、今になって思う。ヨシオによって支配、調教されることによって、幸枝も麻耶も次第にヨシオ化していった、という解釈だ。ヨシオを殺したのは、本当は誰なのか。それもいまだに分からない。幸枝なのか、中本なのか、あるいは木和田の見立て通り麻耶なのか。死体処理に関しても同様だ。誰がなんの役割を担ったのか、決定的なところは分からない。だがその、あとから分からないように、という手口を完成させたのはヨシオだ。皮肉にもヨシオは、自分が作り上げてきた手口で消される恰好になった。自ら生み出したバケモノに、自分自身が食われてしまったのだ。

いや、それすらも実のところ、仮説の域を出るものではない。

幸枝や麻耶のいう「梅木ヨシオ」という男は本当に存在したのか。それ自体よく分からないのだ。確かにスナック「舞子」のママは、当時「湯浅恵美」と名乗っていた幸枝と、香田靖之が懇意にしていた男が「ヨシオ」という名前だった、という証言はした。実際のモデルが別人だとしても、あの似顔絵自体はヨシオと雰囲気が似ている、ともいった。しかしそういう男が存在したことと、その男が、幸枝や麻耶がいうような残虐行為をしたかどうかは、また別の話なのだ。

特捜を離れてからも、島本はふとしたときに考えてしまう。

梅木ヨシオなんて男は、最初からいなかったのではないか。

だがそれと同じくらい、まったく逆のことも考える。

梅木ヨシオみたいな人間は、どこにでもいるのではないか。

あの穏やかな町田の街に現われたのだから、石神井署管内にも、この静かな大泉町にも、現われないとは限らない。今もこのすぐ裏手の民家で、誰かが監禁、拷問、殺害、解体されているかもしれない。そんな懸念が亡霊のように、脳裏に巣食っている。

久保が帰ってきた。

「ただいま戻りました」

「お疲れさん」

久保は自転車の荷台にある白い箱を開け、中から四角く張り詰めたレジ袋を取り出した。この箱は俗に「弁当箱」と呼ばれている。言い得て妙とはこのことだ。

「えっと……いいですか。これがミックスフライ弁当、こっちが生姜焼き&ハンバーグ弁当、でこれが……あれ、なんだっけな。ああ、ミックスグリル弁当です。係長、どれにします?」

「あ、俺が選んでいいの? じゃあミックスフライ。いい?」

「どうぞどうぞ。奥でどうぞ」

「あそう。悪いね」

せっかくだから立番を代わってもらって、奥の待機所で食べることにした。

「……いただきます」

ちょうど、というべきか、なんといおうか。

ミックスフライを選んだのだから、当然弁当にはソースの小ボトルが付いている。現物こそ採取されなかったが、原田家の四人の血を保管するのに使ったのが、まさにこういう容器だったといわれている。当時は「しょう油入れ」と表現されていたから、もしかしたらフタは青ではなく、赤かったのかもしれない。

「なんたって、中身は血だからね……」

すると、スッと目の前に何か差し出されてきた。湯飲みだった。河島がお茶を淹れてくれたのだ。

「係長、何かいいました？」

いや、大したことじゃない。ただの独り言だ。

腹ごなしの運動というわけではないが、島本は午後になって巡回に出ることにした。

「じゃ、いってきます」

「はい。お気をつけて」

立番の河島に見守られながら、交番を出発する。季節的には梅雨真っ只中だが、ここ二日はなぜか一ミリも降っていない。だが見上げれば、空は淡い灰色の雲に覆われている。途中で降られ、ずぶ濡れになって帰るのは嫌なので、あまり遠出はしないようにしよう。白子川は越えないようにして、その周辺住宅地を適当に回って——。

そんなことを思って、橋の手前でスピードをゆるめたときだった。

白子川沿いには「あかまつ緑地」という南北に細長い緑地がある。小さな公園やちょっとした遊歩道もあり、制服さえ着ていなければ、ぼんやりと川面を眺めて休憩くらいしてみたい場所ではある。

まさに、その遊歩道だった。そこから歩み出てきた女性の顔に、島本は本能的に目を留めた。どこかで見たことのある女だ。それも、わりと好きな感じの、ざっくりいうとタヌキ顔の——。

すぐに思い出した。

小倉聖子だ。

身長は確か百五十センチ台半ば。体格は中肉だったか。見たところ、身体的特徴は合っている。ふわっとしたデザインの白いブラウスに、デニムのショートパンツ、厚底のサンダル。肩に掛けているのは、若干くたびれたキャンバス地のトートバッグ。着衣もなんとなく、島本の中にあるイメージと合っている。

だが妙なのは、女が子連れだという点だ。たぶん、三歳か四歳くらいの男の子。小倉聖子が横内と別れたのが二年前。そのとき妊娠していたとしたら――いや、それでも計算は合わない。

これは、どういうことだろう。

島本はペダルをもうひと漕ぎし、その女性の手前までいってからブレーキをかけた。

「あの……すみません」

完全に停まりきる前に跳び降り、弁当箱ごと引っ張り上げてスタンドを立てた。

彼女は一瞬驚いた顔をしたが、でもすぐに表情を明るくした。

「あ、ちょうどよかったです」

何が、と島本は思ったが、意味はすぐに分かった。連れの男の子はちょっと泣いたような顔をしており、今も不安げに彼女と島本を見比べている。

「迷子なんです」

「あ、ああ……そうですか」

彼女はその場にしゃがみ、男の子と目の高さを合わせた。

「よかったね。お巡りさんがお家《うち》、捜してくれるって」

繋いでいた手を、彼女は優しく両手で握り直した。

だが男の子は、何やら不満げに口を尖らせる。

「……おネエちゃん、一緒に捜してくれないの？」

「うーん、おネエちゃんねぇ、この人じゃないから、よく分かんないんだ。でもお巡りさんだったら、すぐ見つけてくれるよ」

それだけいって立ち上がり、そっと男の子の肩に手をやる。

「ね？　ですよね」

「ああ……はい、もちろん」

なんとなく男の子を引き受ける恰好になったが、それでは終われない。島本は男の子の手を握ってから訊いた。

「あの、すみません。あなた……ひょっとして、小倉聖子さんでは、ありませんか」

きょとんとした表情。真ん丸い目がなんとも愛らしい。

「え？」

「あ、いや、だから、お名前……小倉聖子さんというのでは、ありませんか」

「いえ、違いますけど」

ごく自然な受け答えと笑みだった。むしろ自然過ぎるくらい、よくできたリアクションだった。普通、人違いをされたら、もう少し不快な顔をするものではないか。しかも、相手が制服を着た警察官であればなおさらだ。

彼女が小さく頭を下げる。

「じゃ、お願いします……じゃあね、ボク。バイバイ」

男の子に小さく手を振り、もう一度島本に会釈をして、彼女は歩き始めた。次の角を右に曲がり、後ろ姿はすぐに見えなくなった。

人違い、だったのだろうか。本当に今のは、小倉聖子ではなかったのか。もし彼女が小倉聖子だったとしたら、追いかけてみる価値はないだろうか。聖子なら、中本三郎の行方を知っているかもしれない。そして中本三郎にたどり着き、事情を聞くことができれば、ひょっとしたら町田監禁殺人事件の真相、その解明の糸口になるかもしれない——。

そんなことを考えていたら、つんつんと手を引っ張られた。

「……ねえねえ、お巡りさん」

ああごめん、君のことはすっかり忘れていた、などとはさすがにいえない。

「……うん、君のお家ね。今すぐ、捜してあげるからね」

島本は彼女を真似てしゃがみ、男の子と目線を合わせた。ついでに頭も撫でてみる。

「偉いね、ボク。迷子でも泣かないんだ。強いね」

さして考えもなくいってしまったが、同情された途端悲しくなる、というのは大人でもあることだ。迂闊だったか、泣かれてしまうか。だが幸い、それはなかった。

代わりに男の子は、ちょっと困った顔をした。

「うん……ボク、ちょっと泣いちゃったけど、でも、ほんとはおネエちゃんだって、泣いてたんだよ」

なんだそれは。

「……泣いてたのは、君じゃなくて、おネエちゃんなの？」

「んーん。ボクがね、公園で泣いてたらね、ボクんとこきてね、どうしたのっていうから、迷子になっちゃったっていったの。でもね、おネエちゃんも泣いててね、ボクもね、おネエちゃんに、どうして泣いてるのって訊いたの。そしたらね……」

思い出したら悲しくなったのだろうか。男の子の目に、じわりと涙の粒が湧き上がってきた。

「……おネエちゃんも、迷子なんだって、いってた……お巡りさん。ボクんチ見つけたら、次は、おネエちゃんチも見つけてあげて。おネエちゃん、きっと困ってるよ。また、寂しくて泣いてるよ」

あの女、やはり——。

参考文献

『消された一家　北九州・連続監禁殺人事件』豊田正義／新潮文庫
『新潟少女監禁事件　密室の3364日』松田美智子／朝日文庫
『診断名サイコパス』ロバート・D・ヘア／小林宏明・訳／ハヤカワ文庫
『良心をもたない人たち』マーサ・スタウト／木村博江・訳／草思社文庫
『サイコパス－冷淡な脳－』ジェームズ・ブレア／デレク・ミッチェル／
カリナ・ブレア／福井裕輝・訳／星和書店
『サイコパスという名の怖い人々』高橋紳吾／KAWADE夢新書
『危ない精神分析　マインドハッカーたちの詐術』矢幡洋／亜紀書房
『心的外傷と回復』J・L・ハーマン／中井久夫・訳／みすず書房
『死刑絶対肯定論　無期懲役囚の主張』美達大和／新潮新書
『人を殺すとはどういうことか　長期LB級刑務所・殺人犯の告白』美達大和／新潮文庫
『警視庁捜査一課刑事』飯田裕久／朝日新聞出版

『君は一流の刑事になれ』久保正行／東京法令出版
『捜査指揮－判断と決断－』岡田薫（協力 寺尾正大）／東京法令出版
『刑事魂』萩生田勝／ちくま新書
『第一線捜査書類ハンドブック』警察実務研究会／立花書房
『取調べと供述調書の書き方』捜査実務研究会／立花書房
『警視庁捜査一課殺人班』毛利文彦／角川書店
『ミステリーファンのための警察学読本』斉藤直隆／アスペクト

本作品は二〇一四年四月、小社より刊行されました。

解説

関口苑生（文芸評論家）

小説というのは、基本的には物語性を持った虚構（フィクション）のことを言う。その中心に据えられるのは、人と人との関係の中で生まれる感情のぶつかり合いや、苦悩、葛藤、つまりはドラマである。が、同時にまた周囲の状況や情景を描くことも重要な要素となる。というのは、何かしらの事件や出来事が起こった際の背景、環境、土壌を描写することで、より一層の現実味が感じられ、物語にも厚みが出てくるからだ。小説家は誰も、根本的には現実を追求し、現実を描くものである。たとえSFであろうが、時代劇であろうが、そこには必ず現実世界が映し出されている。小説家ひとりひとりのリアリズムは、現実の究極的な広がりをどこまで見取るか、その見方にかかっていると言ってよいかもしれない。

そこでよく耳にするのが、「想像力はどこまで現実を超えられるか？」という言葉である。これは小説の魅力や面白さを語るときにも、あるいは小説を書く難しさを言う場合にも使われる言葉で、要は事実と虚構の関係性を問うたものだ。

わかりやすい事例をあげてみようか。たとえば、現実の事件や災害を小説の題材に選ぶのは決して珍しいことではない。しかしそれが、常識の想定をはるかに超えたものであった場合——近年では地下鉄サリン事件やアメリカで起きた9・11テロ事件、東日本大震災といった衝撃的な出来事がそうだろうが、小説はこの圧倒的な現実を前にして（もしくは対決して）、どこまで迫っていけるのかが問われるのだ。後述するが、本書『ケモノの城』も現実の事件に触発されて書かれたものだ。

このときにノンフィクションであれば、丁寧な取材の後に、事実をひとつずつ積み重ねることで真実に近づいていこうとする。事件や災害の推移、進行状況をそれこそ秒単位、ミリ単位で克明に描きながら、事細かに説明して、原因、真相を探っていく手法をとるのだ。だが小説の場合は、同じ方法で進めるとあまりにもくどくなりすぎて、小説としての面白さを欠いてしまいかねなくなる。これがいわゆる説明と描写の違いだ。また事実をそのまま描くのではなく、読者にも想像させる余地を残しながら、虚構は虚構として、ノンフィクションとはまた違った形で再構築し、最終的には現実を凌駕するような作品世界を作っていくことが求められるのだった。それがつまり想像（創造）力である。とはいうものの、その兼ね合いが何とも難しい。

話はちょっと変わるが、作者の誉田哲也はかつて格闘技団体の試合レヴューを書いていたという。コンマ何秒かの攻防でも、必要なら何十行となく膨らませて書けたそうで、その話を聞いて、ああなるほどと思ったことがある。

格闘技の試合というのは、相撲や柔道をはじめ、ほかにも空手、ボクシング、プロレス……といろいろあるけれど、そのときの模様を書くとすると、たとえ一瞬で決着がつく勝負でも、思った以上に情報量があるものだ。たとえば相撲で考えてみよう。両者が見合って手をつき、立ち上がるまでの時間でも、互いに相手の先の先を読み、自分に有利なように持っていこうとする。立ち上がってからも一方は肩でぶちかまし、右を差して下手をとり、左で押っつけ、頭をつけ、全身の力を込めて一気に前へと足を運び、もう一方は……といった具合に、描こうと思えば力士の動きの情報はいくらでもある。いや、動きだけではない。息の弾み具合、筋肉の躍動、汗の飛び散るさま、観客たちの声援等々、わずかな時間の攻防であっても、これらの〝事実〟を積み重ねて文章にすると相当な量になるし、迫力も滲み出てくる。誉田哲也はそのことを十分に承知しており、身をもって実践してきたのであった。

だからこそ、小説との相違も体感していたに違いない。小説は、事実と刺し違え、事実を超えたところに構築するものであると。

その答えのひとつがここにある。

圧倒的な事実に虚構をとりまぜ、そこにもうひとつ、冒頭に記したように人と人との関係と、極限状況にある人間の感情を縫い込んでいったのだ。


物語は、ひとりの少女から警察に身柄保護を求める一一〇通報があったことで始まる。その少女は顔や腕に複数の痣があり、サンダルから出ている足の指には爪が一本もなかった。それればかりか、右足の中指と薬指、左足の親指と中指は火傷を負っており、治療が不完全だったのか半ば癒着してもいた。明らかに虐待を、それも長期間に渡って受けていたことがわかる状態だった。

さてここから世にもおぞましい監禁事件の顚末が語られていくのだが、実はこの作品にはモデルとなった現実の事件がある。二〇〇二年、北九州市小倉北区で発覚した、犯罪史上まれに見る凶悪監禁殺人事件だ。だが、この事件は不思議なことに、残虐性においても非道性においても歴史に残るようなものであったにもかかわらず、報道量は意外に少なく知名度はさして高くはない。なぜか。事件の発覚当初こそセンセーショナルに報道されていたのだが、その後、事件の内容が明らかになるにつれ報道各社が自主規制するようになったというのだ。その理由は、あまりにも残酷な事件内容だったため、表現方法がきわめて難しかったのと、被害者と加害者の関係および殺害方法、死体の処理法も常軌を逸しており、遺族関係者がメディアに被害を訴えるなどして露出することを控えたためとも言われている。

さほどに衝撃的で、猟奇的な事件だったのだ。

報道機関でさえ自主規制せざるを得なかった事件。これを誉田哲也はどんなふうに小説に仕立て上げたのか。

が、ここでまたちょっと話がずれて申し訳ないが、ある作家の言葉を紹介したい。不治の病にかかりながら、真摯でグロテスクな生と死の物語を書き続けたアメリカ南部の作家、フラナリー・オコナーがこんなことを言っている。

「小説を書くことは、恐ろしい経験である。髪は抜け落ち、歯がボロボロになることがよくある。創作は、現実への突入なのであって、体にひどくこたえるものなのだ」(『秘義と習俗』上杉明訳・春秋社より)

誉田哲也もこの作品を書くにあたって、正視に耐えない現実へと突入したのであった。

保護された少女の供述に従って、監禁されていたマンションの一室を捜索すると、そこにはやはり同じように虐待されていたとおぼしき女性がいた。室内の状況も異常で、吐き気を催すような異様な臭気に加え、部屋という部屋のドア、トイレや浴室の扉にいたるまで外から南京錠がつけられ、窓という窓には光が洩れないように暗幕が張られていたのである。

やがてこのふたりの女性の口から、およそ信じられないような地獄が明らかになる。

すべての始まりはひとりの人物――梅木ヨシオと名乗る男の仕業であったのだ。ヨシオは容易に人の心に入り込み、複数の人間を思うさま操っていたのである。しかしどうしてそんなことができたのか。被害者たちは、なぜ唯々諾々とヨシオの指示に言うがまま従っていたのか。監禁されていた人数は何人だったのか。それはどういう関係の人たちであったのか。そもそもヨシオとは何者なのか。数々の謎とともに、このあと物語は予想もつかない展開となっていく。

――とここまでお読みになってお気づきになったかどうか、本書を紹介するにあたって、わたしはまれに見る残虐な事件だとか、目に余る惨状だったなどと記してきたが、具体的な内容や実情にはほとんど触れていない。触れるのが怖いこともあるのだが、できるだけまっさらの状態で接してほしいと思う気持ちのほうが強いからだ。その上で、人間が本来持ち合わせている弱さや醜さ、繊細さ、残酷さなど複雑な感情を読み取っていただければと願うからだ。

たとえば動物が――犬でも猫でもいいが、彼らがどのような行動をとろうとも、それらはすべて犬らしい仕草であり、猫らしい反応だと言われる。ところが人間だけは別で、時に〈非人間的〉な行為をしたと糾弾され、法の裁きを受けたりもする。だがよくよく考えてみれば、どんな行動をとろうとも結局は人間がすることなのだから、それらもおしなべて人間らしいと言うほうが正しいのではなかろうか。にもかかわらず、人間は常に人間らしくあらねばならぬという道徳観がわれわれの裡にはある。

本書は、そうした「人間らしさ」の根っこの部分、本性を問うてもいるのだった。

監禁されていた人たちへの虐待は、まさにこの人間らしさを壊していく要因となっていた。しかしながら、驚くことに壊れてしまったあとの行為も、やはり人間らしいと言わざるを得ないのだった。

裸にした電気コードの先端にクリップを付け、体のあちこちを挟んで瞬間的に電流を流す「通電」は、目の前が真っ白になるほどの激痛が走り、患部は火傷をおこして、酷いときには水ぶくれになる。通電する部位は手、足、太股、乳首、口、耳、顎、そして性器などで、ヨシオはこの行為を酒の肴として楽しみ、時にはこれを被害者同士で行なわせることもあったという。また日常の行動も衣服や食事、会話に睡眠、排泄にいたるまで制限されていた。誰かがこの制限を破るとすぐさま虐待が始まる。必然、誰もが自分への虐待を避けようと周囲に眼を光らせ、何かがあるとヨシオに告げ口をするのだった。

人は（動物もだが）長期に渡ってストレスの回避が困難な環境に置かれると――この場合は監禁と虐待による抑圧――その状況から逃れようとする努力を放棄してしまうものなのだそうだ。この現象を学習性無力感と呼ぶそうだが、言い換えれば人は虐待ですら学習し、これを受け入れるということだ。同時にまた被害者だけではなく、事件の首謀者であったヨシオも日々の生活の中で学習し、悪意を成長させていくのであった。

人間の理性と感情とは一体何なのか。どこに根ざしているものなのか。本書は、そんな深遠なる問題を根底から考え直させてくれる一作だと思う。

そして最後にこれだけは言っておきたい。本書は単に現実の事件をなぞっただけの小説ではない。小説だからこそできる、小説でしか持ち得ない恐怖と訴求力を発揮した奇跡の傑作である。

二〇一七年　四月

双葉文庫

ほ-10-02

ケモノの城《しろ》

2017年5月14日　第1刷発行
2017年5月25日　第2刷発行

【著者】
誉田哲也《ほんだてつや》

【発行者】
稲垣潔
【発行所】
株式会社双葉社
〒162-8540 東京都新宿区東五軒町3番28号
［電話］03-5261-4818(営業)　03-5261-4840(編集)
www.futabasha.co.jp
(双葉社の書籍・コミックが買えます)
【印刷所】
大日本印刷株式会社
【製本所】
大日本印刷株式会社

【表紙・扉絵】南伸坊
【フォーマット・デザイン】日下潤一
【フォーマットデジタル印字】恒和プロセス

ISBN978-4-575-51995-2 C0193
Printed in Japan